小学館文庫

娘を呑んだ道

スティーナ・ジャクソン
田口俊樹 訳

小学館

娘を呑んだ道

＊主な登場人物＊

レレ（レナート・グスタフソン）……………　リナの父親、数学教師
アネッテ…………………………………………　リナの母親、レレの元妻
リナ………………………………………………　レレとアネッテの一人娘
メイヤ・ノルドランデル………………………　グリマストレスクに移住した少女
シリヤ……………………………………………　メイヤの母親
トルビョルン・フォルス………………………　シリヤとメイヤを受け入れた男
キッペン…………………………………………　ガソリンスタンドの店主
パット（パトリック）…………………………　レレが出会った男
カール‐ヨハン　………………………………　ブラント家の末弟
パール……………………………………………　ブラント家の次兄
ヨーラン…………………………………………　ブラント家の長兄
ミカエル・ヴァリウ……………………………　リナのボーイフレンド
ハッサン…………………………………………　グリマストレスクの警察官
ビルイェル・ブラント…………………………　カール‐ヨハンらの父親
アニタ……………………………………………　ビルイェルの妻
ローゲル・レンランド…………………………　ヘドベルグに住む男
クロウ……………………………………………　髪をピンクに染めた少女
ハンナ・ラーソン………………………………　17歳の少女
イェスパ・スクーグ……………………………　タルバッカ高校の元生徒

スウェーデン北部
アリエプローグ
国道95号線
（通称：シルヴァーロード）
アルヴィッツヤウル
ヘドベルグ
アボルトレスク
バクツヤウル
ロントレスク
イェーン
フロストコージュ
シェレフテオ
0
50km
ノルウェー海
ビッタンギ
ケミ
ルーレオ
スンツバル
フィンランド
ノルウェー
スウェーデン
ストックホルム
ラホルム
ゴットランド島
0
200km

ロバートへ

第一部

光が森と湖を覆っていた。呼吸を促すかのように、新たな生命の誕生を約束するかのように。その光はまた彼を突き刺し、燃やし、引き裂き、血管を衝動で満たし、彼から眠りを奪うものでもあった。だから、彼は今も横になったまま起きていた。まだ五月になったばかりなのに、夜明けがすでに部屋に忍び込んでいた。カーテンの繊維越しに、あるいはカーテンの隙間から。解けた霜が地面から滲《し》み出していた。冬が血を流すかのように。その音が聞こえた。丘が冬の装いを捨てると同時に大小の川がうねりながら勢いよく流れだす音も。

やがて光は夜という夜を呑《の》み込み、朽ちた木の葉の下で眠っていたあらゆるものを侵し、眩惑《げんわく》し、揺さぶり、命を吹き込み、木々の蕾《つぼみ》を暖かく包み込んで花を咲かせるだろう。かくして森は求愛の声と、孵化《ふか》して餌をせがむ新たな命の叫びに満たされるだろう。真夜中になっても沈まない太陽は、人々をねどこから叩《たた》き起こし、その心を焦がれる思いでいっぱいにするだろう。人々は笑い、愛を交わし、狂気にも暴力にも駆られることだろう。

そんな中、姿を消す者がいても不思議はない。何も見えなくなり、どこに行けばいいのかもわからなくなる者がいても。それでも、彼は信じたかった。いなくなっても死んだわけではないと。

＊

レレは彼女を捜しているあいだだけ煙草《タバコ》を吸った。新しい煙草に火をつけるたび、助手席に坐《すわ》る彼女が見えた。しかめつらをして、眼鏡《めがね》のふち越しに彼を見すえる彼女が見えた。

「やめたんじゃなかったの？」

「やめたよ。これ一本だけだ」

彼女が眉間に皺《しわ》を寄せ、首を振り、歯を剥《む》き出しにするのも彼には見えた。彼女はとがっている八重歯を恥ずかしがっていた。夜を徹し、さらに昼の光にまとわりつかれながら車を走らせていると、彼女の存在がさらに明確に感じられた。光があたると、彼女の髪はほとんど真っ白に見えた。鼻梁《びりょう》に沿って黒いそばかすが点々と浮いていたが、あの頃にはそれを化粧で隠すようになっていた。それに、何も見ていないような印象を与えるのに何もかもを見ているあの眼。リナは彼よりアネッテに似ていた。彼にしてみればそれでなんの文句もなかった。リナは美しさの遺伝子をアネッテから受け継いでいた。実際、彼女は美人だった。そして、それは彼の贔屓目《ひいきめ》ではなかった。まだ幼かった頃から誰もが彼女を見ると振り向いた。リナはどんなに疲れた顔にも笑みをもたらすことのできる少女だった。が、今はもう誰も彼女を振り返らない。この三年、彼女の姿を見た者——少なくともはっきりそう言える者——がひとりもいないのだから。

イェーンに着くまえに煙草がなくなった。リナは隣りにはいない。車内は空っぽで静かで、彼は運転していることすら忘れかけていた。眼は道路を見ていたが、何も見えていなかった。彼はこの幹線道路——通称シルヴァーロード——をずっと行き来してきた。だからこの道のことなら自分の手のひらのようになんでもわかる。どこでどうカーヴしているのかも、野生動物の侵入防止フェンスのどこに穴があいているのかも。ヘラジカやトナカイがその気になればその穴を抜けて道路を渡れることも。雨水が溜《た》まりやすい場所も、小さな湖から霧が立ち昇って視界が悪くなる場所も知っていた。銀の採掘場の閉鎖と同時に、この道はたったひとつの目的を失い、それから何年も見向きもされないまま放置され、今ではひどい悪路になっている。それでも、シルヴァーロードはグリマストレスクと内陸部のほかの地域とを結ぶ唯一の道路だ。だから、雑草をはびこらせてどこまでも延々と続く排水溝や、ひび割れたアスファルトにどれほど閉口しようと、彼にはこの道を走ることがやめられないのだった。あの子はここでいなくなったのだから。この道があの子を呑み込んだのだから。

彼が今も夜ごと車を走らせ、リナを捜しているのを知る者はほとんど誰もいない。ひっきりなしに煙草を吸って、助手席に腕をまわし、まるでリナがそこにいるかのように――まるでいなくなってなどいないかのように――彼が娘とおしゃべりしているのを知る者も。彼には話す相手がいなかった。アネッテが彼のもとを去ってからはほぼひとりも。アネッテは当初から彼のせいだと言っていた。あの日の朝、リナをバス停まで送っていったのは彼なのだから。だから彼に責任がある、と。

午前三時頃、シェレフテオに着いた。サークルKに寄ってガソリンを入れ、フラスクにコーヒーを詰めた。カウンターの中にいた若者――赤みがかったブロンドの髪を片側から片側へ撫《な》でつけていた――は潑溂《はつらつ》として明るかった。まだこんな時間だというのに。歳《とし》は十九か二十《はたち》か。リナも今は同じ年頃なのに、その年齢になった娘を思い浮かべようとしても、レジにはそれができなかった。うしろめたさを覚えつつ、マルボロ・ライトを一箱買った。レジの横に虫除《むしよ》けが置かれていた。銀行のカードをスキャンする手がぶざまに震えた。何を見てもリナを思い出した。最後になったあの朝、リナは虫除けスプレーのにおいをさせていた。実のところ、彼が覚えているのはそのことだけだった。バス停で彼女を降ろしたあと、ハンドルをまわして窓を開け、虫除けスプレーのにおいを追い出そうとしたことだけだった。あの朝どんな会話をしたのかも、娘が嬉《うれ》しそうだったのかも、淋《さび》しそうだったのかも、朝食に何を食べたのかも思い出せなかった。そのあと起きたことのすべてに心の大半を占められてしまったからだ。残った心の部分では虫除けスプレーを覚えることぐらいしかできなかった。あの夜には警察にもそう話した。リナは虫除けスプレーのにおいをさせていた、と。アネッテはそんなことを話す彼をまるで赤の他人を見るような眼で見た。悪いのはこの男だと言わんばかりに。彼は、そう、そのことも覚えている。

買ったばかりの煙草の箱を開け、来た道を引き返すあいだずっと煙草をくわえていた。シルヴァーロードにぶつかると、そのあとは北へ向かった。いつものことながら、帰りは行きより早く、より空《むな》しく感じられた。バックミラーに吊《つ》るしたリナのシルヴァーのハートのペンダントに太陽の光が反射した。娘はまた隣りに坐っていた。ブロンドの髪がカーテンのように顔にかかっていた。

「パパ、このほんの数時間のあいだに二十一本も煙草を吸ってるって、知ってた？」

レレは窓の外に煙草の灰を落とし、娘にかからないように煙を吐き出して言った。

「そんなに？」

リナは呆《あき》れたように——あるいは偉大なる力を求めるかのように——眼を大げさにぐるっとまわしてみせた。

「煙草を一本吸うたびに寿命が九分短くなるって知ってた？　今夜だけで百八十九分も寿命を縮めたのよ」

「それはそれは」とレレは答えた。「だけど、そもそもなんのために生きなきゃならない？」

リナは淡い色の眼に非難の色を浮かべて彼を見た。

「パパはわたしを捜さなくちゃならないでしょ？　それができるのはパパだけでしょ？」

＊

メイヤは両手でお腹《なか》を押さえて横になり、努めて音を聞くまいとした。指の下で腹の虫が鳴る音も。それ以外の音――床板の隙間を抜けて階下《した》から聞こえてくる音――も。シリヤの激しい息づかいと、そのあとに続く新しい男の息づかい。ベッドが軋《きし》む音、それから犬の鳴き声。あっちへ行って寝ていろと男が犬に怒鳴る声。

もう真夜中だった。が、太陽はまだ赫奕《かくえき》と照っていて、狭い三角形の部屋を照らしていた。暖かい黄金の陽光の束が灰色の壁に射《さ》し、眼を閉じると瞼《まぶた》の毛細血管の模様が見えた。メイヤは眠れなかった。低い窓のそばに膝をつき、手で蜘蛛《くも》の巣を払った。見渡すかぎり夜の青空と青色を帯びた森しかなかった。首を伸ばすと、その先にある湖がほんの少しだけ見えた。黒くてひっそりとしていた。魅力的にも思えた。おとぎ話に出てくる囚《とら》われのお姫さまになったような気がした。深く暗い森に囲まれた塔の中に閉じ込められ、意地悪な継母《ままはは》が階下《した》の部屋で淫らな行為に及んでいる音を聞かされる運命にあるお姫さまに。もっとも、シリヤは継母ではなく、ほんとうの母親だが。

シリヤもメイヤもノールランド（注、スウェーデン北部の九つの地方の総称）に来たのはこれが初めてで、北に向かう列車に長時間揺られるうち、ふたりは疑念に取り憑《つ》かれた。窓の外の森がどんどん深くなり、駅と駅との間隔が長くなるにつれ、ふたりは言い争い、泣き、押し黙るようになった。シリヤはメイヤに約束していた。引っ越すのはこれが最後だと。今回シリヤが出会ったのはトルビョルンという名で、グリマストレスクという村に、家屋といくばくかの土地を所有している男だった。ふたりが出会ったのはインターネットだったが、そのあと永遠とも思えるほど長時間、電話で話をしていた。その男のノールランド特有のそっけない話し方はメイヤもすでに聞いて知っていた。写真も見ていた。口ひげをたくわえ、首が太く、笑うと眼がまるで切り込みのように細くなる男だった。アコーディオンを抱えている写真や、氷にあけた穴の上に屈《かが》み込み、鱗《うろこ》の赤い魚を釣り上げている写真もあった。本物の男。それがシリヤのトルビョルン評だった。過酷な環境を生き抜く術《すべ》を知っていて、彼女たち母娘《ははこ》を養うことのできる男。それがシリヤのトルビョルンだった。

ようやく目的地に着いて駅のホームに降り立つと、そこは駅というより松林に囲まれた小屋といったほうがよさそうな場所だった。出口のドアを開けようとすると、鍵がかかっていた。ほかに降りた乗客はおらず、列車が森の奥へ消えていくのを見送りながら、ふたりは術なげに立ち尽くした。列車の振動でしばらく地面が揺れていた。シリヤは煙草に火をつけると、スーツケースを引きずりながら、今にも崩れそうなプラットホームから降りた。メイヤはその場にしばらく突っ立って、木々がたてるかさかさという音と百万匹はいそうな蚊が飛び交う音を聞いた。叫び声がみぞおちのあたりでほとんど形になるのが感じられた。シリヤのあとをついていきたくなかった。だからといって、このままここにいるわけにもいかなかった。線路の反対側に鬱蒼《うっそう》とした森の深緑があり、その深緑が背景の黒との境界を成していた。光輝く空に掛けられた幕のように。森の木々の枝のあいだでは無数の影がうごめいていた。動物の姿は見えなかったが、向こうから見られているのははっきりと感じられた。街中の広場の真ん中に立たされているのと変わらなかった。数百対《つい》の眼がまちがいなく彼女を見つめていた。そして、彼女を呑み込もうとしていた。

シリヤは荒れ放題の駐車場に向かっていた。錆《さび》だらけのフォードが待っていた。黒い帽子を深くかぶった男がボンネットに寄りかかって立っていた。ふたりが近づいてくるのを見て、男は体を起こした。笑うと、口の中に嗅ぎ煙草《スヌース》の滓《かす》が残っているのが見えた。その男、トルビョルンは写真で見るより大柄で、がっしりしていた。が、動作はどこかぎこちなく、自信なげに見えた。自分の体の大きさがわかっていないかのように。

シリヤはスーツケースを地面に置くと、樹海の真ん中に浮かぶ救命ブイにすがるみたいに彼にしがみついた。メイヤは脇に立ってアスファルトのひび割れをじっと見つめた。ひび割れた隙間からタンポポの葉が生えていた。ふたりがキスを交わし、舌をからめ合う音がした。

「娘のメイヤよ」

シリヤは口を拭った手でメイヤのほうを示した。トルビョルンは帽子のつばの下からメイヤをとくと観察してから、ぶっきらぼうに、ようこそと言った。メイヤは地面から眼を上げなかった。自らの意思に反してここに連れてこられたことをそうして態度で示した。

車内は濡《ぬ》れた犬のにおいがし、後部座席には色が褪《あ》せ、ざらざらした動物の毛皮が広げてあった。シートのひとつは背もたれから黄色い詰めものがはみ出《い》だしていた。メイヤはそんな座席の端に坐り、口で息をした。シリヤはトルビョルンは金持ちだと言っていたが、車と男の外見から判断するかぎり、それはどう考えても誇張のようだった。彼の家に向かう道沿いには陰気な松林があるだけで、ほかには何もなかった。松林はところどころ伐採されて地面が剝き出しになっていた。木々の合間に点々と見える小さな湖が涙の粒のように光っていた。グリマストレスクに着く頃にはメイヤは咽喉《のど》がひりひりしていた。まるで何か熱い塊ができたかのように。トルビョルンは片手をずっとシリヤの太腿《ふともも》にのせていて、彼女たちが興味を示しそうなもの——ちっぽけなスーパーマーケット〈ICA《イーカ》〉や学校やピザ屋や郵便局や銀行など——が見えたときだけその手を上げて指差した。どれも彼にとってはたいそう自慢のようだった。まばらに建つ家はどれも大きかった。さらに進むと、建物と建物の間隔がさらに広くなり、建物と建物のその間隙に森と原っぱと牧草地が広がっていた。

時々、遠くから犬の吠《ほ》え声が聞こえた。頬を赤らめ、さらには輝かせて、まえの席からシリヤが言った。

「見て、なんて素敵なの、メイヤ。まるで物語に出てきそうなところじゃないの！」

あまり喜びすぎないように――トルビョルンはシリヤにそう言った。おれの家は湿地の反対側だからと。どういう意味なのだろう、とメイヤは思った。そのうち眼のまえの道路の幅が狭くなり、森がさらに近くに迫ってくると、車内は重い沈黙に包まれた。そびえ立つ松が次々と現われては消えるのを見ているだけで、メイヤは段々息苦しくなってきた。

トルビョルンの家は森の中の空所にぽつんと建っていた。二階建てのその家もかつては立派に見えたのかもしれないが、今では赤いペンキが剝がれかけ、今にも地中に沈んでしまいそうに見えた。鎖につながれた痩せこけた黒い犬が車から降りた彼らに向かって吠えだした。メイヤはまわりを見まわすなり、膝から力が抜けそうになった。

「さあ、着いた」とトルビョルンが手を大きく振りまわして言った。

「すごく静かで落ち着いたところね」とシリヤは言ったものの、当初の喜びはその声からすでに欠落していた。

トルビョルンはふたりの荷物を家の中に運び、汚れた黒い床の上に置いた。黴臭《かび》い空気と煤《すす》と木に染み込んだ油のひどいにおいがした。忘れ去られた時代のみすぼらしい家具が彼女たちを見つめ返していた。壁には茶色いストライプの壁紙が張られていて、その上に動物の角がいくつかと、彫刻を施した鞘《さや》に収められたナイフが何本も掛けられていた。メイヤがこれまで見たこともないほどの数だった。いずれにしろ、トルビョルンの家は埃《ほこり》だらけで、逃れようのない悪臭に満ちた場所だった。メイヤはシリヤと眼を合わせようとした。が、うまくいかなかった。シリヤは例の笑みを顔に貼りつけていた——どんなことでもたいていのことなら耐えられると言わんばかりの笑みを。まちがいを犯したと認めることからはほど遠いあの笑みを。

シリヤと男のうめき声がやんで、かわりに鳥の声が聞こえた。今まで聞いたことのない、ヒステリックで耳ざわりな鳴き声だった。天井は傾斜していて、三角形をつくっていた。何百という節穴がメイヤを見ていた。トルビョルンは階段の上に立って、ここが三角部屋だと説明し、ここで寝るようにメイヤに言った。階上《うえ》にある自分だけの部屋。自分の部屋を持てるのは久しぶりだった。今までは物音から逃れるにはほぼいつも自分の両手で耳をふさぐしかなかった。シリヤと相手の男がたてる音から逃れるには。派手なセックスの音と喧嘩《けんか》する声から逃れるには。喧嘩は常にセックスとセットになっていた。その音はどんなに遠くへ引っ越しても、メイヤとシリヤについてまわった。

＊

車が道路からはずれてタイヤががたがたと音をたてて、レレは自分がひどく疲れていることにようやく気づいた。窓を開け、顔を平手で強く叩いた。頬がひりひりと痛むほど強く叩いた。隣りの座席はからっぽだった。リナはいなくなっていた。夜中にこんなふうに車を乗りまわすことをリナがよしとするわけがない。レレは眠気覚ましに新しい煙草をくわえた。

自宅のあるグリマストレスクに着いたときにもまだ頬には叩いた跡が赤く残っていた。バス待合所の近くに車を停《と》めると、彼は油性ペンで書かれた落書きと鳥の糞《ふん》で飾られている以外、なんの変哲もない待合所を非難がましく眺めた。夜が明けたばかりの早朝で、始発のバスまでまだ時間があった。レレは車を降り、疵《きず》だらけの木製のベンチのほうに歩いた。地面には菓子の包み紙と嚙《か》んだあとのガムの塊が落ちていた。白夜の太陽が水たまりに映って輝いていたが、いつ雨が降ったのか思い出せなかった。レレは重い足取りで待合所のまわりを何周かしてから、彼が車をUターンさせたときにリナが立っていた場所にいつものように立つと、待合所の汚れたガラスに肩をもたれさせた。娘がしたのとまったく同じように。あのときのリナはわざと平静を装っているように見えた。大したことではないと言わんばかりに。その日は彼女にとっては初めてのちゃんとした夏のアルバイトの出勤初日だった。アリエプローグでトウヒを植樹する仕事で、秋学期が始まるまでの期間だけの実入《みい》りのいい仕事だった。実際、それ自体は特別なことでもなんでもない。

すべてはバス待合所に早く着きすぎたレレのせいだ。バスに乗り遅れてアルバイト初日に遅刻してはいけないと言ったのも彼だった。リナは文句を言わなかった。六月のあの日の朝。鳥たちのコーラスと生気に満ちたあの暖かい朝、リナはたったひとりバス待合所に立っていた。レレの古いパイロット・サングラスが陽光を跳ね返していた。リナがかけたら顔の半分も隠れてしまうのに、どうしても欲しいと言って聞かなかったのだ。あのときリナは手を振っていたかもしれない。投げキスを寄越したかもしれない。あの頃よくやっていたように。

あの若い警察官も似たようなサングラスをかけていた。サングラスを押し上げて玄関ホールにはいってくると、レレとアネッテをじっと見て言ったのだ。

「お嬢さんは今朝バスに乗っていませんでした」

「そんなはずはない」とレレは言った。「バス停まで送ったんだから!」

警官は肩をすくめた。その拍子にパイロット・サングラスがずれた。

「お嬢さんはバスには乗っていませんでした。それは運転手と乗客に確認しました。誰もお嬢さんの姿を見ていません」

そのときからすでに警官もアネッテもいわくありげに彼を見ていた。それがレレにははっきりと感じられた。彼らの眼に浮かぶ非難が胸に突き刺さり、彼は心をくじかれた。結局、リナを最後に見たのは彼だった。リナを車で送っていったのは彼であり、あのとき監督責任があったのも彼だった。警察は忌々《いまいま》しい同じ質問を何度も何度も繰り返した。娘を置いて引き返したのは、正確なところ何時だったのか。その日の朝、リナはどんな様子だったのか。家庭ではうまくいっていたのか？　喧嘩をしたりすることはなかったのか？

レレはついにそれに耐えられなくなった。キッチンの椅子をつかむと、警官のひとりめがけて力任せに投げつけた。その腰抜け警官は慌てて外に飛び出すと、応援を要請した。ほかの警官たちに取り押さえられ、手錠をはめられたとき、頬が木の床に触れた冷たい感触を彼は今でも覚えている。連行されるときに聞いたアネッテの叫び声も耳に残っている。彼女はあのとき彼を庇《かば》おうとはしなかった。それは今も変わらない。たったひとりの子供がいなくなったのに、彼女には責める相手が彼のほかに誰もいないからだ。

レレはエンジンをかけてUターンし、淋しげに佇《たたず》む待合所をあとにした。リナがそこに立って、彼に投げキスをした日からほぼ三年が過ぎていた。彼女の姿を最後に見たのは、三年経《た》った今もまだ彼のままだった。

*

これほど空腹でなければ、メイヤはずっと三角の部屋に閉じこもっていただろう。住む場所が変わっても、空腹から逃れられたためしは一度もなかった。メイヤは腹がたてる音が聞こえなくなるよう片手で腹を押さえ、もう一方の手でドアを押し開けた。階段はとても狭く、爪先立ちして降りなければならないほどだった。時々、彼女の重みで踏み板が軋んだ。音をたてまいとしても無駄だった。キッチンは真っ暗で、誰もいなかった。トルビョルンの寝室のドアは閉まっていた。そのすぐそばに犬が寝そべっていて、メイヤが通り過ぎるのを用心深げに見ていたが、メイヤが玄関のドアを開けると、すっと立ち上がり、彼女の脚のあいだをすり抜けて外へ走り出た。とっさのことで止める間《ま》もなかった。犬はライラックの茂みのまえで片脚を上げたあと、地面に鼻をつけて背の高い草のまわりを何周かした。

「どうして外に出したの？」

壁ぎわに置かれたキャンプ用の折りたたみ椅子にシリヤが坐っていた。メイヤはそれまで気づかなかった。シリヤはメイヤが見たことのないフランネルのシャツを着て、煙草を吸っていた。髪がライオンのたてがみのようになっていた。眼を見ると、寝ていないことがすぐにわかった。

「わざとじゃない。あの牡犬《おす》が勝手に出ちゃったのよ」

「あれは牝犬《めす》よ」とシリヤは言った。「名前はヨリ」

「ヨリ？」

「そう」

自分の名前が呼ばれたのが聞こえたのだろう、犬はすぐにポーチに戻ってきた。そして、濃い色の床板の上に伏せて、舌を垂らし――それがネクタイのように見えた――ふたりを見つめた。シリヤは煙草の箱を差し出した。彼女の首のまわりには赤いキスマークがいくつも残っていた。

「それ、どうしたの？」

シリヤはいびつな笑みを浮かべて言った。

「カマトトぶらないで」

メイヤは煙草を受け取った。ほんとうは食べもののほうがよかったのだが。シリヤの口から生々しい話を仔細《しさい》に聞かされずにすむことを祈りながら、メイヤは森を見つめた。木々のあいだで何かが動いたような気がした。あんな森にはいるなど彼女にはとても考えられなかった。煙草を吸うと、また息がつまったような気がした。閉じ込められ、囲まれているような感覚にとらわれた。

「ほんとうにここに住むの?」

シリヤは片脚を肘掛けにのせた。黒い下着が丸見えになった。彼女はその脚を苛立《いらだ》たしげに小刻みに揺すって言った。

「まずは試してみないと」

「どうして?」

「ほかに選択肢はないからよ」

シリヤはもうメイヤを見ていなかった。その声に幸せに満ちた高揚感はなかった。眼の輝きも失《う》せていた。それでも口調だけは断固としていた。

「トルビョルンはお金持ちよ。家も土地もあって、仕事も安定してる。ここなら来月の家賃の心配をしないで、いい暮らしができる」

「どこだかもわからないような場所でぼろぼろの小屋に住むのがいい暮らしとは思えないけど」

シリヤの首すじにできた跡の赤みが増し、彼女は鎖骨を手で覆った。そうすれば赤みを抑えられるかのように。

「もうこれ以上は無理よ」とシリヤは言った。「わたしは病気だし、貧乏暮らしにはもううんざり。わたしたちに今必要なのはわたしたちを養ってくれる人よ。トルビョルンは喜んでその役を引き受けてくれる人よ」

「それって確か?」

「何が言いたいの?」

「喜んで引き受けてくれるってところ」

シリヤはにやりとして言った。

「喜んでないなら喜ばせられる。心配は要らない」

メイヤは煙草の吸い殻を靴で揉《も》み消した。

「何か食べるものないの?」

シリヤは煙草の煙を深く吸い込むと微笑《ほほえ》み、したり顔で言った。

「食べものなら、この古いぼろ家にはあんたがこれまで見てきた食べものを全部集めても足りないくらいいっぱいあるわ」

*

ポケットの中で携帯電話が振動し、レレは眼を覚ました。ライラックの茂みのそばの日光浴用の長椅子に坐ったまま、いつのまにか眠ってしまったようだった。電話を耳にあてようとすると、体が痛んだ。

「レレ？　寝てた？」

「いや、まさか」とレレは嘘《うそ》をついた。「庭の手入れをしてたんだ」

「苺《いちご》はもう生《な》った？」

レレは雑草が伸び放題の畑に眼をやった。

「まだだ。でも、順調に育ってる」

電話の向こうでアネッテが深く息を吸ったのが聞こえた。気持ちを落ち着かせようとしたのだろう。「フェイスブックに案内を投稿したわ」と彼女は言った。「日曜日にやる記念の催しの」

「記念の催し……？」

「三周年の。まさか忘れたわけじゃないでしょうね？」

レレは立ち上がった。椅子が軋んだ。めまいに襲われ、ポーチの手すりにつかまった。

「忘れるわけがないだろう！」

「キャンドルはトマスとわたしが買っておいたから。あと、母の裁縫クラブが特注プリントのTシャツを用意してくれたわ。教会からバスの待合所までみんなで歩くことになると思うけど、何か簡単な挨拶をしたいなら、準備しておいたほうがいいかも」

「準備する必要なんてないよ。言いたいことはいつも頭にはいってる」

アネッテは疲れた声音で言った。「わたしたちが共同戦線を組んでるように見えても不都合なことは何もないと思うけど。リナのためにも。ちがう？」

レレはこめかみを揉んだ。

「だったら手でもつなごうか？　きみとおれとトマスで」

レレの鼓膜が震えるほど大きなため息が聞こえた。

「それじゃ、日曜日に。それと、レレ？」

「なんだ？」

「夜中に車で捜しにいったりなんかもうしてないでしょうね？」

レレはうんざりしたように眼を大げさに上にやって空を見上げた。太陽は雲の陰に隠れて見えなかった。

「じゃあ、日曜日に」ただそう言って、電話を切った。

十一時半になっていた。屋外の長椅子で四時間も寝ていたのだ。いつもより寝すごしてしまった。後頭部を掻《か》くと、爪の隙間に血がついた。蚊に刺されたらしい。家の中に戻ってコーヒーをいれ、シンクで顔を洗った。目の細かい食器用の布巾で顔を拭いていると、アネッテが文句を言う声が静寂を破って聞こえた気がした――布巾は食器とグラスを拭くためのものなのであって、ひげも剃《そ》っていない人間の顔を拭くためのものじゃないのよ。こうも言われているような気がした――リナを捜すのは警察の仕事で、思いつめた父親の仕事じゃないわ。あの日、アネッテは彼の顔を思いきり平手打ちして、彼のせいだと怒鳴ったのだった――あなたはあの子がバスに乗るまでちゃんと見送るべきだった、あなたがわたしから娘を奪ったのよ。そう言って、何度も彼を叩き、引っ掻いた。レレはどうにか彼女の両手をつかんだ。彼女を押さえ込むには目一杯力を込めなければならなかった。それでようやく彼女の腕から力が抜け、彼の足元にくずおれるようにへたり込んだ。ふたりが互いの体に触れたのはリナがいなくなったその日が最後になった。

その後、アネッテは外の世界に答を求めた。友人や心理学者や新聞記者に。それからトマスに。トマスはセラピストで、両手を広げ、あそこをぴんぴんにして準備万端で彼女を待っていた。喜んで話を聞いて問題を取り除く男として。当時、アネッテは睡眠薬と鎮静剤に頼っており、そのため眼の焦点をなくし、やたらとよくしゃべるようになっていた。失踪したリナのためにフェイスブックのページをつくり、集会を開き、インタヴューにも応じていた。その内容にレレはぞっとした。アネッテは彼らがともに過ごしたなにより私的な部分もあけすけに語った。誰にも知られたくないリナの秘密も事細かに明かした。

一方、レレは誰とも話さなかった。そんな時間はなかった。なんとしてもリナを見つけなければならない。彼にとって大事なのは娘を捜すことだけだった。そうしてシルヴァーロードを往復する旅がその年の夏に始まったのだ。手あたり次第にゴミ箱の蓋を開け、廃棄物を収めたコンテナの中も沼地も閉鎖された採掘場も素手で調べた。家ではコンピューターのまえに坐り、インターネット上のフォーラムで見ず知らずの他人がリナの失踪について自説を繰り広げる長いスレッドを読んだ。そこには気分が悪くなるような思いつきばかりが延々と並べられていた。家出した、殺された、誘拐された、ばらばらに切断された、道に迷った、溺れた、車に轢《ひ》かれた、売春宿に連れていかれたなどなど。考えるだけでもおぞましい悪夢のような顚末《てんまつ》の寄せ集めだった。それでも彼は読んだ。毎日のように警察に電話し、仕事をしろと怒鳴りつけた。食べることも眠ることもできなかった。昼も夜もずっとシルヴァーロードを捜索し、家に帰ったときには服が汚れ、顔が傷だらけになっていることも少なくなかった。どうしてそうなったのか、彼にもわからないまま。そのうちアネッテは彼が捜索から帰ってきても彼に成果を訊《き》くのをやめた。そんな彼女がトマスのもとへ去って、レレはむしろほっとした。これで捜索に集中できるようになる。そう思った。リナを捜すこと。それが今の彼のすべてだった。

コーヒーを手にコンピューターのまえに坐った。スクリーンセーヴァーのリナが彼に笑いかけてきた。部屋は空気が淀《よど》み、饐《す》えたにおいがした。ブラインドは降ろされたままになっていて、羽根板の隙間から射し込む光を受けて埃が宙に舞っていた。ほとんど枯れかけた植木鉢の植物が窓敷居の上でうなだれていた。室内のあらゆるものが彼の凋落《ちょうらく》ぶりを示す悲しみの象徴だった。それらすべてが今や見る影もない彼の姿を物語っていた。フェイスブックにログインし、リナの記念の催しの投稿を読んだ。百十三人が〝いいね〟をつけ、六十四人が参加を表明していた。「リナ、あなたに会いたい。わたしたちは絶対に希望を捨てない」

リナの友人のコメントの末尾にはびっくりマークと泣き顔の絵文字が添えられ、そのコメントに五十三人が〝いいね〟をつけていた。その中にはアネッテ・グスタフソンの名前もあった。アネッテには姓を変える気がないのだろうか、とふとレレは思った。クリックを続けて、詩や写真や怒りに満ちたコメントを読み飛ばした。「リナに何が起きたのか知っている人がいるはず。名乗り出て、真実を語りなさい！」顔を真っ赤にして怒っている絵文字。九十三個の〝いいね〟。二十件のコメント。レレはログアウトした。フェイスブックを見てもただ気が滅入《めい》るだけだった。

「どうしてソーシャルメディアに参加しようとしないの？」いっときアネッテはそう言い募った。

「何に参加しろって？　仮想空間のみじめなお祭り騒ぎにか？」

「リナに関わることじゃないの」

「きみが気づいているかどうか知らないが、おれにとって大事なのはリナを見つけることだ。リナを思って悲しむことじゃない」

コーヒーを一口飲んで、〈フラッシュバック〉（注、スウェーデンのインターネット上のフォーラム）にログインした。リナの失踪についてのスレッドに新しい投稿はなかった。最後に書き込みがあったのは去年の十二月で、〝真実の探求者〟と名乗る人物によるものだった。

警察はあの朝シルヴァーロードを通った大型トラックの運転手を調べるべきだ。連続殺人鬼が運転手の仕事を好むというのは誰もが知っていることだ。カナダやアメリカを見ればわかる。あっちでは毎日ハイウェーで誰かが行方不明になっている。

〈フラッシュバック〉の千二十四人の投稿者全員が感動的なまでにリナはバスが来るまえに連れ去られて誘拐されたという意見で一致していた。つまり、警察と同じ見解ということだ。レレは宅配業者と運送会社に片っ端から電話して、リナがいなくなったあの日にあの地域を通った運転手が誰だったか尋ねた。何人かとは実際に会ってコーヒーを飲みながら話を聞き、該当する車を探し出し、捜査チームに運転手の名前も伝えた。が、容疑者と言える人物はひとりもいなかった。何かを見た人もいなかった。警察はと言えば、レレの執念深さにすでに辟易《へきえき》していた――ここはノールランドであって、アメリカじゃない。シルヴァーロードはアメリカのハイウェーとはちがう。ここには連続殺人鬼などいやしない。

レレは立ち上がると、シャツの袖をまくった。煙草のにおいがした。スウェーデン北部の地図のまえに立ち、満開の花のように内陸部に広がる画鋲《がびょう》のかたまりを見つめた。机の引き出しから新しい画鋲を取り出すと、またひとつ地図に刺して、昨夜通った場所にしるしをつけた。この地図が画鋲で埋め尽くされるまであきらめるつもりはなかった。すべて調べるまで。どんな道も行き止まりも森の中の荒れた開拓地も調べ尽くすまで。

レレは血がついた指を地図に這《は》わせ、次に捜索する辺鄙《へんぴ》な道をどれにするか考えた。携帯電話に地図の位置情報を保存してから、鍵の束に手を伸ばした。もうすでにだいぶ時間を無駄にしてしまっていた。

＊

シリヤの眼には浮かれているとき特有のあの光が宿っていた。急になんでもできる気持ちになったかのような、森の中のぼろ家がまさに願ったとおりの答であるかのような眼になっていた。声も数オクターヴ高くなり、発音もはっきりとし、まるで歌を歌っているかのような響きすらあった。言うべきことをすべて言うには時間が足りないとばかりに、ことばが口からほとばしっていた。トルビョルンはそんな彼女の様子を見て愉《たの》しんでいるようだった。満足そうに微笑んでいた。シリヤはひたすらしゃべりつづけていた。彼と一緒にいられて、彼が受け継いだ家に住めてこんなに幸せなことはない、模様入りのビニール張りの床もカーテンの大きな花柄も何もかも大好きだとまくし立てていた。自然はもちろん、その自然にこんなふうに囲まれていることも。ここには自分が何年もずっと夢に見てきた生活がある。シリヤはわざとらしくイーゼルと絵筆を引っぱり出してきさえした。そして、白夜の特別な光のおかげできっと最高傑作が描けると言った。ここにいれば、新鮮な空気を吸うことで心が休まる、ここにいれば、創造力が湧いてくる。そんな新たなエクスタシーは彼女の感情表現を大げさにし、その表現はほとばしるようなキスと愛撫《あいぶ》と長い抱擁によって強調された。メイヤにとってはそのすべてが背すじを走る悪寒となった。シリヤがこんなふうに浮かれ騒いだあとは決まって新たな地獄が始まるからだ。

二日目の夜には薬がゴミ箱行きになった。ゴミ箱をのぞくと、半分空《から》になった透明な個包装の薬のシートがジャガイモの皮とコーヒーかすのあいだから、メイヤを見上げていた——それはいかにも害のなさそうな淡い色をした強力な錠剤だった。狂気と心の闇を追い払い、人を生きつづけさせてくれる小さな化学の奇跡だった。

「どうして薬を捨てたの？」

「もう必要ないからよ」

「誰がもう必要ないって言ったの？　お医者さんに相談したの？」

「医者に相談する必要なんかない。要るか要らないか、そんなことは自分でわかる。ここなら自分らしくいられる。やっとほんとうの自分になれる。もう暗い影につきまとわれることはないのよ」

「自分が何を言ってるかわかってるの？」

シリヤは声をあげて笑った。

「あなたは心配しすぎなのよ。もっとゆったり構えられるようになりなさい、メイヤ」
長く明るい夜のあいだ、メイヤはリュックサックをずっと見つめて過ごした。まだ荷物を詰めたままだった。少しばかりお金をくすねて電車に乗り、南部に帰ることもできなくはなかった。仕事が見つかるまで友達の家に泊めてもらえばいい。いざとなったら福祉サーヴィスに頼ることもできる。あの人たちはシリヤのことをよく知っている。シリヤには滅茶苦茶に壊れることがあることもちゃんと知っている。それでも、メイヤには自分が逃げないことがわかっていた。シリヤから眼を離すことはできない。彼女がいつもの決まり文句を吐くようになった今はなおさら。

〝こんなに新鮮な空気を吸ったのは初めて！〟

〝すばらしい静けさだと思わない？〟

メイヤのほうは静けさなどおよそ味わっていなかった。むしろ逆だった。森はほかのすべての音を掻き消すほどさまざまな音に満ちていた。夜はさらにひどかった。蚊が飛びまわり、鳥がさえずり、松の木々を倒しそうなほど強い風がうなりをあげて吹くからだ。階下《した》から聞こえる音は言うに及ばず。金切り声と息づかいといんちきなよがり声。そのほとんどがシリヤから発せられるものだ。言うまでもない。トルビョルンは物静かなタイプだ。彼らが静かになってから——室内に轟《とどろ》くのがトルビョルンのいびきだけになってから——メイヤはようやくキッチンに降りて、シリヤの飲み残しのワインを飲んだ。ワインだけが白夜の光から彼女を救ってくれるただひとつのものだった。

＊

夏になると、レレは眠れなくなった。今ではもう。彼はそれを光のせいにした。黒いロールスクリーン越しに染み込む陽《ひ》の光のせいにした。一晩じゅう鳴いている鳥と、枕に頭を休めるなり顔のまえで羽音をたてはじめる一匹の蚊のせいにした。彼の眠りを妨げるあらゆるもののせいにした。

隣家のパティオからは隣人の笑い声と食器のぶつかる音が聞こえていた。彼は彼らに見られないよう頭を低くし、車に乗ると、サイドブレーキをはずして、私道の下り坂をできるだけ長く転がしてからエンジンをかけた。その音を隣人に聞かれまいとして。しかし、もちろん彼にもわかっていた。彼が夜中に姿を消すのは――夜中の一番静かなときに彼のボルボが砂利道を走り去るのは――隣人もすでに知っていることだ。村は全体に静まり返っていた。真夜中の太陽に照らされ、家々が光り輝いていた。彼が勤めている学校のまえを通った。もっとも、この三年、ずっと休暇を取りつづけているわけで、もはや勤めているとは言いがたかったが。バス待合所に近づくと、こめかみのあたりの血管がずきずきと脈打ちはじめた。

彼の中には小さな悪魔がいて、その悪魔は今でもリナがそこに立っている姿を見ることを期待していた。彼が最後に彼女を見たときのまま腕を組んで立っている姿を。三年経ってもそのろくでもないバス待合所が彼を苛《さいな》むことに変わりはなかった。

シルヴァーロードを旅行中の何者かがバス待合所に車を停め、リナを誘拐したというのが警察の見立てだった。車に乗せてあげようと持ちかけたか、あるいは無理やり車に押し込んだのか、どちらにしろ。その説を裏づける目撃者はひとりもいなかったが、それ以外説明がつかないのだった。それ以外、どうすればいかなる痕跡も残さずそんなに簡単に姿を消すことができるのか。レレはほぼ午前五時五十分にリナを車から降ろした。バスの運転手と乗客の証言によれば、バスはその十五分後に到着した。が、そのときにはもうリナはいなくなっていた。間隙は十五分。ただそれだけだ。

警察はグリマストレスク一帯を隈《くま》なく捜索した。捜索隊には誰もが加わった。あらゆる湖と川が浚《さら》われ、人々は手をつなぎ、人の鎖となって、あらゆる方角に向けて何キロも歩いた。捜索には犬もヘリコプターも協力した。ボランティアも県全土から集まった。が、リナは見つからなかった。リナを見つけることは誰にもできなかった。

彼女はもう死んでいるのではないかなどという考えは、レレとしては断固として受け入れられなかった。彼にとって彼女は今でも生きていた。あの日の朝バス待合所に立っていた姿のままに。そんな彼に今でも訊く者がたまにいた。醜聞漁《あさ》りの三文記者や無神経な他人だ。

娘さんはまだ生きていると思いますか？

もちろん。

レレはアルヴィッツヤウルまでの三十分のドライヴのあいだに三本煙草を吸った。ガソリンスタンドで車を降りると、ちょうどキッペンが店じまいをしているところだった。レレに背を向けて床をモップがけしていた。蛍光灯の光を受けて、彼の禿《は》げ頭が光っていた。レレは足音を忍ばせ、コーヒーマシンまで歩き、使い捨てのマグにたっぷりとコーヒーを注《つ》いだ。

「いったいどこに行っちまったんだろうって思いかけてたところだよ」

その巨体をモップの柄に預けるようにして、キッペンが言った。

「あんたのために特別にいれたコーヒーだ」

「それはそれは。ありがとう」とレレは答えた。「調子はどうだい？」

「ま、文句は言えんよ。あんたは？」

「まだ生きてる」

キッペンは煙草の料金は受け取ったが、コーヒー代は受け取らず、かわりに昨日の売れ残りのシナモンロールを紙袋に入れてくれた。そして、またモップがけに戻った。レレは干からびたシナモンロールの端を割り、コーヒーに浸して食べた。

「今夜も走ってるんだ」

「ああ、そうだ」

キッペンは黙ってうなずき、悲しそうな眼をした。

「またあの日がやってくるね」

レレは濡れた床を見ながら言った。

「三年だ。それが時々つい昨日のことのように思えることもあれば、すでに一生分ぐらい過ぎたことのように思えることもある」

「警察は今は何をしてるんだね？」

「それがわかればとつくづく思うよ」

「警察だってもちろんあきらめたわけじゃないんだろ？」

「何も起きてないけど、プレッシャーはずっとかけつづけてる」

「それはやったほうがいい。おれはいつもここにいるからな。何かあったら言ってくれ」

キッペンはモップをバケツの中に突っ込み、絞って取り出した。レレはシナモンロールをマグカップの上にのせ、煙草をポケットに突っ込むと、空いた手でキッペンの肩を叩いて店を出た。

キッペンは最初からレレとともにいてくれた。失踪直後から何日もかけてガソリンスタンドの防犯カメラのビデオを調べてくれた。リナがどこかに映っていないかどうか。誰かの車に乗せてもらったにしろ、無理やり乗せられたにしろ、その誰かはキッペンの店でガソリンを補給したかもしれない。しかし、何も見つからなかった。キッペンはその作業を今でも続けている。レレはそう思っている。こんなに時間が経った今でも続けていると。キッペンこそレレの真の友達だった。宝のような友達だった。

レレは運転席に着くと、シナモンロールの残りをコーヒーに浸して食べながら、人気《ひとけ》のないガソリンスタンドを眺めた。グリマストレスクでリナが誘拐されたとき、犯人の車のガソリンは満タンだったとしてどこまで走れるか。レレはこれまで何度も計算していた。もちろん車種にもよるが、ずっとシルヴァーロードを走りつづけるだけでも、山奥深くはいり込むこともできれば、ノルウェーとの国境近くまで行くこともできる。シルヴァーロードを離れ、車もめったに通らず、沿道に人家もないような小径《こみち》にはいり込んだ可能性もある。言うまでもない。あの日、リナがいなくなったことは夕方になるまでわからなかった。つまりいなくなってから十二時間以上経つまで。それは犯人にかなり有利に働く時間差だ。レレは手をジーンズで拭い、煙草に火をつけ、イグニッションキーをまわした。アルヴィッツヤウルを出て、森と道路だけを道づれに走った。松の香りを嗅ぎたくて、窓を開けっぱなしにした。木に口が利けたら、何千という証人がいるのに。

シルヴァーロードは一帯に広がる細い血管、それに毛細血管と彼とをつなぐ大動脈のような道路だった。雑草のはびこった木材の切り出し道に、冬はスノーモービルでないと走れないような道、それにくたびれきったような道。それらが見捨てられた村や過疎化が進む集落とのあいだをくねくねと這っていた。川に湖、それに地上と地下の両方を流れるほんの小さなせせらぎ。じくじくとしたすり傷のように広がり、湯気を立てている沼地。さらに黒い独眼のような底なしの小湖。そんな一帯をやみくもに走りまわり、失踪人を捜すというのは一生かけても終わる仕事ではない。

集落と集落のあいだの距離もさることながら、移動中の人と出会うこともきわめて少なかった。だから、うしろの車に追い越されたりするたびに彼の鼓動は高まった、その車のリアウィンドウ越しに娘の姿が見えることをほとんど期待して。道路の退避場所に車を停め、そこに置かれているゴミ箱の蓋を開けるときには、それまで何度も同じことをしているのに、まるで初めてすることのように体が震えた。その行為には決して慣れることがなかった。アリエプローグのすぐ手前で毛細血管のひとつに車を乗り入れた。樅林《もみ》の中にただ二本のタイヤ跡が残っているだけのような道だった。レレは両手でハンドルを握ったまま煙草を吸った。霧が木々のあいだを幽霊のように漂っていた。自分がどんなところにいるのか確かめようと、淡い光の中に眼を凝らした。その道はUターンするには狭すぎ、引き返すならバックで戻らなければならなかった。が、彼はすでにあと戻りのできない人間になっていた。道とも言えない、下生えのはびこる凸凹《でこぼこ》道を進んだ。煙草の灰がシャツの胸の上に落ちた。しばらくすると、木と木のあいだに最初の建物が垣間《かいま》見《み》えた。窓のところまで雑草が伸びてきている崩壊しかけた家で、かつては窓とドアがあった部分は今やただの穴と化していた。さらに進むと、森に侵食された木の骸骨がもうひとつ見えてきた。さらにもうひとつ。もう何十年も誰も住んでいない廃屋だった。彼は荒地の真ん中に車を停め、長いこと坐ったまま深呼吸を繰り返した。そして、それが終わると、グラヴコンパートメントの中からベレッタを取り出した。

＊

シリヤの男たちからは常に離れていること。メイヤはそのことをとっくに学んでいた。彼らとは絶対にふたりだけにはならない。なぜなら、これまで彼らの望みがシリヤだけであるほうが稀《まれ》だったからだ。彼らはみなメイヤに体を押しつけてきたり、彼女の尻を叩いたり、胸をふざけてつかんだりするのが好きだった。そういうことをする男は、つかめるような胸がまだメイヤになかった頃にさえいた。

が、トルビョルンはちがった。彼女に決して触れようとしなかった。そのことは彼女たちがトルビョルンのところにやってきて三日目の夜にわかった。彼女がキッチンに行くと、彼はこぼれたコーヒーをソーサーからすすって飲んでいた。彼女はまるで彼がいることにさえ気づいていないかのように、そのそばをできるだけそっと通り過ぎ、ヴェランダに出て煙草に火をつけた。すると、すぐにトルビョルンが顔を出して、夜食は要らないかと訊いてきた。

彼の顔は皺だらけだった。そのとき彼女は思っていたより彼が歳を取っていることに気づいた。シリヤとはかなり離れていることに。メイヤの祖父と言ってもおかしくなかった。

彼がまた中に引っ込むと、煙草を吸いながら口笛を吹いているのが聞こえてきた。彼女は森を見つづけた。見ていれば森をそこに押しとどめておけるとでもいうかのように。自分の自由意思でこんなところに住もうなどと思う人間がいること自体、彼女には信じられなかった。影がダンスをしているあたり、トウヒの枝の下で、きみの悪いかさこそという音がした。ヴェランダの床からは黴のにおいがした。犬の爪が灰色がかった床を掻く乾いた音が聞こえ、ヨリが現われ、ごわごわとした毛皮が足の指に感じられそうなほど彼女のそばにその身を横たえた。ヨリは時々、メイヤには聞き取れない森の奥の音を聞きつけるのか、顔を起こして森のほうを見やった。そのたびにメイヤは心臓を誰かにぎゅっとつかまれたかのような気分になり、最後にはもう耐えられなくなった。キッチンにいる赤の他人のほうが見えないものよりまだましだった。

トルビョルンはテーブルの上にコーヒーカップとパンとチーズとハムを並べていた。

「これで全部だ」

メイヤは戸口に立ってためらった。シリヤが寝ている寝室のドアを見てから、食べものに眼を戻した。

「パンだけで充分よ」

彼女はトルビョルンと向かい合って坐り、ずっと疵だらけのテーブルを見ていた。テーブルの上には巨大なレンズのついたカメラも置かれており、その幅広のストラップが床まで垂れていた。

「あなた、写真家なの？」とメイヤは尋ねた。

「いや、ただの趣味だ」

トルビョルンはコーヒーを注いだ。かなり熱いコーヒーでふたりのあいだに湯気のヴェイルができた。

「コーヒー、飲むだろ？」

メイヤはうなずいた。コーヒーは物心ついた頃から飲んでいた。コーヒーもアルコールも。もっとも、それは彼女としても自分から進んで他人に認めようと思うことではなかったが。パンは白くて柔らかくて舌の上でとろけた。彼女は次から次と食べた。もはや空腹は我慢の限界に達しており、自分を抑えることができなかった。トルビョルンはそのことに気づいていないようだったが。窓のほうを向いて坐り、窓の外を指差してはしきりと彼女に説明していた。まず森の小径を、次に隅に見える薪《まき》小屋を指差して、そこには彼女が使いたくなるかもしれない自転車やら釣り道具やらが置いてあると言った。

「ここにあるものはなんでも好きに使ってくれ。ここはあんたの家なんだから。そのことを知っておいてもらいたくてね」

しくなった。

メイヤはパンを食べながら黙って聞いていたが、聞いたあとはパンを呑み込むのがむずか

「釣りなんてしたことないわ」

「それで全然かまわない。今すぐにでも教えてあげるよ」

メイヤは笑うと皺だらけになる彼の顔が嫌いではなかった。いささか大仰に聞こえる彼の話し方も。彼は彼女のほうをちらりとしか見なかった。恩着せがましくならないよう気を使っているのだろうか。彼女はコーヒーをもう一杯自分に注いだ。コーヒーポットを取るには、体をまえに倒してテーブルの上に手を伸ばさなければならなかったが、それでも注げた。こんな遅い時間にコーヒーを飲むべきではないことは彼女にもよくわかっていたが、夜中のあいだずっと太陽が燦々《さんさん》と照っているのだ。どっちみち寝られなかった。

「これはこれは。和気藹々《あいあい》を絵に描いたみたい」

シリヤが戸口に立っていた。パンティしか身につけていなかった。垂れた胸が鋭い陽射しを受けて死んだように青白かった。メイヤは顔をそむけた。

「来て坐れよ。あんたの娘が食べ尽くしちまうまえに」とトルビョルンが言った。

「そう、メイヤはね、放っておくと家じゅうのものを食べ尽くしちゃうの」

シリヤの声は甲高かった。聞くたびメイヤの腹筋が反射的に固くなる声になっていた。シリヤはキッチンにはいると、換気扇のそばに立ち、ライターで煙草に火をつけ、爪先まで煙

を行き渡らせようかといった勢いで吸った。メイヤは大きな柱時計のガラスに映るそんなシリヤを見た。眼のきらめきと青白い肌の下でふくらんだりしぼんだりしている脇腹を見た。薬を断ったあと禁断症状は出ていないのかどうか気になったが、トルビョルンがいるまえでは訊きたくなかった。

「少しあたりを見てまわったらどうかとあんたの娘に勧めてたところだ。湖とか村とか行きたかったら自転車があるし」

「聞こえた、メイヤ？　外に出て見てきたら？」

「あとでね」

「何もすることがないんでしょ？　村まで行ったら、あんたと同じ年頃の子もいるかもしれないわよ」

シリヤは煙草の箱をつぶすと、ハンドバッグに手を伸ばして二十クローナ紙幣を取り出し、メイヤに与えた。

「アイスクリームでも買うといいわ」

「こんな時間に店は開いてないよ」とトルビョルンが言った。「だけど、若い連中は外に出て、どこかに屯《たむろ》してるかもしれない。新人はだいたい歓迎されるよ」

メイヤは渋々立ち上がると、手を伸ばして紙幣を受け取った。シリヤはヴェランダまでメイヤのあとについてきて言った。

「トルビョルンとわたしにも自分たちだけの時間が要るのよ。だから二、三時間ぐらいなら外で時間をつぶせるでしょ？　あなたも愉しんできて！」

そう言って、シリヤはメイヤの頬に唇を這わせると、煙草を二本彼女に渡してドアを閉めた。メイヤはその場にひとりにされ、ドアを見つめた。彼女の背後では木々がかさかさという音をたてていた。まるで彼女を嘲笑《あざわら》うかのように。昔からの憤りが腹の底から湧き起こってきた。寒い家の外に放り出されるのはもちろんこれが初めてではなかった。が、彼女は心に誓った。こんな思いをするのはもうこれを最後にしよう。ゆっくりと振り向くと、即座にわかった。恐れたとおり、やはりそこには森しかなかった。森以外には彼女しかいなかった。

＊

彼が行き着いたのは見捨てられた小区画だった。修復不能な家屋と雑草のはびこる小径だけの場所だった。そして、そこはフィンランドのケミに住む霊能者があなたの娘はそこにいると教えてくれたのに見合う場所だった。あなたの娘は深い森の中、人々が見捨てた家屋の中にいると。レレは霊能者を信じているわけではなかったが、もはやほかに頼るものがないのも事実だった。つかめるものなら、もうどんな藁《わら》でもつかみたかった。

白夜に感謝し、ドアが錆《さ》びついた蝶番《ちょうつがい》でかろうじてぶら下がっている戸口を抜け、廃屋の中にはいった。時間と湿気を吸った跡のある古くて傷んだ床が抗議の声をあげた。キッチンを見まわした。黴だらけのソファに薪ストーヴ、蜘蛛の巣と埃に執拗《しつよう》に包まれたランプシェード。住人がちゃんと整理をし、あとには何も残さず出ていった家もあれば、慌てていたようで、壊れやすい磁器が棚に置かれたままになっていたり、箴言《しんげん》を刺繡《ししゅう》したタペストリーが額に入れて飾られたままになっていたりする家もあった。

一番愛されるに値しないときにこそわたしを愛してほしい。そういうときこそ一番愛を必要としているときだから。

家の大きさが大切なのではない。大切なのは家族の幸せである。

日々与えられるものに感謝を。

このような疑わしげなことばを壁に飾っているようでは、ここを出ていく破目になったとしても不思議はない。レレは針と糸を手に灯油ランプのそばに坐る真っ赤な頬の女たちを思い描いた。そして、苦難のときに彼女たちはほんとうにこれらのことばに慰められたのだろうかと訝《いぶか》った。それとも、こうした箴言をどうしても胡散臭《うさんくさ》く思ってしまうのはこっちに非があるのか。

真夜中の陽光がガラスも何もない窓から射し込み、見えなくてもどこかに隠れているネズミや野ウサギの糞と埃だらけの床に光の模様を描いていた。寝室にはいり、ベッドの下とクロゼットの中を見た。あてにならない床の上をできるだけすばやく移動した。最後の家にたどり着いたときには、それまで耳の奥でどくどくと脈打っていた鼓動の音も消えていた。もうすぐ終わる。あとしばらくしたら何事もなく、また車の運転席に坐っていることだろう。最後の家はほかの家よりましだった。窓ガラスも残っており、屋根のタイルもそのままだった。ただ玄関のドアがなかなか開かなかった。ドアノブを思いきり引っぱると、思いがけずあっさりと開き、勢い余って彼は尻餅をつき、静けさの中、声に出して悪態をついた。ジーンズの尻の部分が濡れてしまい、立ち上がると強打した腰が痛んだ。うしろを見やった。誰かがそこに立っていて、彼のことを笑っていないか確かめるかのように。

敷居をまたぐなり悪臭が鼻をついた。死と腐敗のにおい。咽喉がつまりそうになった。反射的に身を折り、その拍子にまた倒れそうになった。ベルトに差した銃に手をやり、すばやく安全装置をはずした。肩越しにうしろを振り返り、五十メートルほど離れた森の中に隠すようにして停めた車を見た。何もかも忘れて、今すぐその車のところまで駆け戻り、運転席に着くことを考えた。ケミの霊能者のことも廃屋の中の闇も忘れて。が、そうはしなかった。

空いているほうの手で鼻を覆い、銃を体のまえに突き出して戸口を抜けた。空気が揺れているのが見えた。中にはいると、異臭は耐えられないまでになり、吐き気が咽喉元まで込み上げた。壁から彼に笑いかけている人間の顔に迎えられた。額に入れられた白黒写真で、雨水に傷められた壁紙の上に掛けられていた。前歯の抜けた笑みを浮かべている小さなブロンドの子供がいた。黒い服を着た黒い眼の女もいた。レレは宙に浮かんだ埃を照らしている陽光越しに煤だらけの暖炉を見た。三本足の華奢《きゃしゃ》な椅子が数脚、それに花柄のビニールのテーブルクロスを掛けたキッチンテーブル。そのテーブルの下に何かふくらんだ物体があった。ハタネズミだった。ふくらんだ体にしっぽを巻きつけて死んでいた。レレは銃をおろし、笑顔の人たちのまえを通り、玄関を駆け抜けた。車まで走ると、両手を膝について、森の新鮮な空気を目一杯肺に送り込んだ。腐敗のにおいが鼻腔《びこう》に沁《し》みついていた。運転席に着いて、広い道に戻りかけてもまだにおっていた。まるで彼自身がにおっているかのように。

＊

メイヤはサンダルしか履いておらず、樅の球果や木の根っこが薄いサンダル底に食い込んだ。森の中に駆け込んだのはどうしても涙が止まらなくなったからだ。シリヤには見られたくなかった。最初は走り、そのあと立ち止まり、乱れた息を整えた。すぐにはもとに戻らなかった。木の枝が頭上で揺れ、まわりで震え、音をたて、彼女の腕を撫でた。まるで彼女を捕まえたがってでもいるかのようだった。ヨリも一緒についてきていたのだが、彼女とは距離を置き、そのうち下生えの中にはいり込んで見えなくなった。リードをつけて連れてくるのだったとメイヤは悔やんだ。そうすればずっとそばに置いておけたのに。心臓が異常なほど高鳴っていたが、自分が何を怖がっているのか、自分ではわからなかった。木々のあいだの暗がりなのか、野生の動物なのか、それともただひとりでいることそれ自体なのか。これほど深い森にはいったのは初めてだった。ここなら誰に気がねすることもなく叫ぶことができる。木々が古木であるのは一目瞭然で、ここで誰にも邪魔されることなく成長したのだろう。松の灰色の幹には熊の毛皮を思わせる地衣類がびっしりと生えていた。上を見上げると――樹葉の天蓋を見上げると――めまいがするほど自分が小さく感じられた。姿を消すにはもってこいの場所だ。

その一帯では〝沼〟と呼ばれている湖のところまでやってくると、それがトルビョルンの車から見たときよりはるかに大きなものであるのがわかった。湖畔のぬかるみをしばらく歩いた。縮んだように見える樺《かば》の木の枝が垂れて湖面に接していた。ヨリが茂みから飛び出してきて湖の水を飲んだ。メイヤは岩の上に坐ってサンダルを脱ぐと、足を湖水に浸した。が、すぐにまた引き戻し、岩の上に足をのせた。びっしりと岩を覆っている黒い地衣類が乾いた血のように思えた。ヨリはまた駆けだした。彼女はそのあとを追った。湖畔にしがみつくようにして這っている、雑草のはびこる小径は、ところどころに木が倒れていたり、小さなせせらぎが小径を横切って流れていたりした。空腹を覚えた。あれからどれくらい時間が経つのか考えた。さらに何にも邪魔されずにちゃんと家に帰れるのかどうかも。シリヤにもらって持ってきた煙草に火をつけ、空腹をごまかした。

岩の上に立って煙草を吸っていると、人の声が聞こえてきた。さきに走りだしていたヨリが何かに警告を発するように吠えだした声も聞こえた。その声のほうに彼女は歩きだした。速足になってしばらく歩くと、湖畔に人が数人坐っているのが木の枝越しに見えた。焚《た》き火をしており、その煙が渦を巻きながら空に昇っていた。笑い声が聞こえ、男が数人いることがわかった。彼らは愛情深く犬を迎え、そのあと彼女のほうを見た。彼女は思わず煙草を落とした。が、すぐに上体を屈めて拾うと、何事もなかったかのようにまた吸った。その実、頬が赤くなったのがひりひりするほど強く感じられた。男たちはみな若く、顔には日焼けじみがあった。唾を呑み込むたびによくめだつ咽喉仏が上下していた。その中のひとりが立ち上がり、彼女のほうにやってきた。

長くてよく動く腕をした若者で、その表情は読みづらかった。彼女には若者の眼しか見えず、その眼は彼女をじっと見ていた。あまりに近くまで寄ってきたので、彼女は反射的にあとずさった。まるで彼女を捕まえ、揺さぶろうとでもするかのように若者は手を伸ばしてきた。が、捕まえたのは彼女の煙草で、彼女の指からつかみ取ると湖のほうに放り投げた。その間《かん》ひとときも彼女から眼を離さず。彼女は言った。

「ここで何をしてるの？」

「若くていい子が煙草なんか吸っちゃいけない」

「誰がそんなことを言ってるの？」

「ぼくが」

焚き火のほうから笑い声が聞こえた。

「あなた、誰なの？」

若者の色の薄い眼がいたずらっぽく光った。メイヤはそれを見て、彼がふざけていることを理解した。

「カール - ヨハン」

そう言って、彼はジーンズで拭いた手を差し出した。ざらざらとして、た、こ、のある手だった。

「メイヤ」と彼女は答えた。

彼は背後を顎で示して言った。

「あそこにいるのはパールとヨーラン。見た目ほど悪いやつらじゃないから」

ふたりの若者は彼女に向かって会釈した。なぜか急に自分たちを恥ずかしがっているように見えた。三人とも髪はダークブロンドで、そろいのTシャツにジーンズという恰好《かっこう》だった。

「あなたたちは兄弟？」と彼女は尋ねた。

「ぼくが長兄だって誰もが思うみたいだけど」カール‐ヨハンは言った。「ほんとうはその逆だ」彼はベルトに付けた鞘からナイフを引き抜くと、それで焚き火のほうを示した。「きみもおいでよ。魚を焼いて食べようとしてたところなんだ」

メイヤはためらった。ヨリのほうはすでに若者たちの脇に寝そべっており、彼らが手にしている魚をじっと見ていた。メイヤはトルビョルンの家に続く小径を見やった。苔《こけ》を照らす太陽は暖かく、彼女には急に森が脅威的でもなんでもない場所に思えてきた。

＊

レレはアボルトレスクの北でまた別の森の中の小径にはいった。リナの抗議に逆らって。

「もう今夜はこれで充分よ」

「この道だけだ」

跳ねた砂利が車の腹にあたり、きらきらと光る両脇の湿地にも飛んでいった。湿地一面に生えた苔から湯気が立ち昇り、それが地球そのものが呼吸をしている証拠のように思えた。

数キロ進むと、密生する藻に黒く見える小さな湖に出くわし、湖岸に二軒の廃屋が建っていた。

煙草を口にくわえ、銃口を下にして銃を両手に持ち、彼はトウヒの木のあいだを歩きはじめた。ジーンズに濡れた枝がぶつかり、黒い跡ができた。どうして武装したりしているのか、彼自身よくわかっていなかった。自分が誰か人を銃で撃っている場面など想像もできなかった。かと言って、まったくの無防備になるのも危険な気がしたのだ。

二軒のうちの最初の一軒はなじみのある腐った木と荒廃のにおいがした。長い糸に支えられた蜘蛛の巣が天井から垂れており、埃だらけの室内を歩くと、それが彼の髪をかすめた。寝室に使われていたアルコーヴにはいると、床に膝をついて簡易ベッドの下をのぞいてみた。あったのは釣り針ときらきら光る毛鉤《けばり》が詰められた緑のプラスティックの釣り具入れだけだった。居間にはいると、薪ストーヴの扉を開けて中に残っていた灰色の薪の燃えかすを調べた。斑《まだら》模様のラッグラグが床に敷かれていたが、それが何もはいっていない薪入れまで続く一本の泥道みたいに見えた。傷んだそのラグに泥の足跡があった。

レレは傷んだラグに膝をついて、その足跡に指で触れてみた。冷たくてまだ濡れていた。誰かが最近ここにやってきたのだ。

レレはしゃがんだまま薪ストーヴにもたれ、銃を構えた。泥の縞《しま》模様ができた窓ガラス越しに外を見た。樅の木が風に揺れていた。心が落ち着き、頭がすっきりするまでその姿勢を保った。森の中を歩く人間が彼のほかにもいるというだけのことだ。そういう人の中に廃屋に足を踏み入れた人がいても不思議はない。暖を取るためにしろ、ただの好奇心に駆られたにしろ、雨風を凌《しの》ぐためにしろ。ただそれだけのことだ。

外に出て、湖畔をぐるっとまわってみた。黒っぽい湖面に輝くように白い水蓮《すいれん》が浮かんでいた。レレは底なしのように見えるその小湖の深さを思った。湖底を浚うことは可能だろうか。煙草の吸い殻を湖に捨てた。すると急にそんな場所にただひとりいることがどこまでも淋しいことのように思えた。まわりの地面は軟らかく、まるで人を引きずり込むかのように靴が泥にめり込んだ。蚊のうなりがさきほどより大きくなったように思え、彼は蚊遣《や》りのために煙草に火をつけた。二番目の家は最初の家より状態がよく、外壁も黄色の塗装がまだ残っており、玄関のドアは苦もなく開いた。が、それ以上中にはいることはできなかった。うなじに銃口を突きつけられたのだ。

彼は手を上げ、その場に凍りついた。いっさいの動きを止めた。部屋がどくどくと脈打っているように思えた。自分の心臓の鼓動と背後の男の息づかいが聞こえた。

「あんた、誰だ？」と男は言った。ほとんど囁《ささや》くような声だった。

「レナート・グスタフソンという者だ。撃たないでくれ」

銃口がうなじにさらに強く押しつけられた。口の中に苦いものが込み上げてきた。ベレッタが自然と床に落ちた。男が足を伸ばして、その銃を蹴飛ばしたのがわかった。銃口がさらに強く押しつけられ、レレは危うくまえに転びそうになった。眼を閉じると、リナが見えた。そのきれいな青い眼を彼に向けてしばたたいていた。いかにも残念そうに、彼女は言った

——わたし、なんて言った?

＊

彼らは魚の腸《はらわた》を抜くと、その身を火の上に渡した何本かの枝の上に広げた。黒っぽい鱗が陽の光を浴びて光った。彼らは魚の内臓を犬のために岩の向こうに放ると、血にまみれた手を湖の水で洗った。メイヤはこんなふうに火で焼いたスズキを食べるのは初めてだった。焼いたスズキの身は手の中でパンのようにほぐれ、舌の上でバターのようにとろけた。三人の若者はほとんど口を利かなかったが、彼女のことはずっと観察していた。そんな彼らの視線は彼女を恥ずかしがらせ、自分のあらゆる所作が意識された。髪をうしろにやるようなことも。彼らにどう対処すればいいのか、彼女にはわからなかった。

カール-ヨハンは彼女と眼が合うたびに微笑んだ。きれいな歯をしており、笑うと顎にえくぼができた。そんな彼に見られていると、メイヤは気ままに食べられなかった。何をするのもむずかしかった。

彼がリーダーであるのはまちがいなかった。三人を代表してしゃべり、あとのふたりは彼のことばにうなずいたり、笑ったり、ふんぞり返ったりして、彼の要求に応じていた。背はほかのふたりより高かったが、ほかのふたりほど筋骨隆々というわけではなかった。顔つきも少年らしくやさしくて威圧的ではなかった。スズキをもう一切れ彼女に勧めると、彼は彼女の話しことばを聞くかぎりストックホルム出身のように思えると言った。

「それはもうあちこちに住んできたわ」とメイヤはいかにも世故に長《た》けている者のように言った。「だから方言はないはずよ」

「どうしてここにいるの？　よりにもよってグリマストレスクなんかに」

「母さんがここに引っ越したがったのよ」

「どうして？」

「母さんはネットである男の人と出会った。その男の人はここに家を持っていた。母さんはそういう暮らしをずっと夢見ていた。そう、森の中でのシンプルライフをね」

話しながら、メイヤは頬が火照っているのが自分でもわかった。シリヤのことを話すというのは彼女にとって苦痛以外の何物でもなかった。が、彼女の眼の隅にはカール－ヨハンの笑顔があった。笑っている眼と歯があった。

「きみの母さんは賢い人だ」

「そう思う？」

「もちろん。誰もがもっとシンプルライフをすればいいのさ。世界がこうなってしまった以上」

彼は彼女のすぐそばに坐っていた。肩と膝が触れ合いそうなほど。彼のすぐそばにいると、メイヤは自分が小さくなってしまったように強く感じられた。彼の声はやさしく、メロディアスですらあった。それが彼女を酔わせた。しかも彼は彼女をきちんと見ていた。真面目に見ていた。

「こんな真夜中にいつもこんなことをしてるの？」

「真夜中のほうが魚がよく釣れるんだよ」

カール－ヨハンは湖のほうを顎で示した。鏡のような水面に明るい空が映っていた。

「きみのほうはどうなんだい？　こんな夜中に何をしてるの？」

「眠れなかったの」

「死んじまったらよく眠れるよ。さあ、泳ごう！」

そう言って、カール－ヨハンはTシャツを脱いだ。日に焼けてよく引きしまった上体があらわになった。

まるで命令でも受けたみたいにほかのふたりもTシャツを脱ぎ、彼のあとを追った。焚き火のそばにメイヤだけが取り残された。カール－ヨハンは水の中に立って彼女も誘った。彼の熱心さに根負けしてメイヤはTシャツを着たまま、氷のように冷たい湖水にはいった。そして、肩まで水に浸した。心臓が止まってしまうのではないかと思うほど水は冷たかった。しばらくのち、彼らは湖の上に突き出している岩場の上で体を乾かした。犬にも一団のリーダーがカール－ヨハンであることがわかるのか、彼のそばから離れようとしなかった。メイヤはラホルムの農夫と一緒に住んでいたときにシリヤが言ったことを思い出した——動物の扱いを心得てる人というのは信用できる人よ。

「村に住んでるの？」と彼女は岩場に寝そべって体を乾かしながら尋ねた。

「いや、グリマストレスクじゃない。ぼくらはスワルトリーデンの人間だ」

「それはどこにあるの？」

「ここから十キロほどのところ」

長兄のヨーランはにきび面で、始終そのにきびを指で弄《いじ》っていた。メイヤはできるだけそんな彼のほうを見ないようにした。そのヨーランが言った。

「今や国全体が崩壊しつつある。そんな中でスワルトリーデンは避難所のようなところだ」

「何からの？」

「あらゆるものからの」

あたりの静けさのせいか、そのことばがやけに意味深長に響いた。次兄のパールは顔の上に帽子をのせて寝そべっていたが、何も言わなかった。メイヤは横目でカール－ヨハンを見た。彼は笑っていた。

「一度は来てみるべきだ。きみのお母さんも連れてくるといい。きみたちが求めているのがシンプルライフだったら、絶対スワルトリーデンが好きになるよ」

メイヤはシリヤがくれた煙草を指で弄んだ。一本吸いたかった。が、我慢した。

「あなたたちって変よ」と彼女は言った。「とことん変よ」

彼らは笑った。

カール＝ヨハンは森を抜けるまで彼女を送っていくと言い張った。彼女はその申し出をありがたく受け入れた。森の中の小径は狭く、縦になって歩かなければならなかった。メイヤはカール＝ヨハンの視線をうなじに感じながら歩いた。犬が先頭で、しっぽで下生えを叩くようにして歩いていた。列の真ん中を歩きながら、メイヤはことばを探した。彼女は男子に人気があるほうではなかった。それほどには。口数が少なく、いかにも自信なげなところが彼女にはあった。男子は自分たちをわざとからかったり、自分たちのジョークに笑ってくれる女子が好きだ。メイヤは冷やかしを言うのも、ジョークに大声をあげて笑うのも苦手だった。やってもどこか変になってしまうのだ。それは男子の眼を見ればわかった。そういうことはやってみてもうまくいったためしがなかった。

でも、カール＝ヨハンはジョークを言わなかった。彼は彼女のうしろを歩き、彼らの農場で飼っている家畜の話しかしなかった。牛と山羊《やぎ》と犬の話しか。スワルトリーデンにはすべてがある。彼は何度かそう言った。誇らしげな声で。振り返って彼を見ると、見るからに真面目そうな顔をしており、その真剣な眼が彼を実際の歳より大人に見せていた。彼女は背すじに何かこそばゆさのようなものを感じて、そのことをごまかせる陽射しが嬉しかった。眼を細めても不自然には見えなかったから。彼が自分自身に満足しているのは明らかで、そこが彼女と一番ちがうところだった。

彼女はシリヤのことを思った。裸同然の恰好で家の中を歩きまわる彼女の姿を。飲んでいるときにその口からあふれ出るすべてのことばを。そんな母親を思うたび、メイヤは恥ずかしさにとことん打ちのめされる。森のへりまで来て、立ち止まった。そこから小さな三角部屋の窓と屋根が見えた。どれほどそうしたくても、カール-ヨハンを家に招待するわけにはいかなかった。シリヤがいる家には。

「母さんは病気なの。だから家までついてきてもらうわけにはいかないわ」

彼は彼女のすぐそばに立っていた。湖の水のにおいと、彼のTシャツの黒いしみになっている魚の乾いた血のにおいがした。彼の睫毛《まつげ》が今は見えた。とても色が薄いのですぐ近くでなければ見えなかった。そんな彼に見下ろされると、彼女は胃袋がひっくり返ったようになった。心臓が鼓動を打つたび、彼の鎖骨の上に浮き出た血管が脈打っているのが見えた。

「じゃあ、また」と彼は言った。

彼女は彼のあとを追いかけていこうとする犬の首輪をつかんで、押さえつけなければならなかった。彼が森の中に姿を消すと、犬は悲しげな吠え声をあげた。その声に彼女も泣きたくなった。

＊

「振り向いて顔を見せろ」

レレは息を止め、ゆっくりと、できるかぎりゆっくりと、振り向いた。銃口がうなじから最後には胸に向けられた。銃の向こうの暗がりの中に男の姿が見えた。男の髪がまず見えた。肩まで伸びていて、胸の途中まで伸ばされた顎ひげとからまっていた。顔は薄汚れていて、人を射抜くような眼をしていた。着ているものは縫い目がほつれており、服が体にぶら下がっているように見えた。Tシャツに大きな裂け目があり、その下から青白い肌がのぞいていた。森と汗と燻煙《くんえん》のにおいが入り交じった不快な刺激臭がした。男はレレから眼を離すことなく銃をおろした。

「ここで何してる？」

「申しわけない」とレレは言った。「人が住んでいるとは思わなかったんだ。私は娘を捜してるんだ」

「娘？」と男は訊き返した。まるでそのことばが理解できなかったかのように。

「そうだ」

　そう言って、レレは上げていた左手をおろし、ジャケットの内ポケットからリナの写真を取り出して男の眼のまえにかざした。

「リナという名だ。今ではもう二十《はたち》近くなっている。いなくなってもう三年も経ってるんだ」

　そのむさ苦しいなりの男は写真に顔を近づけてとくと眺めた。レレは差し出した腕の震えを止めることができなかった。男がまだ腕に抱えているライフルから眼を離すことも。

「見たことのない顔だ」と男はようやく言った。「このあたりでいなくなったのか？」

「いなくなったのはグリマストレスクのバス待合所だ」

「グリマストレスクとここはだいぶ離れてるが」

「わかってる。それでも娘を捜してここまでやってきたんだ」

　男の白眼が薄闇の中でぎろりと光った。

「そういうことなら、娘さんはここにはいないよ。それだけは言える」

　レレはリナの写真をポケットに戻した。緊張のせいだろう、急に眼に涙があふれた。レレは咳《せき》払いをして涙を押しとどめた。

「勝手にはいり込んで申しわけなかった。誰も住んでいないと思ったんだ」

　そう言って、彼はドアのほうへ、涙越しに見える光のほうへ歩きだした。が、戸口を抜けかけたところでうしろから男のどら声が聞こえた。「コーヒーでも飲んでいかないか?」

ひげの男がライフルを置き、汚れがしみついた手でコーヒーの粉の分量を量るあいだ、レレはぐらぐらする椅子に坐って待った。窓は黒っぽいキャンヴァス地の布で覆われていたが、テーブルの上に置かれたオイルランプがパイン材の壁に淡い光を投げかけていた。男の動きと、破れたTシャツからのぞく筋肉から、男は見た目より若いことがわかった。

「あんなものを突きつけちまって悪かったよ」と男は言った。「だけど、こっちも怖かったもんでね」

レレは自分の銃を床から拾い上げており、それは彼の手がすぐ届くところに置かれていた。

「誰もいないと思ったんだ」と彼は繰り返した。「名前を聞いてもいいかね?」

「パトリック」少しためらってから男は答えた。「みんなにはパットと呼ばれてる」

「ここに住んでるのか?」

「時々。このあたりを通りかかったときにね」

「あまり人が通りかかるようなところじゃないが」

パットは笑った。白い歯が薄闇の中で光った。

コーヒーをふたつのブリキのマグに注ぐと、彼はひとつをレレに渡した。タールのように濃いコーヒーだった。が、黴臭い部屋の中、香りは悪くなかった。

「あんた、どうやってここを見つけたんだ?」

「たまたまだよ。この三年、シルヴァーロードを行ったり来たりしてるんだ。で、小径とか林道とか、どんな狭い道も見逃さないようにしてる」

「娘さんを捜してる？」

　レレはうなずいた。

「警察はどうしてるんだ？」

　レレは煙草の箱から一本取り出して口にくわえると、パットにも一本勧めた。

「警察なんていうのはなんの役にも立たないところだ」

　パットは同情を示すように黙ってうなずいた。ふたりは互いの煙草に火をつけ、コーヒーと煙草が沈黙を満たすのに任せた。パットは若者と言ってもいいほどに今は見えた。レレはそんなパットが煙草の煙をまるでハッシシみたいに深々と肺に吸い込むのを眺めた。鼻孔のまわりの肌がやけに赤らんでいるのと、時々鼻孔がぴくぴくと動くのを除くと、パットは今やすっかり落ち着いていた。

「あんたはここで何をしてるんだ？」

　パットは顔を起こすと、渦を巻いている煙草の煙越しにレレを見た。

「おれも誰かを捜してるんだと思う。たぶん」

「誰を？」

　パットは立ち上がると、隣りの部屋に行った。レレは壁に立て掛けられたライフルから眼を離さなかった。パットはぼろぼろの写真を持って戻ってくると、レレに手渡した。砂漠用の戦闘服を着て、自動銃を胸のまえに掛けた、クルーカットの若者が真剣な顔をして写っていた。大きな口を開けたような窓と、銃痕だらけのくすんだ灰色の建物のまえに坐っていた。

「これはおれだ。戦争にとことんやられちまうまえの」

レレは写真をとくと見た。眼のまえのひげもじゃの男と、ひげをきれいに剃ったこぎれいな、写真の中の若者を見比べた。似ているところはどこにもなかった。強いて言えば眼以外は。

「戦争に行ってたのか？　どの戦争？」

「アフガニスタン」とパットは少し顔を歪《ゆが》めて言った。

「国連の平和維持軍にいたのか？」

パットは黙ってうなずいた。

「いやいや、ほんとかね」レレは椅子の背もたれに背を預け、かすまで飲まないように気をつけてコーヒーを飲んだ。黒いキャンヴァス越しに金色の光が射し込み、世の中には愉しいことがまだあることを思い出させるような鳥の鳴き声が聞こえていた。パットは狩猟用ナイフを取り出すと、爪の手入れを始め、ナイフの柄越しにレレを見て言った。

「向こうじゃ人を殺したりしたのか、とは訊かないのか？」

「スウェーデンの国連部隊は戦闘には参加しない。そうじゃないのかい？」

パットはうつろな笑い声をあげた。それはすぐに咳に変わった。

「そんなふうに思ってるんだ。現実はそれよりだいぶひどいものだった」

そう言って、パットは両手を上げ、指を七本立てた。見るからにかさかさとしてざらついた手のひらが見えた。

「七人。それがおれが殺した数だ。死人はもっと見た」パットはナイフの刃《やいば》の腹で額を叩いた。「死んでいった人間の悲鳴は今でも聞こえる。それもしょっちゅう」

レレはシャツの胸元を広げた。狭い部屋の空気が段々むっとするようになってきた。

「それは辛《つら》いね」

「やつらがすぐに死なないときが一番ひどい。両脚を吹き飛ばされてもまだ生きてる。そんなときにはすぐそばまで行って、とどめを刺してやる。眼と眼を合わせて。そんなときにはすべてがリアルになる。眼から光が消え、人の命が尽きるときには、あらゆるものがリアルになる」

パットはナイフをレレのほうに向けて続けた。

「死というものには人を落ち着かなくさせ、内側から人を破壊する何かがある。だけど、そんなことは戦地に行くまえには誰も教えちゃくれない。死を間近で見たら何が起こるか、眼のまえで死を見たら何が起こるか、それは誰も教えちゃくれない。死というものは鉤爪《かぎづめ》みたいなもので人間をがっちり捕まえることもね。死は死を見た者の一部になってしまうことも」

「そういうことだとわかっていたら、アフガニスタンには行かなかった？」

パットはうつむいた。顔の肌が彼の人生を物語っていた。顔そのものはしかめられ、ぴくぴくと引き攣《つ》っていた。

レレはパットのほうに押しやるようにしてマグをテーブルに置いた。どこかしら酸欠状態のような室内にいることに疲れてきた。自ら大きな問題を抱えていながら、死や戦争について語るというのは容易なことではない。立ち上がると、脚が痛んだ。

「コーヒーをありがとう。そろそろ行くよ」

「この森にはおれのような人間がほかにもいる。自分を見失ってしまい、世の中との折り合いがつけられなくなった連中だ。もしかしたら、あんたの娘さんもそうなのかもしれない。もしかしたら、あんたの娘さんはいっとき世の中との関係を断っているのかもしれない」

「娘はこの世の中が気に入っていた」

「だったら誰かに囚われてるとか？」

「自分の意志で私たち家族のもとを去ったとは考えられない。それだけはわかってる」

パットはまるでレレを辞去させる心の準備がまだできていないかのように戸口までレレについてきた。

「あんたの娘さんのことは気にとめておくよ」

「ありがとう。助かるよ」

「おれの経験で言うと、気をつけなきゃいけないのはいつも笑ってるやつだ」

「え？」

「わけもなく笑っているやつ。笑みで人を騙《だま》してるやつ。そういうやつは決まってワルだ」

「覚えておくよ」

レレは玄関のドアを押し開けた。パットは手をかざし、陽の光が顔にあたらないようにして言った。

「娘さん捜しの役には立ちたいと思うけど、日光が苦手でね」

「わかるよ。陽を浴びてると、私もなんだかエネルギーを吸い取られるような気がする」

ふたりはその場にしばらく佇み、なんらかの思いを共有しつつ握手を交わした。ドアがまた閉められた。湖が家と家のあいだに溜まった黒い油のように見えた。レレはぬかるむ小径をできるだけ速く歩いた。

＊

週末になると彼らは飲んだ。ふたりとも。飲むとトルビョルンは声が大きくなり、顔が赤くなり、彼のキャリアを奪った閉鎖鉱山の話をした。シリヤはポークチョップとポテトグラタンをつくり、それをトルビョルンの母親の一番いい皿に盛りつけた。

トルビョルンはその料理を口ひげにくっつけて食べ、眼の下に隈のできたシリヤはテーブルの反対側に坐って、ひっきりなしに煙草を吸った。そして、これほど暑いといつも食欲をなくしてしまうと言った。彼女の言いわけには常に在庫があり、そんな言いわけを言うシリヤの肩は、メイヤに生まれたばかりの小鳥を思わせた。彼女のブラは肩に掛けるたびストラップが肩から落ちた。

「母さんも食べなきゃ。まるで骸骨じゃないの」

「誰も彼もあなたみたいに食欲旺盛とはかぎらないのよ、メイヤ」

そう言いつつ、シリヤは事実と格闘していた。食欲の減退は比較的最近のことで、彼女はそれを最初は服用している薬のせいにしていた。薬のせいで何を食べても咽喉がつまると言って。しかし、薬はもう飲んでいなかった。赤ワインだけじゃ生きていけないのよ、というメイヤの指摘にシリヤは怒りまくった。

メイヤは階上《うえ》にあがり、狭いベッドに寝そべって、梁《はり》がぶつかり合っているとがった天井を見つめた。いかにもはかなく見える蜘蛛の巣が真ん中の梁から垂れて揺れていた。その巣に囚われて運命の日を迎えた蚊と蝿《はえ》が干からびて死んでいた。あまり気分のいい光景ではなかった。その小さな虫たちを見ていると、涙がこぼれた。

やがてシリヤのうめき声が階下《した》から聞こえてきた。その声は最初は低く最後には甲高くなった。トルビョルンのうめき声も聞こえた。家具と木の床が軋る音も。まるでトルビョルンがシリヤを殺しているかのような音だった。メイヤは両手で両耳を押さえ、木のてっぺんが揺れている窓の外を見た。孤独な彼女の頭の中で声がした。嘲るような声がした。

あんたのママってお金をもらってるの？

あんただってどういうことか知ってるんでしょ？

ベッドサイドテーブルの上に置かれた彼女の携帯電話は暗く、静かだった。ノールランド行きの列車に乗って以来、一度も鳴ったことがなかった。彼女を恋しがっている者は市《まち》にひとりもいないということだ。彼女がどこに行ったのかさえ誰も気にしていないだろう。週末に煙草と錠剤をみんなに用意したのは彼女なのに。そう、と彼女は思った――わたしのことは恋しがっていなくても、少なくともクスリのことはあの子たちもきっと恋しがっているはずだ。

どすんという音で眼が覚めた。メイヤは弾《はじ》かれたようにベッドから飛び起き、眠っているあいだに誰もはいってこないようにとドアノブの下にあてがった椅子の背を見た。トルビョルンが彼女に何かしたわけではなかったが、それは彼女が常に怠ることのない予防策だった。さらに音がして、彼女はその音がドアから聞こえているのではなく、窓のほうから聞こえているのに気づいた。窓敷居の下まで這っていき、窓から顔をのぞかせ、明るい夜を見た。ヴェランダのあたりで何かが動いていた。ヨリが動くと、鎖がじゃらじゃらと音をたてた。しゃがみ込んでヨリの頭を撫でている黒っぽい人影があった。その人影が顔を起こして彼女を見上げたところで、彼女にもそれが誰なのかわかった。カール＝ヨハン。

彼女は窓を開け、身を乗り出して言った。

「何をしてるの？」

「湖に泳ぎにいこうと思って。きみも来ない？」

「今から？」と彼女は小声で言った。「こんな夜中に？」

「こんなに明るいのに寝てる人なんていないよ」

メイヤは首をめぐらせ、ドアを見た。トルビョルンとシリヤがたてていた音はもうやんでいた。家のため息のような家鳴り以外何も聞こえなかった。彼女の携帯電話は一時三十分を示していた。彼女はカール＝ヨハンに微笑み返して言った。

「十分ちょうだい。あと、誰にも見られないで！」

彼女は歯を磨き、制汗剤をつけ、髪は垂らしたままにして、唇にグロスを塗った。それ以上やっている時間はなかった。習慣から煙草の箱をポケットに入れてすぐに考え直した。カール＝ヨハンは煙草を吸う女の子が嫌いみたいだ。紙くずかごに煙草の箱を投げ込み、菓子の包み紙の下に隠した。

そうして足音を忍ばせて階段を降りた。踏むと猫の鳴き声のような音をたてる下から三段目の踏み板は踏まないように気をつけた。トルビョルンは首を変な恰好に曲げて、ソファに坐ったまま寝ていた。裸で、太鼓腹の下の陰毛の中にぐにゃりとなったペニスが見えた。メイヤはすぐ眼をそらし、玄関のドアに向かった。廊下の途中にあるバスルームからえずく声が聞こえてきた。その声にメイヤ自身の咽喉もつまった。コンヴァースを履いた。が、そこから先へはすぐには進めなかった。飲みすぎたシリヤが錠剤を飲んで吐いているのだ。目新しいことでもなんでもない。それでも、そんな母親を心配する娘の気持ちがメイヤの心にはまだ残っていた。なぜなら――何かあったらどうする？　メイヤは迷いながらも玄関のドアのノブをつかんだまましばらくその場に佇んだ。そのうちえずく声が聞こえなくなった。メイヤはドアを開け、駆けだした。

湖からの霧が立ち込め、草地に煙の小径が這っているように見えた。

カール‐ヨハンは森のへりの木陰に立っていた。彼に抱かれると、納屋と家畜のつんとするにおいがした。

「お兄さんたちは？」

「兄貴たちは家に用事があってね」

カール‐ヨハンは彼女の手を取ると、しっくりするまで何度か組み直して互いの指をからめ合い、彼女を引っぱるようにして松林の中を歩いた。ふたりの姿が見えなくなると、犬の悲しげな吠え声が聞こえた。ぬかるみを歩くふたりの足音がし、露がふたりのジーンズを黒く濡らした。まえに見えるのは小径だけで、その小径も少し先になると霧に呑まれて何も見えなかった。彼女は毛先がカールしている彼のうなじを見た。胃のあたりがぞくっとした。彼女の中の何かが眠りから覚めたかのように。それは刺激的で新鮮な感覚だった。

霧は湖の上にも垂れ込め、森の中では木々のあいだを幽霊みたいにくるくるまわっていた。それが朝まだきの光に青く見えた。カール-ヨハンは彼女を消えた焚き火のところまで連れてくると、彼女の手を放し、枝を折って薪の塔をつくり、燃えさしの上に立てた。そして、ライターを取り出すと、焚き付けに火をつけた。あとは勢いよく燃えだすまで火にやさしく息を吹きかけた。揺れる火影を受けた彼の顔は美しかった。輪郭がはっきりとし、生き生きとして見えた。メイヤは炎をじっと見つめた。彼がそばにやってきて立つと、全身の筋肉が収縮したような気がした。その緊張に死ぬほど煙草が吸いたくなった。自分の手をどうすればいいかわからず、ただ焚き火のほうに差し出し、言うべきことばを必死に探した。湖畔の小石を舐《な》める水の音がした。

「自分のこと、何か話してくれ」とカール-ヨハンがだしぬけに言った。

「何を話してほしいの？」

「秘密を。これまできみが誰にも言ったことがないことを」

メイヤは彼を横から見た。炎が彼の眼の中で躍っていた。彼女はためらった。小石を舐める波の音が彼女を嘲っているように聞こえた。彼女は炎に眼を戻し、しばらく炎を見つめてから話しはじめた。

「初めて酔っぱらったのはまだ五歳のときだった」

「嘘だろ？　嘘だよね？」

「いいえ、ほんとよ。シリヤはその頃お酒のことを大人のジュースって呼んでた。でも、わたしはそれを飲んでみたいってせがんだ。シリヤはこれは大人だけが飲むのを許されてるんだって言った。子供はたった一滴飲んだだけでもすぐに死んじゃうんだって」メイヤは鼻を鳴らして笑った。「そう言われると、よけいに好奇心を掻き立てられた。で、ある晩、彼女がソファの上で寝ちゃったあと、わたしは試してみることにした。きっとお酒が気に入ったのね。翌朝気がついたら病院にいたところを見ると。お医者さんはわたしの胃袋からお酒を取り出した。つまり、わたしはもうちょっとで死ぬところだったってことよ」

カール－ヨハンは心底驚いたような顔をして言った。「そのときたった五歳？」

「カルテによるとね。シリヤによると、もうちょっと上になるけど。でも、シリヤは覚えたいことしか覚えない人だから」

炎が燃え上がり、メイヤは顔をそむけた。今話したことをもう後悔していた。カール－ヨハンにしてみれば想像を超えた秘密にちがいなかった。なじみのある恥の塊が咽喉元まで込み上げた。それはそう簡単には呑み込めなかった。カール－ヨハンは片手を伸ばして彼女を引き寄せ、自分の頬を彼女の額に押しつけた。

「よく死なないでいてくれたよ。じゃないと、こうして会うことはできなかったわけだからね」

彼の顎はざらざらしていたが、思いがけない喜びが彼女の心に湧いた。彼が声を出すと、彼の胸が震えるのが彼女には感じられた。「ぼくの秘密も聞きたい?」

彼女は黙ってうなずいた。

「笑わないって約束する?」

「約束する」

「ぼくは生まれてこの方酒を飲んだことがないんだ。一度も。一滴も」

「はい? 真面目に言ってるの?」

「百パーセント」

メイヤは顔を起こして彼を見上げた。

「キモいやつだって、絶対思ったよね、だろ?」

「勇気の要ることだって思う。わが道を行くっていうのは」

太陽が森の上に顔をのぞかせはじめると、急にまぶしくなった。それでも——逆光の中でも——彼女には彼が微笑んでいるのがわかった。

レレはラフロイグのコルクの栓を抜いて、ボトルを鼻のところまで持っていき、そのにおいを深々と吸い込んだ。燻煙と海水のにおいが鼻腔を刺激した。激しい渇きに咽喉の奥がむずむずした。血液中にアルコールを取り込みたいという思いのあまりの強さに体が震えた。頭の中にあるものをすべて追い出し、正体をなくして、たとえ数時間でも眠れさえすれば……感覚をすべてなくし、ソファに身を横たえることさえできれば……ロールスクリーン越しに射し込む夕べの強い陽射しがそんな彼を嘲り、戸口にリナが立っていた。寝ぐせのついた髪をし、片眼のテディベアを脇に抱えたパジャマ姿のリナが。その眼が森の中の小湖のように光っている。彼が酒を飲むところを決して見ることのなかった幼いリナ。それは、娘には不安のかけらもない子供時代を送らせようと思い、リナが生まれたときに彼が自分と交わした約束だった。

＊

彼はコルクの栓をもとに戻した。指がポプラの葉のように震えていた。廊下に向かうと、腋《わき》の下の汗に体がまた震えた。外では夏の最初の深い息づかいが感じられた。何もかもが盛りを迎えようとしていた。鳥の鳴き声が聞こえ、バーベキューと刈られたばかりの芝生のにおいが鼻を突き、彼は頬を叩かれたような気分になった。夏が嫌いになるなど思いもよらないことだった。が、今では夏が彼にすることと言えば、もはや存在しない幸せを思い出させることだけだった。

車に乗り込み、窓を閉めたまま煙草に火をつけ、隣人たちのほうを見ないようにすることに意識を集中した。三年を経て、今では幸せな家族を演じているまわりの人々全員を無視する術《すべ》を身につけていた。シルヴァーロードまで来ると、左に曲がって村に向かった。血流が頭の中をハンマーのように叩きはじめた。やはりウィスキーは飲むのだったと悔やんだ。自分のためではなく自分の神経のために。

誰より怪しいのは誰よりリナに近いところにいた男たちだ。レレはそのことを統計から学んでいた。もし誰かがリナに危害を加えたのだとしたら、それはかなりの確率で彼女が知っていた男だ。もしかしたら、愛してさえいた男——ボーイフレンド。

さらに細い砂利道にはいると、それに合わせて繊細な樺の木の葉が揺れた。その道のつきあたり、草の生えた丘の斜面に、絵に描いたようなヴェステルボッテン風の堂々たる家が建っていた。赤い外装が陽射しを浴びて光り、窓はどれもまぶしい鏡になっていた。彼は樺の木が並んで生えているそばに車を停め、煙草の火を消し、続けて新しい煙草に火をつけた。窓を開け、しばらくそのまま運転席に坐っていた。彼らが彼に何かを投げつけることを思いついたときの用心にエンジンはかけたままにした。以前そういうことが実際にあったのだ。

グラヴコンパートメントから双眼鏡を取り出し、家の前面を見まわした。強い陽射しが逆に盾となり、家の内部をのぞくことはできなかった。庭園用の椅子とテーブルがたたまれ、壁に立て掛けられていた。新しく植えられた花が素焼きの鉢植えの中でしきりとお辞儀を繰り返していた。その家に変わったところはどこにもなかった。なのに彼の胸には沸々と怒りが湧いた。まるで何事もなかったかのようにまえに進める人間のいること自体、腹が立ってならなかった。

いきなり蝶番が軋む音がして、階段に人影が現われた。背の高い痩せた男だった。帽子をかぶりTシャツを着ていたが、肋骨《あばらぼね》がそのTシャツ越しにもはっきりと見えた。生まれたばかりの仔牛《こうし》のようによろよろと漫然とレレのほうにやってきた。右手に持った安物のビールの缶が光った。レレには怒りが苦い胆汁のようにまた咽喉元に込み上げてくるのがわかった。ハンドルから離した手が自然と拳になっていた。

その若者は十メートルほど距離を残して立ち止まると、挑むように大きく両手を広げた。その拍子に転びそうになり、どうにかバランスを保つと、半眼になってレレを見た。これから何か言おうとしたのか、口角が下がった。が、何か言うかわりに空いているほうの手をもたげ、二本の指をピストルの恰好にして、レレを狙い、片眼をつむり、指を絞った。そして、そのあと口のところまで持っていった指に息を吹きかけた。その間《かん》、レレは片時も眼をそらさなかった。

レレは拳銃を収めたグラヴコンパートメントをちらっと見た。そして、その銃に手を伸ばし、恰好だけの指の拳銃に本物の銃で応じている自分を思い描いた。若者の額を銃弾が貫通するところを。それですべてが終わる。が、そこでそのことに激しく抗議するリナの声が聞こえた。彼はギアを切り替えて乱暴に車をバックさせ、弧を描くタイヤの跡を残し、樺の木に砂利を弾き飛ばし、砂埃の中に男の姿が消えるまで車を飛ばした。

助手席ではリナが手に顔を埋めていた。

ミカエルがわたしに乱暴をするわけがないでしょ、パパ。

彼が何をしたか、それはおまえも見ただろうが。

それは彼が怒ってるからでしょうが。パパが彼のせいにするから。それをやめないから。そんなふうに人から思われるというのはどんな気持ちか、それは誰よりパパが知ってることじゃないの。

リナとミカエル・ヴァリウとの出会いは彼女が失踪する一年まえのことだった。ミカエルは村で一二を争う資産家の息子だった。両親は地元のさまざまな組織や猟友会に所属している、村人から好かれ、尊敬もされている村の実力者で、村を活性化させるためのあらゆるプロジェクトに出資していた。ただ、不幸なことに、息子はできそこないで、まだ小さな頃から村の悩みの種だった。それも最初は無邪気ないたずらだったのが、そのうち窃盗や無免許運転へと変わっていった。にもかかわらず、リナと彼がつきあっていた一年、アネッテは彼に魅了されていた。ミカエル・ヴァリウは話の巧《うま》い若者だった。加えて莫大《ばくだい》な資産の相続人だった。言い換えれば、義母の夢の存在だった。アネッテは彼の不品行はすべて若気の至りで、いずれ成長すれば笑い話にでもなるものと思っていたらしい。

リナの失踪に関して警察はもちろん彼を取り調べていた。リナがバスに乗ったとされる時刻、彼は〝まだ自宅にいて眠っていた〟と答えていた。当然のことながら、彼の両親はその彼の供述を裏づけた。そんな早朝に息子のベッドを見張っていたとはとても思えなかったが。それでも警察にしてみればその供述だけで充分だった。ほかに疑うべきことがない以上。それにそもそも犯罪をにおわせる証拠もなければ、死体が見つかったわけでもないのだ。

しかし、レレにとってはそれでは不充分だった。彼はリナが帰ってくる日までミカエルに眼を光らせていることを心に誓い、週に何日かは気の滅入る樺の木が立ち並ぶ小径まで車を走らせ、ほかの誰もが別の方向を向いていようと、おれはまだおまえを見張っているぞとミカエルにわからせているのだった。そんな真似《まね》をしてヴァリウ家の人間にほとほと愛想を尽かされても、レレは少しも気にならなかった。脅されようと、怒鳴られようと、指鉄砲で撃たれようと、何をされようと。近所づきあいなどもうどうでもよかった。自分が村の一員であることも。彼の望みはただひとつ。真実だ。

＊

次の日の夜、彼らは彼女を車で迎えにきた。最初の小石が窓にぶつけられたときにはメイヤはもう起きていた。着替えもすませ、準備万端整っていた。居間ではテレビがつけっ放しになっていて、画面がちかちかと光っていたが、シリヤとトルビョルンの部屋は閉まっていた。紙やすりで何かを削っているようなトルビョルンのいびきが聞こえた。

カール－ヨハンはトルビョルンのポンコツ車の陰に身を隠すようにして待っていた。彼を見るなり、メイヤはまた胃袋がひっくり返ったような気がした。彼は彼女の手を取ると、砂利道を示して言った。

「兄貴があの角で待ってる」

今夜はカール－ヨハンを独占できないことがわかり、メイヤはがっかりした。が、努めてその気持ちを表に出さないようにした。湖に行く小径のかわりにふたりは村に通じる砂利道をダッシュした。排水溝の脇にボルボ240がフォグランプをつけて停まっており、ヨーランが運転席に着いていた。にきびだらけの頬を隠すのにフードを深くかぶっていた。メイヤが後部座席に乗り込むと、彼女に向かってにやっと笑って言った。

「シートベルトをお締めください。少々運転が荒くなることがありますので」

そう言って、ヨーランは砂利を蹴散らしながら派手にUターンした。タイヤが軋み、メイヤはまた胃袋がひっくり返ったようになり、慌てて前部座席の背もたれをつかんだ。カール－ヨハンがバックミラー越しに彼女と眼を合わせて言った。

「今日は何をしてた？」

「何も」と彼女は答えた。「退屈のあまり死なないようにしてた」

「退屈？」彼は笑った。「だったら、なんとかそれに対処しよう」

彼らは村を通り抜けた。どこも静かだった。誰もまだ眠っていた。アスファルト舗装された広い道にはいると、ヨーランがアクセルを踏み込んだ。彼は二本の指で運転していた。メイヤはみすぼらしい座席に体を沈め、松の木が飛ぶようにうしろに消えていくのを眺めた。どこに向かっているのかとは訊かなかった。どこかに行けるだけで嬉しかった。シリヤから離れられるだけで。

「あなたたちは今日何をしてたの？」と彼女は尋ねた。

「仕事だ」とふたりは声をそろえて答えた。

「どんな？」

「あらゆる種類の」とカール－ヨハンが答えた。「家畜を飼って農業をしてると、やらなきゃならないことが山ほどある」

「あなたたちは農夫なの？」

ふたりは笑った。

メイヤは前部座席のあいだに身を乗り出して閑散とした前方の道路を眺めた。車は一台も走っていなかった。人が住んでいることをうかがわせるものもまばらで、建っている家と家との間隔もずいぶん空いていた。木々のあいだに小さな集落が垣間見えたが、人の姿はなかった。彼らだけがすでに沈没してしまった世界の唯一の生き残りのようにさえ思えた。これでカール－ヨハンがいなければ、メイヤは不安になっていたかもしれない。ジーンズを穿《は》いた自分の太腿を叩いている彼の指が見え、彼女には彼の口元を見なくても彼が微笑んでいるのがわかった。

最初に出くわした車はパトカーで、道路の退避所に停まっていた。ヨーランは慌ててスピードを落とした。

「くそ、くそ、くそ！」

「落ち着けよ」とカール－ヨハンが言った。「ただ寝てるだけだよ」

そのパトカーの横を通ったときもヨーランは悪態をついていた。メイヤはフロントガラス越しに眼を凝らしたが、パトカーには誰も乗っていないように見え、彼らが通り過ぎてもなんの動きもなく、彼らのあとを追いかけてもこなかった。ヨーランは拳でハンドルを叩くと、歓声をあげた。

「あのパトカーはあんなところで何をしてたの？」ヨーランが落ち着くと、メイヤは尋ねた。

「いい質問だ」とヨーランは言った。「でも、要するに堕落したお巡りということだ」

カール－ヨハンが振り向き、彼女にウィンクして言った。「これはきみに知らせておいたほうがいいと思うけど、ぼくもヨーランも免許を持ってないんだ。だからお巡りさんと出くわすとどうしてもどきどきしちゃうんだよ」

「どうして免許を取らないの？」

ヨーランがフードを頭からはずすと、にきびだらけの頬をさらし、彼女が見えるようにバックミラーの角度を変えて言った。

「おれはもう人生の半分ぐらい車を運転してる。なのに、どうしてわざわざ大金を払って国の承認を得なきゃならない？」

メイヤは座席の背にもたれて言った。「わたしも母さんもこれまで車を持ったことがないのよ」

太陽が昇り、彼らはより大きな町に着いた。谷に教会の塔と民家の屋根が見え、建物のあいだを大きな川が蛇行して流れていた。平屋が建ち並ぶ一帯を走っているとき、いきなり道路に飛び出してきた猫を彼らはもう少しで轢きそうになった。

どこへ行くのか、メイヤはまだ訊かなかった。そういうことはさして重要なこととは思えなかった。むしろ彼女の一部はもう帰らないことを、あと戻りしないことを望んでいた。ヨーランは終夜営業のガソリンスタンドに車を乗り入れると、給油ポンプの横に停めた。カール‐ヨハンは彼女にアイスクリームは好きかと尋ね、車を降りると、彼女の腰に腕をまわした。明るい照明がともされた店内には従業員がひとりいるだけで、それ以外誰もいなかった。その従業員は若くて可愛《かわい》い娘で、髪を太編みにして一方の肩に垂らしていた。

ヨーランはまたフードを深くかぶると、前髪を額に垂らした。三人がそれぞれアイスクリームを選び、ヨーランがおごると言った。レジのまえに立った娘に彼が何か言い、娘が笑うのが見えた。が、それはほんとうの笑みではなかった。

車に戻ると、カール‐ヨハンはメイヤと一緒に後部座席に坐った。そして、まえに身を乗り出すと、兄の背中を叩いて言った。

「どうだった？　電話番号ぐらい訊けた？」

「いや」

「何をぐずぐずしてる？」

「彼女はおれに番号を教えたがってなかった」

「番号を訊く勇気もなくてどうしてそんなことがわかる？」

ヨーランはアイスクリームを口にくわえると、エンジンキーを差して言った。

「おれにも眼はあるんだよ。ああいう子はすぐ忘れられる」

帰り道、カール‐ヨハンはずっとメイヤに腕をまわしていた。メイヤは陽の光のまぶしさに眼を閉じた。車の振動がどこまでも心地よかった。運転席のヨーランはまたフードを深くかぶり、ずっとことば少なだった。

＊

レレは〝マーラヴェルタン〟の脇に車を停め、誰にも見られていないことを確かめてから車を降りた。そして、その大きな崖の上をそっと歩き、へりに立った。爪先が宙に出ていた。雨のあとで地盤がゆるくなり、土くれが水のように崖の底に転がり落ちていた。そこはその昔〝親族の崖〟と呼ばれた伝説的な崖だった。なんの役にも立たなくなった年寄りを一族の者たちが葬り去った場所だ。

彼は煙草に火をつけ、崖のへりから身を乗り出し、下を見て、息を呑んだ。思わずはっとするこの感覚が彼は好きだった。そうすることで自分の体の中を血がまだ流れていることを実感できるからだ。生きているより死んでいるような感覚のほうがもはや強くなって久しくても。そこから飛び降りることを考えると、心が解放されたような気分になるのだ。ただの願望でしかないのに、自分にはまだ選択の余地があるような気分になれるのだ。もちろん、リナに何があったのか突き止めるまで死ぬわけにはいかない。そうでなければ、もうとっくにそうしていただろう。

車が背後に停まった気配があった。ドアが開き、警察無線の低い音が聞こえた。続いて砂地を歩く重そうな足音と鍵がジャラジャラと鳴る音がした。レレは振り返ることもなく挨拶がわりに片手を上げた。誰なのかはもうわかっていた。

「なあ、レレ、そんなへりに立つ必要がどこにある？」

レレは首をめぐらせ、警官を見て言った。「今がおれを消し去るチャンスだ。一押ししさえすればいい。それでおれはもうあんたにとって悪い記憶でしかなくなる」

「それはおれも考えたよ。それは否定しない」

最近ではハッサンがレレの一番近しい友だった。ハッサンは地元の警察官なのだが、リナの失踪以来、ふたりのあいだには奇妙な友情が生まれていた。

ハッサンは崖のへりから数メートル離れたところで立ち止まると、両手を腰にあてて崖の向こうを眺めた。レレは煙草の吸い殻を崖下に放り、頭を起こした。崖の下には果てしない黒い森が広がっていた。森は川によって分断され、伐採によってところどころ地肌が剝き出しになっていた。丘の上には風力タービンが何基か建っていて、何物も手つかずにはいかないことを人に思い出させていた。

「また季節がめぐってきたな」とハッサンは言った。「また夏になった」

「今のことばはクソ正しいよ」

「また運転を始めたのか？」

「五月からな」

「おれがそのことをどう思ってるか。それはもうわかってるよな？」

レレは笑みを浮かべ、谷に背を向け、手を伸ばしてハッサンの肩を叩いた。黒っぽい制服は陽を浴びてもう熱くなっていた。

「もしかしたらあんたを侮辱することになるのかもしれないが——恐れずに言えば、あんたがどう思おうと、そんなことはクソ食らえだ」

ハッサンはにやりとして、カールした髪を指で梳《す》いた。シャツの一番上のボタンをとめていない襟の上で首の筋肉が動いた。ハッサンはがっしりとして、印象的なほどに体格のいい男だった。そんな彼と比べると、レレは自分がいかにもひ弱な感じがした。いかにも使い古しの人間のように思えた。

「いずれにしろ、新たな情報は何もないんだね？」とレレは言った。

「今のところは。だけど、もうすぐ三周年ということで、これを機に何か変化があることをわれわれは期待している。これを機に勇気を見せるやつが出てくるとか」

レレは彼の足元と自分の足元を見た。ハッサンの靴はぴかぴかに磨かれており、レレの靴はすり切れ、泥だらけだった。「アネッテが村の中をトーチパレードすることを計画してる」

「聞いたよ。いいことだ。なにより望ましくないのは人々に忘れ去られることだからね」

「おれは最近人々のことなどどうでもよくなってきている」

太陽が雲の向こうに姿を消すと、いっぺんに肌寒くなった。

「人々と言えば」とハッサンは言った。「トルビョルン・フォルスを覚えてるか？」

「リナが待ってたのと同じバスに乗ってたあの男か？　どうやったら忘れられる？」

「せんだって〈ＩＣＡ〉で買いものをしているところを見かけたよ。女性と一緒だった」

レレは思わず咳《せ》き込み、胸を叩きながら、疑わしげに訊き返した。「あの男が女性と出会った？　とても信じられない」

「おれはただ見たことを言っただけだ」

「あの男がタイから哀れな女性を輸入したなんて言わないでくれよな」

「南部のスウェーデン女性のようだった。それに若かった。彼よりかなり。なんだかくたびれきった顔をしていたが、四十はまだ超えてないんじゃないかな」

「そんなこと、誰に想像できた？　あの古狐《ふるぎつね》にそんな真似ができるなんて」

「確かに。しかも彼女はひとりじゃなかった」

「どういう意味だ？」

ハッサンは顎を引き締めるようにして言った。「その女性には娘がいた。十代の」

「嘘だろ？」

「残念ながら真面目な話だ」

＊

シリヤの声はしわがれていて、老人か病人が話しているように聞こえた。メイヤは眼を細めて彼女が震える手でグラスにワインを注ぐのを見つめた。見ているだけで恐怖が胸に広がり、息苦しくなった。一杯目ではない。それは重そうに垂れ下がった瞼とまわらない呂律（ろれつ）から明らかだった。トルビョルンもそのことに気づいていたら、きっと止めていたはずだ。メイヤがそこにいるあいだだけでも。なのに、彼はただやさしげな眼でシリヤを見つめているだけだった。

「この頃よく出かけてるみたいだな、メイヤ。村に友達ができたのか？」

手を伸ばし、メイヤの髪を撫でながらシリヤが言った。「メイヤはとても自立心が強いから、友達なんてものは要らないの」

「人に会ったわ。男の子に」

シリヤはおもむろにメイヤのほうを見た。とろんとした眼が急に輝いた。「ほんとに！　なんていう子？」

「カール-ヨハン。湖のそばで会った」

「カール‐ヨハン。それってほんとうの名前？」

メイヤはその質問には答えなかった。トルビョルンは口の中へ指を突っ込んでスヌースを取り出していた。

「聞き覚えのない名だな」と彼は言った。「その子はどこに住んでるんだ？」

「スワルトリーデン」

「スワルトリーデン！」汚らしい茶色の唾が皿の上に飛び散った。「冗談だろ。ビルイェル・ブラントのところの息子じゃないだろうな？」

メイヤは鼓動が速まるのを感じながら答えた。「そうだけど」

「おれは村のやつらにまぬけと思われてるんでね。そういうおれが言うのもなんだが、ビルイェル一家？　あの一家はちょっと特別だ」

「どうして？」

トルビョルンが息を吸うと、肺が笛のような音をたてた。「やつらはスワルトリーデンでヒッピーみたいに暮らしてる。現代の技術を受け入れないで、一八〇〇年代みたいな暮らしをしてるんだ。一度ビルイェルが息子たちを普通の学校にかよわせるのを拒んだんで、一悶《ひともん》着《ちゃく》あってな。おれの記憶が確かなら。自分の農場で教育するってビルイェルが言い張ったんだ。教育委員会に強硬に反対されたのに」

「何かの宗教なの？」

「どうかね。まあ、そうであっても不思議はないが」

シリヤはワインを飲み干すと、手に持ったグラスでメイヤを指して言った。「一度連れてきたら？　品定めしてあげる」

「もう忘れて」

「いいじゃないの。連れてらっしゃいよ」

メイヤは森を見た。木々の合間に陽光が射し込み、光のすじが無数の砂埃と小さな虫たちを照らし出していた。明け方にヨーランの車を降りたあと、カール - ヨハンとふたりでいた森の空所が見えた。彼の唇が自分の唇に重なった感触を思い出すと頭がくらくらした。

＊

レレはシルヴァーロードを南に向かって車を走らせ、シェレフテオでガソリンを入れた。カウンターの中に夜勤の従業員がひとりだけいて、スマートフォンの画面を夢中でタップしていた。コーヒーマシンのそばに大型トラックの運転手がいた。帽子を目深にかぶり、口いっぱいにスヌースを詰め込み、大きなマグカップ二杯にコーヒーを注いでいた。レレは心ここにあらずといった従業員からコーヒーとマルボロ・レッドを二箱買った。眩《まぶ》しすぎる蛍光灯の光の向こうでは夜が紺色の薄闇に包まれていて、どこか海を思わせた。レレは車に戻って煙草を吸った。努めて海のことを考えまいとした。が、遅かった。彼自身わかっていたことだが。

エンジンをかけ、交差点を左に折れてシルヴァーロードから離れた。ぎこちない手つきで窓の外に煙草の灰を落とした。海が近づくにつれ、潮のにおいが強くなった。やがて水平線が見えてきて、眼のまえに海が広がった。太陽が雲の隙間から顔を出そうとしており、空は明るくなりつつあった。レレは車を停めると、入り江の海岸線に沿って岩場を歩き、雑草のはびこる細長い浜辺までやってきた。そこにはかつて家があった。今では板一枚残っていないが、何層にも重なった枯れた植物の下にかつてあった地下貯蔵庫の形は今でもよく覚えている。膝から力が抜けた。煙草の灰を落としながら、さらに歩いた。昔を思い出すと、息がつまった。胸が苦しくなった。

そこにかつてあったのはレレが子供の頃に住んでいた家だ。酒を飲みすぎて父が死に、母が仕事に出ているあいだ、ひとりぼっちで夜を過ごした家だった。父の生前、父が飲み残した酒に手をつけるようになったのは七歳か八歳の頃だ。酒の味のちがいはすぐに覚えた。その酒が強いか弱いか、自家製のまがいものか本物のウォッカか、すぐに言いあてられるようになった。初めて飲みつぶれたのはまだほんの子供の頃だった。朝、眼を覚ますとベッドの脇に吐物のプールができていた。吐いた記憶はなかった。母は息子が酒臭いことにもちろん気づいていた。が、何も言わなかった。息子にも夫にも何も。鉄則その一。飲酒には眼をつぶること。

ただ、レレが酒を飲むのをリナが見たことはない。ありがたいことに。酒は彼が海のそばに埋葬した過去の一部だった。リナは彼が育った家を見たこともなければ、祖父母に会ったこともない。彼の父親はリナが生まれたときにはもう死んでおり、レレは母親ももう死んでいたと嘘をついた。が、リナが大きくなると質問攻めが始まった。パパの子供時代はどんなだったの？　お祖父ちゃんとお祖母ちゃんはどんな人だった？　レレはいつも答をはぐらかした。自分が味わったようなひとりぼっちで淋しい思いだけは娘には絶対にさせない。レレは心にそう誓っていた。何があろうと娘のことをないがしろにはしない。酒のためなど言うに及ばず。そう固く心に決めていた。なのに、肝心なときに娘の役に立てなかった。そのことが情けなくてならなかった。

レレはかつて家族が住んでいた細長い浜辺を歩いた。屈み込み、石投げにちょうどよさそうな平らな石を見つけると、スナップを利かせて水面めがけて思いきり投げた。まるで海に怒りをぶつけるかのように。潮の香りを嗅ぐだけで吐き気がした。車に戻ってもまだ潮のにおいがした。煙草を吸い、海藻を眺めながらしばらく坐っていた。海藻が厚い層となって彼の記憶を封じ込めた。昔からの咽喉の渇きを覚えたが、両手はハンドルをしっかり握っていた。

シェレフテオを出て北へ向かった。グリマストレスクに着くまえに雨が降りだした。ワイパーが役に立たないほどのどしゃ降りで、アルヴィッツヤウルの手前で二度も車を停め、小降りになるのを待たなければならなかった。煙草を吸い、雨が車体の金属を叩く音を聞いた。失踪した日、リナは青いジーンズに長袖の白いシャツという服装だった。今みたいな雨に見舞われたらひとたまりもないだろう。リナがいなくなった最初の夏、レレはそのことばかり心配していた。あまりに軽装で、雨に濡れたら風邪をひいてしまうかもしれない。蚊に刺されるかもしれない。最初はそうやって自然の脅威だけを心配した。誰かがリナの失踪に関わっているなど考えたくもなかったからだ。

車を停めて休んでいると、一台の車が彼のすぐうしろに停まった。雨の中、フォグランプが光っていた。どしゃ降りで運転手の顔は見えなかった。向こうにも彼が見えていないだろう。雨は激しく降りつづいていて、野生動物の侵入防止用フェンスが強風に煽《あお》られていた。車という金属の箱のおかげでどれだけ助かっているか。そんなことを思ったところで、運転席側の窓をノックする音がした。びくっとしたはずみに煙草を落とした。マットに焦げ穴ができた。窓の外の男はフードをかぶっていて、顔の輪郭もぼやけて見えた。窓を開けると、頬のこけた老人が立っていた。レレは手探りで床に落ちた煙草を探した。プラスティックの焼けたにおいが狭い車内に広がった。

「申しわけない。驚かせるつもりはなかったんだが」とその男は言った。「よかったら電話を貸してもらえないだろうか？　電池が切れてしまってね」

　雨に濡れた男の顔には灰色の髪が何本も貼りつき、眉と鼻の下の窪《くぼ》みを雨のしずくが伝っていた。

「中で使ってくれ」そう言うと、彼は顎で助手席を示した。「電話を濡らしたくない」

　男は小走りで車の反対側にまわると、助手席に乗り込んだ。全身から雨水がしたたり、湯気が立っていた。

「ありがとう」と男は言った。「助かる」

　男が電話番号を打ち込みはじめると、レレは車を降りて外に出た。ずっと坐りっぱなしだったせいで脚が固まってしまっていた。強《こわ》ばった筋肉をほぐそうとまわりを歩いた。男の車のそばまで行き、雨に濡れて光る窓越しに、できるだけさりげないふうを装って車内をのぞいた。ワイパーはオンになったままで、濡れたフロントガラスの上を行ったり来たりしていた。室内灯もつけっぱなしで、カップホルダーにコーヒーを注いだカップが置かれているのが見えた。後部座席には防水カヴァーが掛けてあり、数々のがらくた――菓子の包み紙、釣り糸、ビールの空き缶、鋸《のこぎり》、強力粘着テープ――が散乱していた。助手席には白い布切れが置いてあった。どしゃ降りの中、眼を凝らすと、リナの顔が浮かび上がってきた。〝わたしを見ませんでしたか？　112へお電話を〟。それはこの数年のあいだにアネッテが特別注文で大量につくって配ったTシャツだった。この男も捜索に加わってくれたのか？　グリマストレスクの住人なのか？

頭がずきずきした。車に戻ると、男が携帯電話を返して言った。

「貸してくれてありがとう。こんな雨の中に追い出すつもりはなかったんだが」

「ちょうど脚を伸ばしたかったんだ」

男は前歯が欠けていて、笑うとその隙間から舌がのぞいた。

「ひどい雨だ」と男は言った。「女房に居場所を伝えておきたくてね。電話しないと怒るんだよ」

「遠くから来てるのかい？」

「いや、ヘドベルグのはずれに住んでる」

「気をつけて」とレレは上着の袖で濡れた顔を拭いて言った。

「あんたも」

男はレレの車を降り、自分の車へ走っていった。レレはドアをロックして、グラヴコンパートメントから拳銃を取り出すと、携帯電話に男の車のナンバーを打ち込み、メモを添えた。〝男、五十代から六十代、中肉中背、前歯が欠けている。ヘドベルグ在住？〟

時計の赤い針を見ると、午前四時三十分。あの男の妻はほんとうにこんな時間に起きて夫の帰りを待っていたのだろうか？　ありえない、とレレは思った。バックミラーを見た。男は座席の背にもたれていた。眼を開けているのか、閉じているのかはわからなかった。じっとしているところを見ると、どうやらこのままここで雨をやり過ごすつもりなのだろう。嵐はますます激しくなって、雨でできたカーテンが二台の車のあいだに掛かっているかのようだった。レレは電話を手に取った。まだ早朝なのにハッサンはすぐに電話に出た。

「どうした？」

「これから言うナンバーの車の持ち主を調べてくれ」

＊

朝食はおれがつくるとトルビョルンは言い張った。そして、階下《した》に降りてきたメイヤを見ると嬉しそうに顔を輝かせ、彼女を古いテーブルのまえに坐らせた。ラジオが鳴っていた。彼はキッチンでいそいそと準備をし、一緒に食べようとシリヤも誘ったものの、何度目かの説得に失敗するとあきらめた。シリヤは朝が大の苦手で、メイヤにはシリヤと一緒に朝食を食べた記憶が一度もなかった。

トルビョルンは真鍮《しんちゅう》のポットにコーヒーをいれ、ふたり分にしては多すぎる量の食べものをテーブルに並べた。ヨーグルト、ポリッジ（注、オートミールや穀物を水か牛乳で煮た粥《かゆ》のようなもの）、茹《ゆ》で卵、パン、二種類のチーズ、ハム。それから黒っぽい肉もあった。メイヤはそれは要らないと固辞したが、トルビョルンはどうしても食べさせたいらしかった。

「まあ、食べてみなって！　トナカイの肉の燻製《くんせい》だ。南部じゃこんなにうまい肉にはお目にかかれない」

メイヤはしかたなくその肉を小さくちぎると、それがなんの肉なのか努めて考えないようにして口に入れた。「しょっぱい土みたいな味」

それを聞いてトルビョルンは笑った。彼の歯は隙間だらけで、食べかすが口ひげについていた。それでも、メイヤは彼とふたりだけで一緒にいても不安な気持ちにはならなかった。ちらっとメイヤを見てはすぐに眼をそらすのには何か意味がありそうだったが。顔は見たいけれど、じっと見つめてはいけない。そんなふうに思っているのだろうか。いずれにしろ、彼女に気を使っているような態度ではあった。

「あんたのママはよく寝る人だね」

「放っておいたら一日じゅうでも寝てる」

「朝食を食べないなんてもったいない。一日で一番愉しい食事なのに。これがおれの持論でね」

トルビョルンは汚れたグレーのメッシュのヴェストを着ており、動くたびにシャワーを浴びていないのではと思うような強烈な体臭を漂わせた。シリヤは息を止めたまま彼とセックスしてるのかもしれない。メイヤはそんなことを思い、眼を閉じ、森のことを考えた。

ズボンで手を拭き、手の甲で鼻を拭きながらトルビョルンが言った。

「おれのおふくろは今頃墓の中でにやついてるだろうよ。まちがいないね」

「どうして？」

「あんたがここにいるからさ。口を開けば子供をつくれって言ってたんだ。おふくろの辞書じゃ、結婚相手を見つけるより子供を持つことのほうが大事だった。歳を取って自分じゃ土地の管理ができなくなったあと、任せられる誰かがいないとってな」

メイヤはなんと答えればいいのかわからなかったので、テーブルの上に手を伸ばすと、トナカイの肉を一切れ取り、パンにのせて食べた。大きく口を開いて。彼を喜ばせたくて。案の定、彼は笑顔になった。

トルビョルンは残ったコーヒーをフラスクに入れると、手を伸ばして耳当てを取った。彼がどんな仕事をしているのか、メイヤには見当もつかなかった。ただ、昼間は森の中にいることだけは知っていた。そういうときには、彼はいつも両肘に継ぎ当てのある緑色のジャケットの上に、遠くからでもよく見える蛍光オレンジの安全ヴェスト──彼の太鼓腹の上ではためいている──を羽織った。カメラを持っていくこともあり、その日のターゲットの鳥や花の名前を教えてくれたが、どれもメイヤにはまったく聞き覚えのない名前だった。

「言ったと思うけど、薪小屋に自転車がある。家にいても暇だろうから、好きに使っていいよ」

トルビョルンが出かけると、メイヤはシリヤの寝室のドアをほんの少し開けた。煙草の吸い殻と赤ワインの酸っぱいにおいが鼻をついた。シリヤは両手を大きく広げ、顔を片側に傾けて寝ていた。十字架に磔刑《たっけい》にされたキリストみたいに。死んだように眠っていた。血の気のない肌の上にのった乳首が疵みたいに見えた。呼吸に合わせて胸が上下していた。ちゃんと呼吸しているかどうか。メイヤが確かめたいのはいつもそのことだった。

「寝てるの？」

メイヤはベッドのそばまで行き、シリヤの背中の下に手を差し入れて体を横向きにした。シリヤはうんともすんとも言わなかった。意識がないのではないかと疑うほど。メイヤはシリヤの脚を引っぱり、胎児のように背中を丸めさせ、皺くちゃのシーツの上をすべらせてベッドの端まで押しやった。こうしておけば安心だ。寝ているあいだに嘔吐《おうと》しても窒息する心配はない。メイヤはそっと部屋を出た。自分の心に逃げ場を探して。

＊

突然電話が鳴り、レレは心臓が口から飛び出すかと思うほど驚いた。はずみでテーブルの上のコーヒーがこぼれた。いつまで経ってもこの音には慣れない。耳をつんざくような呼び出し音が鳴るたび、どうしても思ってしまうのだ――すべてが終わったという知らせかもしれない、人生が足元から崩れ落ちる日が来たのかもしれないと。

「このあいだの夜、あんたが会った男のことを調べたよ。ヘドベルグから来たっていう男のことだ」

「で？」

「あんたの鼻は悪人を嗅ぎ分けられるらしいな。名前はローゲル・レンランド。七五年に強《ごう》姦《かん》罪で服役してて、八〇年代にも家庭内暴力で何度か有罪になってる。今は障害年金で暮らしてる。両親が死んだあとヘドベルグの家を相続して、二〇一一年からその家にひとりで住んでるみたいだ」

「ひとりで？　それは確かか？」

「その住所で住民登録があるのはひとりだけだ」

「電話を貸したとき、奥さんにかけたと言ってたんだが。番号を調べたら、アルヴィッツヤウルにある老人ホームだった」

「そこで奥さんが働いてるのかもしれない。それとももしかしたら年増の女が好きとか？」

ハッサンは口に食べものを目一杯詰め込んで話しているらしかった。レレは時計を見た。十二時五分。普通の人にとっては昼休みの時間だ。

「もちろん聴取するんだろ？」

「何を根拠に？　リナの写真がプリントされたＴシャツを持ってたからか？　今じゃノールランドの住人の半分がそのＴシャツを持ってる」

　気づくと、レレは指が痛くなるほど受話器をきつく握りしめていた。

「わかった」と彼はぶっきらぼうに言った。「自分で調べる」

「レレ」とハッサンは咎《とが》めるように言った。「馬鹿な真似だけはしないでくれ、いいな」

　部屋のブラインドをおろしたまま、レレは椅子に坐り、ローゲル・レンランドの牧場の衛星写真を見た。レンランドの土地は陸の孤島のような場所だった。裏手には鬱蒼とした森が広がり、表の牧草地には雑草がはびこっていて、牛も馬もいる気配がなかった。敷地内には家畜小屋と、それより小さい小屋が三つと鶏小屋があり、右端に見えるのは地下貯蔵庫のようだが、写真でははっきりとはわからなかった。すぐ隣りも牧場で、レンランドの土地との境目から南に五キロほど続いていた。衛星写真で上空から見ないかぎり、レンランドの土地をまわりから見るのは不可能だ。何かを隠すには、そう、うってつけの場所だ。

　レレは努めて期待しすぎないように自分に言い聞かせた。が、今の彼にはほかにすがるものがないのも事実だった。リナが死んだとは断固として思いたくなかった。アネッテにもリナは誰かに連れ去られたのだと言っていた。この広い世界のどこかに彼女の居場所を知っている人間がいる。何があろうとその人間を見つけ出す。レレはそう心に固く決めていた。リナが失踪した最初の夏、彼は村じゅうのひとり暮らしの男と変わり者として知られている住人の家を片っ端から訪ね、倉庫と屋根裏を見せてくれと頼んでまわった。罵声を浴びせられたこともあれば、コーヒーの誘いを受けたこともあった。が、結局、残ったのは孤独だった。どこに行ってもそこにあるのは孤独という事実だった。孤独は病気のように感染し、村はずれの一帯に住む人――ほかの人々はすべて去り、あとに取り残された人――を蝕《むしば》んでいた。そして、今やレレもそのひとりになっていた。取り残された孤独な人々のひとりに。

＊

「ヘドベルグっていう村を知ってるか？」

キッペンは眉をひそめ、口を一文字に引き結んで煙草の棚をじっと見つめた。まるでそこに答が書いてあるとでもいうかのように。

「知らないな。どこにあるんだ？」

「アリエプローグの少し南だ」

「そこへ捜しにいくのか？」

レレはうなずいて、煙草の箱のセロハンを破いた。「もしおれが戻ってこなかったら、そのときはよろしく」

「人の土地に無断で立ち入ったりしないだろうね？」

「強姦と暴行の前科がある男の牧場へ行く」

キッペンは首を振った。それにつられてたるんだ皮膚も一緒に揺れた。それでもそれ以上は何も言わなかった。ただ低く口笛を吹いた。若者が何人か店内にはいってきた。レレは煙草をくわえると、キッペンにウィンクを送って店を出た。

＊

レレは雑草のはびこる車寄せに車を停めた。そこはあらかじめ衛星写真で見つけておいた場所だった。そこから小川に沿って進めば、レンランドの敷地の裏手に出ることができるはずだった。レレは車を降りた。肘の高さまで雑草が生い茂っていて、野草を掻き分けて進むと、蠅の大群が花から飛び立ち、黒い雲をつくった。レンランドの土地は野生の雑草と棘《とげ》のある雑木林に守られた中世の要塞さながらで、そんな場所を通り抜けるのは悪夢そのものだった。

レレはズボンの裾をブーツの中にたくし込み、蚊に刺されないようにフードをかぶった。森が途切れたところで木の枝を一本折り、その枝を振りまわし、空中を叩きながら歩いた。

枝が空を切る音が不快感とともに彼にまとわりついた。地面はぬかるみ、嫌なにおいがした。白夜の陽光が木々のあいだを抜けて光のすじを描いていた。小さな蚊の大群が怒れる雲と化して彼を襲った。刺されているのが感覚でわかった。フードをかぶっていようと、いくら払いのけようと無駄だった。蚊は汗で濡れた髪をめがけてフード越しに彼の頭を刺した。銃はベルトに差してあった。毛穴という毛穴から恐怖が滲み出しているような気がした。忌々しいこれらの蚊はその恐怖のにおいを嗅ぎつけて寄ってくるのだ。

何を恐れているのか自分でもわからなかった。他人の土地に侵入しているうしろめたさか。あるいは、このあと見つけるもの――もしくは見つけられないもの――への恐怖か。しかし、それもどうでもよかった。娘を捜すためならどんなことも厭《いと》わない。違法な手段を使うことも。単独行動というものは人を惑わせる。彼が見ているものを同じように見る者は誰もおらず、彼が導き出す結論を同じように導き出す者も誰もいないのだから。しかし、これは自分で選んだことだ。それはもちろんわかっていた。もしかしたら、精神安定剤や睡眠薬を大量に飲んで、夜ごとソーシャルメディア相手に娘の失踪を嘆き悲しんでいるほうがいいのかもしれない。アネッテにはその方法が役立った。だから彼女は法を犯すこともなく、無闇に車を走らせたり、武装したり、真夜中に他人の土地に侵入したりすることもない。さびれた村や廃墟《はいきょ》まで車を走らせ、娘を捜したりなどしやしない。そんなことをしているのはたったひとり、レレだけだった。

ようやく森を抜けたときにはTシャツが肌にへばりついていた。血管がどくどくと耳の中で脈打つ音が聞こえはじめ、そのせいで蚊が飛び交う音は聞こえなくなった。森の空所から小さな放牧地が見えた。が、放牧地とは名ばかりで、牧草は伸び放題、もう何年も放牧されていないようだった。レレは苔と野生の花々のあいだに身をひそめ、母屋を観察した。母屋は二階建てだったが、いかにも長年風雨にさらされてきたといった風情の建物だった。窓ガラスに夜の青空が淋しげに映っていた。命あるものの気配は一切なかった。家畜にしろ、人間にしろ。レレは這って小さな放牧地を進んだ。やがて、あの夜と同じ車が母屋の脇に停められているのが見えた。スノーモービルかオートバイが一台、防水シートを掛けて置いてあった。彼は這ってさらに進んだ。黒い土が目一杯盛られた、錆びた手押し車の脇を通り過ぎ、ジャガイモ畑の脇に出た。畑は最近掘り返したばかりで、今にも新芽が出てきそうな気配があった。地面は湿っていて冷たかった。レレは一番手前の木の小屋を見すえ、耳をすまし、家畜の鳴き声が聞こえないか最後にもう一度確かめてから立ち上がると、小屋めがけて走った。が、そのとたん、またしても腹這いになることを余儀なくされた。母屋のドアの蝶番が軋む音が静寂を破り、そのあと乾いた咳が聞こえたのだ。レレは全身を硬直させた。心臓と肺が激しく地面を叩いた。重ね着しているのに夜露が染み込んできた。ひどく寒かった。子供の頃、氷の崖をすべり落ちそうになったときのことがふと思い出された。あのときはぎざぎざの氷のふちをかろうじて両手でつかんでこらえたのだった。そんな彼に向かって、急に酔いが覚めたかのように父親が叫んだのも覚えている。「ロープだ！　ロープをつかむんだ！」

　草の合間から母屋のヴェランダの階段に立つ人影が見えた。レンランドだった。緑のパンツを穿いており、ウェストのゴムの上に腹の贅肉《ぜいにく》が垂れていた。彼が口に指をあてて口笛を吹くと、灰色の犬が一匹木々のあいだから飛び出してきた。レレは地面に顔をぴたりとつけて眼を閉じた。レンランドが犬に何か言い、また蝶番の軋む音がしてドアが閉まった。レレはしばらくそのままの姿勢でいた。冷気が骨の髄まで染み込んで、関節と顎ががたがた震えだした。それでも腹這いのまま小屋をめざした。そのあいだも眼は空が映って輝く母屋の窓からいっときたりとも離さなかった。ようやく窓の死角にはいると、立ち上がって走った。小屋の扉は半分開いていた。体を横向きにすべり込ませるようにして中にはいった。闇に眼を凝らし、乾いた木のにおいを嗅いだ。薪が壁に沿って数メートルの高さにまで積み上げられていた。冬を優に三回は越せそうな量だった。レンランドは悪人かもしれないが、見るかぎり怠け者ではなさそうだった。

　足音をたてないように気をつけ、小屋の中を見てまわった。家畜は一頭もおらず、腐った干し草のにおいがした。懐中電灯をつけて、牛を入れる房をひとつずつ照らした。積んである干し草の山を熊手で突いて、下に何も隠されていないかどうか確かめた。壁は蜘蛛の巣と鳥の糞に覆われていた。ここがもう何年も家畜小屋として使われていないのは明らかだった。

外に出ると犬小屋が見えたが、そこに犬はおらず、餌入れには雨水と泥が溜まっていた。隣りの建物は狩猟小屋で、壁が傾斜した造りになっていた。戸口に野ウサギが二頭ぶら下げられ、皮を剝がれるのを待っていた。疵だらけの窓から中をのぞくと、釣竿《つりざお》やナイフなど、さまざまな道具が置かれていた。幅の狭いほうの壁ぎわに解体処理用の作業台が設《しつら》えられていたが、不審な点も警戒すべき点も何もなかった。レレは改めて母屋を見た。なんとしても屋内を見たかった。ひとり暮らしには広すぎる大きな家で、使っていない部屋が何部屋もあるにちがいない。

庭を半分ほど突っ切ったところで最初の銃声が轟いた。ライフルの銃声で彼の頭上の松の枝が揺れた。レレは身を屈めて走った。ヴェランダの階段に立つレンランドの姿が肩越しに見えた。相変わらずパンツしか穿いていなかったが、今はライフルを構えていた。レレに向かって何か怒鳴っていた。なんと言ったのか、レレには聞き取れなかった。二発目の銃声が轟いた。今度は弾丸《たま》が風を切ってすぐそばを飛んでいったのがわかった。レレは地面に手をつき、四つん這いになって逃げた。背後から犬の吠える声が聞こえた。その声がすぐにうしろまで迫ってきた。地面が揺れ、犬の肢《あし》に背中を捕らえられた。レレはその場に這いつくばり、両手で頭を覆った。犬が大きく吠えた。獲物を捕らえたと主人に知らせる声で。レレはじっとうつ伏せになったまま、草を踏み分けて近づいてくる重い足音を聞いた。しゃがれ声が犬に黙れと命じた。レレは起き上がろうとした。肩甲骨のあいだを男に踏みつけられ、起き上がることはできなかった。

＊

メイヤはアイスコーヒーを飲みながら森を見ていた。夜が来るのを待つだけの昼は長い。永遠と思えるほど。カール－ヨハンは夜にしかやってこない。ゴミ箱に捨てた煙草が脳裏に浮かんでは消えた。一本くらい吸ってもかまわないんじゃない？　でも、急に彼が来たら……彼があの森のはずれにひょっこり現われたときに煙草のにおいを漂わせていたくはない。

メイヤはどうにも落ち着かず、外に出た。太陽は雲とかくれんぼするように出たり隠れたりしていて、少しも暖かくなかった。犬を連れて出たのに、犬はすぐに気になるにおいに惹《ひ》かれたらしく、彼女を置き去りにした。背の低いコケモモの茂みに分け入っていき、やがて木の影と同化して見えなくなった。メイヤは犬を呼んだ。森にこだまする自分の声が耳ざわりだった。森が風に煽られて彼女のほうへ迫ってくるような気がして、鳥肌が立った。森への嫌悪が今また重い毛布のように彼女の肩を包み込んだ。彼女は薪小屋に向かって歩いた。ドアは重かったが、蝶番が錆びついていることもなく、開けるのに苦労することもなかった。小屋の中は天井が高かった。数台の車が黒い防水シートを掛けられて放置されていた。

長い壁にはありとあらゆる道具が掛かっていた。トルビョルンは斧《おの》が好きなのだろう。それは一目瞭然だった。少なくとも十数本の斧が一列に並んでいた。光沢のある刃は革製の鞘に収められていたが、メイヤは太い柄を指でなぞり、斧を振り降ろすというのはどんな気分のものなのだろうと思った。やってみようとは思わなかったが。そのうちトルビョルンが教えてくれるだろう。

片隅に自転車が二台立て掛けてあった。どちらも古く、ギアはついていなかったが、後部に頑丈な荷台が備えつけてあった。メイヤはさらに進み、奥の部屋にはいった。そこにはさまざまな動物の毛皮が壁に広げて掛けられていた。天井から重い鉄製のフックで吊るされているものもあった。木製の作業台が室内の真ん中に鎮座していた。近寄って見ると、血が染み込んで表面が黒ずんでいた。トルビョルンは仕留めた獲物をここで解体しているのだろう。ここで解体された肉が冷凍庫に詰まっているのかと思い、メイヤは思わずあとずさりした。

外で犬が吠えた。小屋を出ようとしたところで、もうひとつドアがあることに気づいた。蝶番がはずれていて、ドアの下から洩《も》れた陽光がプールのように広がっていた。メイヤはそのドアのところまで行き、ノブに手をかけた。ドアはきぃーと長い音をたてて簡単に開いた。アルコーヴといったほうがいいような狭い部屋で、汚れた窓から日光が射し込んでいた。壁には奥行きの浅い棚が設えてあり、木の彫刻が所狭しと並べられていた。ウサギから豊かな胸の女性まで作品は多岐にわたっていた。床には木の削りかすに埋もれるように、飲料水の瓶を入れる古い木箱が置かれ、その中に雑誌が詰め込んであった。

それがどんな雑誌かメイヤにもすぐにわかった。裸の女性が写ったカラー写真のページ。お尻の割れ目や性器のズームアップ。メイヤにとって魅力的であると同時に嫌悪感も抱かせる写真の数々。トルビョルンのことを考えた。夜な夜なひとりでこの部屋にこもり、木を彫りながらポルノ雑誌をめくる彼の姿を想像すると、可笑《おか》しいというより、なんだか哀れな気がした。雑誌をぺらぺらとめくっていると、素人が撮影したような写真の束が中から出てきた。それがブックマークの役目を果たし、自然とそのページがひらいた。湖岸にいる女性を写した写真ばかりだった。カラフルなビキニを身につけ、岩から飛び込む女性やタオルで体を拭いている女性の写真だ。どの女性も明らかに撮られていることに気づいていなかった。メイヤは眼をすがめるようにして女性たちの顔を見定めようとした。すると、そのうちいたたまれないような気持ちになった。外で犬が吠えるのが聞こえ、メイヤは慌てて写真をもとの場所に戻した。手が震えていた。

獲物を解体する部屋を抜け、斧のまえを通り過ぎ、ドアへ急ぎながら、古い自転車のハンドルをつかみ、押して外に出た。そして、小屋を出ると、すばやくサドルにまたがり、ペダルを漕《こ》いだ。村へと続くひび割れたアスファルトの道を彼女はよろよろと走りはじめた。

＊

ローゲル・レンランドはいまだに真鍮の薪ストーヴでコーヒーを沸かしていた。レレは椅子に浅く腰かけて、六〇年代から使われつづけているにちがいない、茶色いストライプ模様の防水仕立てのテーブルクロスを弄んでいた。灰色の犬が戸口のまえに寝そべって、毛むくじゃらの牢番《ろうばん》よろしく眠そうな眼で彼をじっと見ていた。レンランドはシンクにスヌースを吐き捨てると、緑色のプラスティックのマグカップにコーヒーを注いだ。コーヒーは濃く、真っ黒で、陽光の中、派手に湯気を立てた。

「威嚇射撃なんかして悪かった」とレンランドは言った。「あんたを狙ったわけじゃない。ただ、ここ何年かディーゼル燃料泥棒に悩まされててね。懲らしめてやろうと思ったんだ」

レレはマグカップを取り上げた。まだ手が震えていた。

「あんたが悪いんじゃない。真夜中に他人の土地をうろついてた私が悪かったんだ」

「だったら、お互い警察に通報する必要はないってことでいいね？」

「もちろん」

ふたりはしばらく黙ったままコーヒーを飲んだ。レレは室内を見まわした。この男が両親から家を相続したのはまちがいなさそうだった。家具は何世代もずっと引き継がれたもののようで、木製の時計が時を刻んでいた。パイン材の羽目板にストライプの壁紙が張られ、その上に狩猟用のナイフが数本とエゾノチチコグサのドライフラワーが一束掛けられていた。

レンランドは煙草を指にはさんでこねくりまわしながらレレを見て言った。

「あんた、見覚えがあるな。そうだ、あの雨の夜に会った。あんたの電話を借りて女房に電話したんだ！」

「そのとおり」とレレは答えた。

「なんとね」

レンランドは顔をしかめ、ふたりのあいだのテーブルクロスの上に置かれたリナの写真を見た。

「で、この子はあんたの娘なんだね？」

「あんたは娘の写真がプリントされたTシャツを持ってた。車の中に置いてあった」

「ああ。女房と一緒に捜索に加わったんだ。人の鎖の一部になって。トーチパレードにも毎年参加してる」

「奥さんはどこに？」とレレは尋ねた。

「女房はバクツヤウルの牧場にいる。一緒には暮らしてない」

「どうして？」

「おれは家族から受け継いだ家を売りたくない。女房も同じ考えでね」

「なるほど」とレレは言った。「で、奥さんは老人ホームで働いてる?」

レンランドは驚いて言った。

「なんで知ってる?」

「あの夜あんたが電話してた」

「夜勤はやめないと言って聞かないんだよ」とレンランドは言った。「老人が死ぬのはたいてい夜なんだと。誰もひとりきりで死なせたくないそうだ」

レレはそのことを考えた。長い沈黙が続いた。静けさの中でレンランドがコーヒーを飲む音と、噛み煙草を噛んで床に置かれたブリキのバケツに唾を吐く音だけがした。犬が寝返りを打ち、腹の真っ白な毛を見せて仰向《あおむ》けになった。

「それにしてもわからないな。あんたの娘とおれの牧場にいったいなんの関係があるのか」とレンランドが言った。

レレは深呼吸してから言った。「私にもわからない。わかってるのは娘が三年まえから行方不明のままで、私の使命はあの子を見つけることだけだということで、私はあんたの過去を聞いた」とレレは続けた。「正直に言うと、私にしてみれば悪人は誰でも容疑者だ。娘の身に何が起きたかわかるまでは、相手が国王であっても私は疑うだろう。だから個人的な理由であんたを疑ったとは思わないでほしい」

レンランドは眉根を寄せてしばらく考えてから言った。「わかるような気がする。もしおれにも子供がいたら同じことをしたかもしれない。おれが若い頃しでかしたことは確かに自慢できたことじゃない。だけど、おれはあんたの娘の失踪とは無関係だ。それは誓って言っておくよ」

ヴェランダに出ると、もうすっかり昼の陽気になっていた。レレは下生えのはびこる一帯を歩いて車に向かった。うなじにレンランドの視線を感じた。火傷《やけど》しそうなほどじっと見つめられている気がして、森にはいる手前で振り向くと片手を上げた。レンランドもヴェランダの階段から手を振り返した。ライフルはペンキが剝がれかけた壁に立て掛けてあった。犬は彼の足元に坐っていた。レレは腰を屈めて木々のあいだを縫うように進み、レンランドの姿が見えなくなると、すぐに走りだした。

＊

「あなた、まるで廃人みたいじゃないの！」アネッテはレレの体に腕をまわして、きつく抱きしめた。「それに、におうし」

「お誉《ほ》めにあずかって光栄だ」

アネッテはレレから体を離すと、眼に涙をいっぱい溜めて彼を見つめた。その顔にはレレの記憶にはない新しい皺が増えていた。彼女は以前より老け、くたびれて見えた。それでも、彼はそのことを口には出さなかった。アネッテが彼に対してしたようには。シャワーを浴びるどころか、着替える時間すら彼にはなかった。ヘドベルクで過ごした夜のせいで身も心もぼろぼろだった。

アネッテはポケットからティッシュペーパーを出すと、涙を拭いながら言った。

「三年」と彼女は言った。「あの子がいなくなって三年」

レレにはただうなずくことしかできなかった。口を開いたら涙声になってしまう。自分でもそれがわかっていた。かわりに彼は脇に立っていたトマスに手を差し出した。大勢の人がまわりに集まっていた。が、彼にはその人だかりの灰色の塊しか見えなかった。人々の視線を感じたが、誰の顔も見えなかった。見ようという気持ちになれなかった。

彼らはトーチに火をつけて、集まった人たちに渡した。ただの塊が生きた人々になった。炎があいだに立ちはだかってくれた。そのおかげでレレは肩から少し力が抜けた気がした。アネッテが古い学校の階段の上に立って、甲高い声で何か話していた。レレにはなんと言っているのか、理解できなかった。ただ、その声の響きには懐かしさを覚えた。

さらにスピーチが続いた。警察官のオーケ・ストールが事件のあらましを説明し、この件はまだ終わっていない、これからも捜査を続けると宣した。そのあとリナの友人が詩を朗読し、別の友人が歌を歌った。レレはひたすら地面を見つめていた。こんなところにいたくなかった。車でシルヴァーロードを走り、リナを捜していたかった。

「レレ?」アネッテに呼ばれてレレはわれに返った。「何か言いたいことはない?」

全員が自分に注目しているのを感じて、レレは頬から火が出るような気がした。手に持ったトーチの火がぱちぱちと音をたてていた。それでも人々がすすり泣く声がかすかに聞こえた。彼は咳払いをし、唇を舐めてから話しだした。

「今日ここに来てくれたみなさんにはただただありがとうと言いたい。リナのいない三年は人生で最悪の三年でした。それは今も変わりません。今こそあの子を取り返すときです。あの子を返してほしい」

涙で声が震え、レレはがっくりとうなだれた。それ以上はもうことばにならなかった。そもそも言いたいことはそれですべてだった。誰かが彼の背中を叩いた。まるで馬を叩くように。横目で足元を見た。ストール。能無しクソ警官のストール。

集団は長い一列になって行進を始めた。燃えるトーチを手に、リナが最後に目撃されたバス待合所をみんなでめざした。〈ノールランド・ポステン〉紙の記者も来ていて、写真を撮っていた。レレは上着の襟を立て、うつむいたまま歩いた。空気は重く湿っていて、あたりにはライラックの香りが漂っていた。彼のまえにアネッテがいた。トマスが彼女の肩に腕をまわして一緒に歩いていた。ほかの人々の姿はおぼろげで、生きているのかさえはっきりしなかった。

坂のてっぺんにバス待合所が見えてきて、レレは鼓動が高まるのを感じた。頭がくらくらして、どうにか一歩ずつ足をまえに出して息を吸うのがやっとになった。リナはバス待合所に立って待っている。そんな期待がいつも心のどこかにあった。現実的にはありえないことだとわかっていても。

村人たちといると、気分が悪くなった。全身が彼らに拒否反応を示していた。なぜなのか、彼自身理由はわからなかったが。皮膚の下から怒りがふつふつと湧いてきて、彼らの顔をちゃんと見ることさえできなくなるのだ。リナの友達、その親、教師、知り合い、隣人とその隣人たち――誰かが何か見ているはずだ。何か知っているはずだ。リナの失踪に関わっている人間がこの中にいるかもしれないのだ。彼にとってはグリマストレスクの全員が容疑者だった。リナが彼のもとへ帰ってくるまでは誰ひとり信用できなかった。

バス待合所に着いたときにはレレの怒りは沸点に達していた。トーチを持つ手が怒りで震えるほどだった。まわりの人たちに向かって突進し、彼らの顔にトーチを押しつける自分の姿を想像すると、彼らの悲鳴がほんとうに聞こえてきそうな気さえした。うつむきつづけ、ひび割れたアスファルトのひびの数を数えた。どこからかアネッテの声が聞こえた。その声があまりに明瞭で落ち着いているのに彼は驚いた。

ようやく顔を起こすと、アネッテたちはTシャツを配っていた。レンランドの車にあったのと同じものだ。リナの顔写真がプリントされ、名前の下に黒い太字で〝わたしを見ませんでしたか？〟と書かれているあのTシャツ。顔のない灰色の塊が次々と手を伸ばしてTシャツを受け取り、その次の瞬間にはもうどっちを向いてもリナが笑っていた。彼のまわりをいくつものリナの顔が取り囲み、バス待合所の疵だらけのガラスにもリナの顔が映っていた。鼓動が激しくなり、息がつまった。レレはまた下を向いた。いくつもの靴が見えた。歩きやすそうなウォーキングシューズ、ブーツ、派手な色のトレーニングシューズ。今ここにリナがいたら、どんな靴を履いているだろう。レレはそんなことを思った。

人々は順番に歌を歌い、涙を流した。そこらじゅうで話し声がしていた。アネッテの顔も涙で濡れていた。同時にある種の喜びで輝いてもいた。これだけ大勢の人が集まってくれた喜び。そして連帯感。レレはそれを見て、口の中に苦みを覚えた。時間の無駄としか思えなかった。フェイスブックの投稿をクリックして、何の役にも立たない薄っぺらなコメントの数々を読んでいるのと同じ感覚だった。彼はついにこらえきれなくなった。トーチを高々と振り上げ、人々の注目を集めて言った。

「こんなに大勢の人がリナが帰ってくることを願ってくれて感謝しています」そこで咳払いをしてさらに続けた。「だけど、大事なのは家にいて悲しむことじゃありません。外に出てリナを捜すことです。誰かに質問して、答を得ることです。転がっている石を全部どかして、その下を調べることです。ちゃんと仕事をしようとしない警察にプレッシャーをかけることです」

レレは横目でオーケ・ストールを見てから、すっかり静まり返った人々に視線を戻した。木々の向こうで夜中の太陽が赤々と燃えていた。彼はほとんど閉じるほど眼を細めてその光を見た。

「誰かが何か知っているはずです。その誰かは今こそ名乗り出るときです。アネッテと私はもう充分すぎるほど待ちました。リナを返してください。何も知らない人に言いたいことはひとつだけです。嘆くのはおしまいにして、どうか捜してほしい」

そう言いおえると、レレはトーチを水たまりに突っ込んだ。トーチの火は怒ったようにしゅうと音をたてて消えた。彼は人々に背を向けると、その場をあとにした。

＊

メイヤは全力で立ち漕ぎをした。少しでも早く森から遠ざかりたかった。雨はもうやんでいたが、ひび割れたアスファルトのところどころにできた水たまりが黒く光り、跳ねた水が彼女のジーンズの裾を濡らした。自転車が起こす風に煽られ、排水溝に生えているトウヒの若木とシダの株が彼女の脚にまとわりついた。メイヤは蚊が口の中にはいらないように口を閉じていた。風を切って走っているおかげで蚊には刺されずにすんだ。

永遠とも思える長い時間が過ぎ、ようやく人家らしきものが見えてきた。そのうち農場や、赤く塗られた四角い家が次々に現われはじめた。どの家にも立派な芝生が広がり、それらの家の裏に森があった。犬小屋につながれた犬が彼女に向かって吠えた。青々と草の茂った放牧場では、ずんぐりとした馬が尾を振りまわして蠅を追い払っていた。堆肥と植物のにおいがフィルムのようにそこらじゅうを覆っていた。ようやく生けるものの気配を感じて、メイヤはスピードを落とした。それでも居心地が悪いことに変わりはなかった。メイヤとシリヤはこれまでいろいろな場所で暮らしてきたのに、ここはこれまでのどこより馴染《なじ》みのない土地に思えた。

道幅が広くなり、教会と墓地のまえを通り過ぎた。大きな樺の木のしな垂れた枝の陰に墓石が並んでいた。熊手で草を集めていた年配の禿げた男が自転車で通り過ぎるメイヤに手を上げて挨拶してきた。ほかに人影はなかった。まばらに建つ家々が日光を浴びてまどろんでいるようだった。車は一台も走っていなかった。グリマストレスクという村がいっそうゴーストタウンのように思えてきた。

人の声が聞こえた。話し声と路上をこする足音が徐々に近づいてきた。メイヤは自転車から降りて木の陰に隠れた。人々がやってくるのが見えた。デモ行進か何かのようだった。大勢の人がトーチを持って行進していた。黒い煙と燃えるトーチの強烈なにおいが明るい空へ立ち昇っており、一行がそばを通ると熱を感じた。メイヤは見つからないよう木陰にじっとしていた。一行には若い人もいれば年寄りもいて、男も女もいた。みな一様に厳粛な雰囲気を醸し出していた。お祭り騒ぎではなく、むしろその逆だった。人目もはばからず泣いている人もいれば、互いに支え合って歩いている人もいた。メイヤはそんな一行を固唾《かたず》を呑んで見守った。

「どこのロックスターのためのパレードなのかって思ったんじゃない？」

急に声をかけられ、メイヤは驚いて自転車から手を放した。自転車はそっと苔の上に倒れた。振り返ると、ひとりの少女がコケモモの茂みの中の大きな岩に寄りかかって立っていた。メイヤと同じくらいの年頃で、髪をピンクに染め、木のイヤリングをし、細い手巻き煙草を吸いながら、アイシャドウを厚く塗った眼でメイヤを見ていた。

「ロックスター？」

「リナ・グスタフソン。彼女のために行進してるのよ」

メイヤはもう一度行進を見てから自転車を起こした。

「その人、死んだの？」

「たぶん。確かなことは誰にもわからないけど」

少女は苔に向かって唾を吐き、眠そうな眼でメイヤを見つめた。

「掃き溜めみたいなこの村で聖人になりたかったら、ある日突然いなくなればいい。そうすれば、誰もが競うみたいにどれだけあんたを好きだったか言いだすから」

メイヤはサドルについた松葉を払い落とし、行進する集団を見た。蛇が燃えながら丘をのぼっているようだった。どこに向かっているのだろう？

「あんた、名前は？」肺一杯に煙を吸い込んで、少女が訊いてきた。

「メイヤ。あなたは？」

「あたしはクロウ」

「クロウ？」

「そう」

クロウは一瞬笑顔を見せたが、すぐに引っ込め、手巻き煙草をメイヤに差し出して言った。

「一本どう？」

「煙草はもうやめたの」

クロウは首を傾《かし》げた。空のように青い眼が光った。

「南部から来たんでしょ？」

「まあね」

「グリマストレスクに何しに来たの？」

「母さんと一緒に引っ越してきたのよ」

「どうして？」

メイヤは答をためらった。頬が火照るのを感じた。

「母さんの男が住んでるから」

「その男の名前は?」

「トルビョルン。トルビョルン・フォルス」

クロウはいきなり噴き出した。口の中に歯列矯正器具が見えた。

「冗談でしょ? あんたのママはあのポルノビョルンと付き合ってんの?」

「ポルノビョルン?」

「そう。ノールランド一のポルノ雑誌のコレクターだから、そう呼ばれてるのよ。そういう男よ。この村じゃ、年頃の男の子はみんな彼の家の窓をのぞきにいく。ひょっとしたら何か見えるかもって期待して」

メイヤは自転車のハンドルを握りしめた。手が痛くなるほどの力を込めて。恥ずかしさが塊となって咽喉に込み上げてきた。クロウは勝ち誇ったように笑って言った。

「ほんとに要らない? 吸いたそうに見えるけど」

メイヤは身震いした。そのはずみで髪が頬にかかった。クロウがライターの火をつける音がした。が、火はつかなかった。クロウは役立たずのライターを森に投げ捨てた。彼女の発した罵りことばが静けさの中、むしろ滑稽に響いた。メイヤは恥の塊を呑み込んでから尋ねた。

「どうしてパレードに参加しないの？」

「あたしはクソ偽善者じゃないからよ。好きでもない人がいなくなったからって悲しむふりなんか、あたしはしない。いなくなるまえから好きじゃなかったのに、どうして今さら好きなふりをしなきゃならないの？」

「どうしてその人のことが嫌いなの？」

クロウは自分の爪を見つめた。爪は短く切りそろえられ、黒いマニキュアが塗られていた。関節と関節のあいだにはタトゥーが彫ってあった。遠すぎてメイヤには何が彫られているのかはわからなかったが。

「リナは人のものを平気で奪う子だったからよ。なんでも自分の好きなようにする子だったからよ」

メイヤはわかったふうにうなずき、自転車を押してトウヒの林から道路に出た。トーチパレードはもう丘の向こうに姿を消していた。ただ人々の声とトーチの燃えるにおいだけが風に乗って漂っていた。

「もう行かなきゃ。会えてよかった」

クロウは挨拶がわりに頬を窪ませ、赤い口紅を塗った唇をとがらせた。そして、メイヤが自転車を漕ぎだすと、うしろから言った。

「ポルノビョルンによろしく！」

*

一番の問題はすべてを覚えているわけではないことだ。リナがいなくなった直後のことは断片的な記憶しかなかった。玄関ホールにはいってきた警官が上着を脱ごうとさえしなかったことは覚えている。アネッテが指で彼を引っ掻いたこと、リナの部屋の窓が半分開いていたこと、どこへ行っても表情のない顔が彼を見てくること。そうしたことは覚えているのだが。

レレはすぐに行動を起こした。あの夜にはもう動きはじめていた。ガソリンタンクが空《から》になるまでシルヴァーロードを走った。アリエプローグへも行った。明け方のアリエプローグでは、二十三人の若者が植樹の準備をしていた。トウヒの苗木とプランティング・チューブ（注、手作業で植樹するときに使用する器具）を持って立っている若者の輪につかつかと歩み寄り、円の中心に立ってひとりずつ顔を見た。そこにリナがいないか確かめるために。

「娘を捜している。ここできみたちと一緒に植樹することになってたんだ」

若者たちは虫除けと湿った森のにおいをさせていた。誰かが何か言ったかもしれないが、その中身はもう覚えていなかった。気づいたときには黒いジープの座席に坐っていて、コーヒーを入れた魔法瓶を持っていた。そこで休むようにと、植樹の責任者だという男に強く言われたのだ。フィンランド訛《なま》りのスウェーデン語を話す男で、レレが車内で煙草を吸っても文句を言わなかった。

「あの子たちを怖がらせないでください。働き手がいなくなってしまう」

リナが来たらすぐに連絡する、と男は約束した。姿を現わしたら。

最初の夏はまさにカオスだった。レレの家の玄関ホールには泥だらけの靴が散乱し、郵便受けは開けられないまま放置された。階上《うえ》の部屋ではアネッテが枕元に薬の束を置いて眠るようになった。もう眼を覚まさないのではないかと思うくらい深い眠りにつけるように。レレにとってはそのほうがありがたかった。寝ていてくれれば、責められることはない。泣きごとも聞かずにすむ。ただ、妻があまりに平然としているのが彼は逆に怖かった。薬が涙を閉じ込めてしまったのだろうが。彼のほうはひたすら酒を呷《あお》っていた。警察が教えてくれた直通の番号に何度も何度も電話していた。ローカル局のラジオで情報提供を呼びかける自分の震える声を聞いたりもしていた。情報はあちこちから寄せられた。車に乗っているリナを見た、道端に立っていた、デンマーク行きのフェリーに乗船していた、タイのプーケットのビーチにいた——リナはいたるところで目撃されていた。なのにどこにもいなかった。

レレはトーチを体に近づけて持ち、近道の森を抜けて家に帰った。よろけながら苔の上を歩いた。地面から水が染み出し、彼を沈めようとした。ポケットの中で携帯電話が振動しているのがわかった。が、無視した。失望に満ちたアネッテの声など聞きたくなかった。失望なら自分のものだけで充分だ。咽喉がからからに渇いて、脳裏にラフロイグがちらついた。二口だけ。そう自分に言い聞かせた。ほんの二口飲めば、あんな忌々しいパレードのことなど忘れて、また捜索を始められる。村人たちは木立の中へ消えていく彼をまだ見ているはずだった。うなじに突き刺さるその視線が感じられた。彼らの無言の非難が痛かった。

靴も脱がず、廊下に泥の足跡を残して居間に直行した。ウィスキーのボトルをつかみ、一息に飲んだ。すぐにむせ返った。手の甲で口を押さえて吐き気をこらえた。咽喉が焼けた。体の中が燃えているみたいだった。ボトルを置き、静けさの中、悪態をついた。もはや酒も彼を癒してはくれなかった。

階上《うえ》から音が聞こえ、レレはびくっとした。ひび割れた天井を見上げ、息を呑んだ。体を強ばらせ、耳をすました。頭上から足音のような、くぐもった音がまた聞こえた。リナの部屋から聞こえたような気がした。

レレは三歩で階段を駆け上がった。上がりきったところでつまずきそうになった。すんでのところで壁に突っ込まずにすんだ。口の中が切れて血の味がした。それでも、よろめきながらリナの部屋へ向かい、肘でドアを押し開けた。部屋にはいると、窓が開け放たれていた。風でカーテンが揺れ、リナが壁に貼っていたポスターが不気味にはためいていた。ショックのあまり、レレは束《つか》の間、戸口に立ち尽くした。リナの部屋の窓はこの三年間一度も開けたことがなかった。部屋の空気を入れ替えたくなくて。リナの気配をそのままとどめておきたくて。

レレは窓に駆け寄り、テラスを見下ろした。雨樋《あまどい》を伝って降りれば、ライラックの茂みにうまく着地できる。夜、そうやって家を抜け出そうとしているリナを見つけたのは一度や二度ではすまない。彼は庭に眼を走らせた。伸び放題の芝生に幹の半分近くまで覆われた林檎《りんご》の木。隣人の侵入を防ぐ生垣。敷地の境界を成す木々のそばの下生え。どの植物も風に吹かれて、まるで自分で動いているかのようだった。そのせいだろう、ライラックの茂みにひそんで微動だにしていない塊が逆に眼にとまった。レレは反射的に窓枠をまたいで外に出ると、タイル屋根の上をすべった。そして、脚を不器用に伸ばして雨樋を探った。一瞬躊躇《ちゅうちょ》した。が、すぐに雨樋を飛び越えるようにして、そのあと雨樋にぶら下がった。心臓が止まりそうな数秒が過ぎ、そのあと意を決して地面に飛び降りた。墜落の音と骨折したような嫌な音がしたが、痛みは感じなかった。立ち上がり、ライラックの茂みに突進した。

隠れていた塊も立ち上がって走りだした。灰色の空を背景に毛先を立てた黒髪が見えた。ひょろ長い脚が丈の高い草の中をもがいて逃げようとしていた。

レレはパンチのように強く胸を叩く鼓動に耐えながら、逃亡者を追った。

「逃げても無駄だ！　もう顔は見た！」

若い男は怪我《けが》をしていた。そのため森にたどり着くまえに力尽きて倒れた。レレはすぐさまその男に覆いかぶさった。汗で濡れた男の髪を引っぱり、上を向かせた。男は真っ青な顔をしていた。

「ここで何をしてる?」

ミカエル・ヴァリウはうめき声をあげた。ゆがんだ顔に汚れたすじが何本もついていた。

「放してくれ」と彼は言った。「頼むから」

*

メイヤはトルビョルンの家に帰った。森に向けてシリヤのイーゼルが立て掛けてあった。シリヤ自身は素っ裸で、キッチンの窓からよく見える場所に立っていた。青白い尻を陽光が照らしていた。トルビョルンの額には黒い汗のすじが何本も光っていた。

「あんたのママはギリシャの彫像みたいだね」

メイヤは両手で顔を隠し、トルビョルンがいれてくれたコーヒーを吹いて冷ました。シリヤなどそこにいないかのように振る舞った。

「今朝、自転車で村へ行ってみた」

「へえ」

「大勢の人がトーチパレードをやってた。失踪した女の子のために」

トルビョルンは冷蔵庫から缶ビールを出し、火照った頬と首すじにあてて言った。「この村最大のミステリーに出くわしたってわけだ。もうずいぶんまえのことだが、村の連中はまだあの事件を乗り越えられないんだろうな。みんな忘れられないんだよ」

「その子はどうなったと思う？」

「さあ」トルビョルンは缶ビールを開けると、グラスはないかとまわりを見まわした。カウンターに汚れた皿が積まれていた。シリヤの口紅の跡がワイングラスから笑いかけていた。シリヤはとっくに主婦の真似事を放棄していたが、トルビョルンがそのことで文句を言う気配はなかった。シリヤが裸で歩きまわっているかぎりは。トルビョルンはグラスを探すのをあきらめ、缶から直《じか》にビールを飲んだ。まるで水みたいに一気飲みして、メイヤのまえでも遠慮なくげっぷをした。

「いなくなった女の子はバスを待ってるあいだにいなくなったって話だが、ほんとうはそうじゃない」

「どうして知ってるの？」

「その場にいたからさ！　あの頃おれはポンコツのボルボを持ってたんだが、これがしょっちゅう故障してしょうがないんで、毎朝バスに乗ってたんだ。あのときのことは思い出すだけでも胸くそが悪くなる。警察にはしつこく事情を聞かれたし、家の中も庭も全部ひっくり返されたし。おれはその子を見たこともないっていうのに。バスの運転手もその子を見てなかった。だからたぶん最初からバス停にはいなかったんじゃないかな」

トルビョルンはビールを飲み干すと缶をつぶして床に放った。

気温は高かったが、メイヤは震えが止まらなかった。「つまりあなたは疑われたってこと？」

「警察から見れば村人全員が容疑者だったんだよ！　だからおれも例外じゃなかった。いずれにしろ、その子がいつまでも見つからないんで、事態はどんどん悪くなった」

シリヤの歌声が外から聞こえてきた。自分に気を惹こうとしているのだった。薄っぺらなカーテン越しに見ると、シリヤがわざとらしく屈んで草の中に隠してあったワインを手に取るのがメイヤにも見えた。シリヤはグラスのふちまでワインを注ぐと、絵筆を肩にのせてワインを飲んだ。

トルビョルンは吸い寄せられるようにその様子を見ていた。メイヤは薪小屋で見つけた写真を思い出した。あの写真は彼が撮影したのだろうか？

「その子は家出したと思う？」とメイヤは尋ねた。「それとも誰かにひどい目にあわされたんだと思う？」

「その子の父親が関係してたとしても不思議じゃないな。レレ・グスタフソンがキレやすいのは誰もが知ってることだ。すぐに喧嘩をおっぱじめるんで、猟友会からもはずされちまった。もしかしたら娘に腹を立てて、取り返しのつかないことをしちまったのかもしれない。で、われに返って、そのことを隠そうとしたんじゃないか？　おれはそう思ってる」

トルビョルンは汚れたメッシュのヴェストを脱ぐと、それを丸めて腋の下を拭いた。「さて、外に出て日射しを浴びよう。あんたのママに会いにいこう。ここでこんな話をしてても意味はない」

*

ミカエル・ヴァリウはレレの家のキッチンの椅子に坐っていた。ひどく汗をかいていた。怪我をした脚を向かいの椅子にのせていたが、痛みに死人のように蒼白《そうはく》な顔を時々歪めた。酒を飲んでいるのか、もしくはクスリをやっているのか、レレには判断できなかった。ただ、呂律はまわっているし、瞳孔も開いてはおらず、むしろ獲物を狙うような眼をしていた。

「どうしてうちに忍び込んだ？」

「忍び込んでなんかいない。鍵は開いてたんだから」

「リナの部屋で何をしていた？」

ヴァリウは爪の甘皮を噛みながら、視線をすばやく室内のあちこちに向けた。

「わからない」

「わからない？」

レレはテーブルを強く叩いた。テーブルの上で陶器が飛び跳ねた。「さっさと話したほうがおまえのためだ。納得できる答を聞くまで帰さないからな」

ヴァリウは顔をしかめた。

「脚が痛くて死にそうだ」

「おれの知ったことじゃない。生きてここから帰りたいなら、さっさと話せ。リナの部屋で何をしてた？」

「リナのそばにいたかった、ただけだ」

「リナのそばにいたかった、だからうちに不法侵入したのか？」

無言の涙がヴァリウの汚れた頰を流れ落ちた。彼はその涙を拭こうともせずに言った。

「リナがいなくなって辛いのはあんただけじゃない。おれだって、リナのことを思わないときは一秒だってない。今日はパレードの日だから、あんたは留守だって知ってた。だからリナのそばにいられるチャンスだって思ったんだ。彼女の部屋を見て、持ちものに触って、洋服のにおいを嗅ぎたかったんだ。それだけだ」

レレは片手を上げて制した。「つまりこういうことか？　今日は、おまえのいなくなったガールフレンドのためにトーチパレードが企画された。だけど、おまえはあえてそれには参加しなかった」

「村じゅうのやつらに白い眼で見られるのがわかってるのに参加なんてできるか？　そういうことが簡単なことだと思うかい？」

「おれに同情されたいのか？」

ヴァリウの眼から涙があふれた。本人は気づいていないようだった。ヴァリウのTシャツは濡れていて、草の汁の染みができていた。そのためTシャツが筋張った体に貼りついた余分な皮膚のように見えた。肉を強く引っぱったみたいにやけに顎が強ばっていた。リナと一緒にこのキッチンの椅子に坐っていた頃と比べると、やつれきって見えた。以前はもっと体に筋肉がついていた。そして、家じゅうに響くような大きな声で笑った。アネッテお気に入りの大声で。

レレはテーブルの上に身を乗り出すと、ヴァリウから発せられる恐怖のにおいが感じられるほど近づいて言った。「ポケットの中身を全部出せ」

ヴァリウの白眼の部分が大きくなったように見えた。

「どうして？　何も盗んでないよ」

「もう片方の足首をへし曲げられたくなかったら、立ってポケットの中身を見せろ」

ヴァリウは眼を引き攣らせ、躊躇した。が、レレに眼のまえに迫られ、胸元をつかまれると、慌てて脇と尻のポケットを探り、疵のあるテーブルの上に、画面にひびがはいったアイフォーンと黒革の財布とポケットナイフを並べた。

レレは財布の中身を調べた。小銭が五十クローナと銀行のカード、それに端の折れた写真が二枚はいっていた。どちらもリナの写真だった。一枚は顔のアップで、リナは口を閉じ、秘密めかした表情でレンズを見ていた。それでも笑っていた。もう一枚には裸でベッドに横たわるリナが写っていた。ショーツしか穿いていなかった。カメラに背を向け、裸の胸の上に髪がかかっていた。レレは息を呑んだ。反射的にヴァリウに殴りかかった。気づいたときにはヴァリウが椅子から転げ落ちそうになるほど強く殴っていた。

「この写真はなんだ?」

「おれの写真だ。おれが撮った写真だ」

「おまえが撮った。そんなことはわかってる。訊きたいのはそんなことじゃない。リナは裸を撮られてると知ってたのか? どうなんだ?」

レレは覆いかぶさるようにしてヴァリウを見下ろした。ヴァリウは椅子に坐ったまま震えながら、体を丸めて防御姿勢を取った。

「もちろん知ってたよ! 一緒にいたんだから。お互いに写真を撮り合ったんだから。疚《やま》しいことなんか何もしてない!」

レレは怒りに任せて震える手でリナの写真を引きちぎった。ばらばらになった紙片がテーブルの上に落ちた。それからヴァリウに向き直ると、椅子から突き落として言った。

「殺されるまえにここから出ていけ！」

＊

あれから二晩が過ぎた。カール－ヨハンは一向に姿を見せない。シリヤとトルビョルンが寝入ると、メイヤはヴェランダに出て期待して待った。犬のごわごわした毛皮の上に脚をのせ、シリヤのワインを飲んだ。酔うためではなく、胸のざわめきを抑えるために。孤独を追いやるために。煙草に火をつけると、犬が咎めるような眼で彼女のほうを見ているような気がした。

「別にいいでしょ？」と彼女は言った。「どうせ彼は来ないんだから」

が、その夜、彼はやってきた。最初に気がついたのは犬だった。犬はすっくと立ち上がると、鎖が目一杯伸びるところまで行き、痩せた体をぶるっと震わせた。森のきわに彼の影が見えた。胃がひっくり返りそうになった。メイヤは急いで煙草を揉み消し、ワインを足元の花壇に流して捨てた。

彼は笑った。その笑顔を見るなりメイヤは体のあらゆる場所が震えた。

「ここでぼくが来るのを待ってたの？」

「眠れなかっただけ」

彼はメイヤを抱き寄せた。煙草のにおいに気づいたかもしれないが、何も言わなかった。

「湖へ行こうか？」

メイヤはうなずいた。ふたりは犬を鎖につないだままあとに残し、森に駆け込むと、そのあとは隆起した太い木の根のせいでところどころ盛り上がっている森の小径を歩いた。彼は彼女の手を取った。彼女はそんな彼の背中を見て微笑み、なんとか遅れないようにした。木々のてっぺんに届きそうなくらい喜びが昂《たかぶ》った。

湖まで来ると、彼は水上に張り出した平らな岩のところまで彼女を連れていった。さざ波が寄せては返していた。夜中でも明るかったが、空気は冷たかった。彼に腕をまわされると、家畜と納屋のかすかなにおいがした。

「もうわたしのことなんて忘れちゃったのかって思ってた」と彼女は言った。

「忘れただって？」と彼は笑って言った。「まさか」

「あなたをずっとずっと待ってた」

「牧場の仕事が忙しくて」と彼は言った。「抜け出せなかったんだ」

メイヤは彼の両手を見た。あかぎれとたこのできた手を。そんな手の持ち主になるには彼はまだ若すぎる気がした。

「それで気づいたのよ、あなたの電話番号を知らないことに」と彼女は言った。「知ってたらテキストメッセージを送れたのに」

「電話は持ってない」

メイヤはまじまじと彼を見た。「どうして？」

「父さんは文明の利器が嫌いなんだ」

波が岩にぶつかっていた。携帯電話なしでどうやって生活しているのだろう？　メイヤとしては不思議に思わないわけにはいかなかったが、あえて訊かなかった。彼が恥ずかしがっているように見えたのだ。訊いたら恥をかかせてしまうかもしれない。もしかしたら家が貧乏で、電話料金を払えないのかもしれない。メイヤもシリヤとふたりで暮らしていたときには何年もそういう状況だった。ほかのことにお金がかかりすぎていた暗黒時代——お金のほとんどがシリヤの酒とクスリに消えていた時代。

「今日はお兄さんたちは一緒じゃないの？」

「家に置いてきた」と彼は笑って言った。「きみをひとり占めしたかったから」

メイヤは息を呑んだ。湖面が彼女の感情の昂りに合わせて脈打っているように見えた。風が松葉のにおいと冷気を運んできた。それでも今は少しも寒くなかった。彼は彼女の額に頬を寄せて言った。

「でも、ヨーランはきみに姉妹がいるか知りたがってる」

メイヤは微笑んだ。

「兄弟も姉妹もいない。少なくとも知ってるかぎりは」

「それじゃ、小さい頃は淋しかっただろうね」

彼女は肩をすくめた。

「お父さんは？　どこにいるの？」

メイヤは深く息を吸った。ちくちくする胃の痛みが不安に変わった。

「知らない」と彼女は答えた。「わたしが生まれたときにはもういなくなってたから。会ったこともない」

「それは淋しいね」

「もともといないんだから淋しくなんかないわ」

「きみは強いね」と彼は言った。「ぼくにはきみの強さがわかる。ぼくならきっと耐えられないだろうな。家族がいてこその自分だもの」

カール－ヨハンはメイヤの頬にかかった髪を指ですくってどけると、白い睫毛の向こうからじっと彼女を見つめた。メイヤは息ができなかった。水の音も蚊の飛び交う音も聞こえなくなった。彼が蚊を叩くのは見えたが。

「泳ごうか」

ふたりは泳いだ。水が冷たくて関節がしびれ、静寂の中で歯がかたかた鳴った。それでも泳いだ。眼のまえで彼が動くと、肌の下の血管が青く透けて見え、肩のまわりの細長い筋肉が動いているのも見えた。メイヤは置いていかれないように懸命に彼のあとについて泳いだ。湖は浅かったが、底の土は柔らかくて、足をつこうとすると、底がなくなった。彼は時々振り返って手招きし、彼女がついてきているのを確かめながら、湖の真ん中まで泳いだ。そこには岩が円を描くように並んでいた。メイヤは泳ぎが得意ではないことを恥ずかしく思った。魚の群れが彼女の太腿をかすめて通り過ぎたときには、その冷たい感覚に驚いて思わず振り返った。

「凍えちゃいそう」

カール‐ヨハンはタオルを持ってきていた。メイヤは濡れた髪にタオルを巻き、彼が火を熾《おこ》すのを眺めた。彼は慣れた手つきでいとも簡単に小枝を折り、木の皮を剝ぎ、膝を使ってトウヒの枝を折った。どんなものに触れてもそのごつい手から血が出ることはなかった。メイヤのほうは、地衣類や背丈の低い茂みに触れるだけで手にも脛《すね》にもすぐに引っかき傷ができ、傷口がちくちく痛んだ。

「ここはわたしがいるべきところじゃない」と彼女は言った。火がぱちぱちと音をたて、空に向けて火の粉が舞った。「ここには居場所がない気がする」

カール‐ヨハンは彼女の手を取り、手の甲にできたばかりの傷にキスした。メイヤは鳥肌が立って、体が震えた。

「ぼくが教えてあげる」と彼は言った。「全部覚える頃には、きっと荒野で育ったんじゃないかと思えるくらいになってるよ」

彼の息が上唇にかかった。メイヤはまたしても胃がひっくり返るような感覚を覚えた。彼の顔が近づいてくると、両眼がまるでひとつになったかのように見えた。メイヤは彼の口をじっと見つめて、キスを促した。ようやく彼がキスをすると、彼女はそっと眼を開け、彼が眼を閉じているかどうか確かめた。眼を開けたままキスをする男は信用ならない。シリヤが以前そう言っていたのだ。〝もし彼が眼を閉じてなかったら、そのときは荷物をまとめて逃げ去るときよ〟。

カール－ヨハンは眼を閉じていた。しっかりと閉じていた。

＊

夜は生きており、湿ったその息を歪曲《わいきょく》した木々にまんべんなく吹きかけ、湖も川も濃い霧で覆い、水面を揺らしていた。同時に、光を通さない闇を持っている。レレは車のボンネットに寄りかかり、煙草の煙と湿気を胸いっぱいに吸い込んだ。フォグランプの光もこの薄闇では数メートル先までしか届かない。シルヴァーロードは通る者を死に誘《いざな》う罠《わな》のようにそこにあった。彼のすぐ横に、忘れ去られながら、獲物を待ち焦がれながら。夜を徹して捜索したところで、そんな道路が相手ではとうてい勝ち目はない。

レレの車のうしろに別の車が停まった。濃い霧のヴェイル越しにも警察車両のけばけばしい色が見て取れた。静けさの中、車のドアを開け閉めする音が響き、レレはその警察車両に背を向けた。

「おいおい、レレ。こんな天気の日にドライヴなんかしちゃ駄目だよ」

「ドライヴしてるように見えるか？」

ハッサンの全身の輪郭がぼやけて見えた。霧のせいでちぢみ、別人のようだった。近づいてくると、彼が手にしている魔法瓶に光が反射した。レレの隣りまで来て、ボンネットに寄りかかった。そして、魔法瓶の蓋を開け、その蓋に湯気を立てている飲みものを注いでレレに渡した。湿気が夜の一部をさらに満たした。

「家まで送ろうか？」

「帰ったところで、何ができる？」

「休息を取る。食事をする。シャワーを浴びる。〈ネットフリックス〉で映画を見る。普通の人がすることをする」

「じっとしてなんかいられない」

レレは受け取った飲みものを一口飲み、すぐさま吐き出した。「なんだ、これは？」

「白茶《バイチャ》。中国のお茶だ。飲むと血のめぐりがよくなるそうだ」

「勘弁してくれ」

レレはマグカップをハッサンに返すと、舌に残った小さな茶葉をつまみ取った。ハッサンはそれを見て笑いながらゆっくりと何口か飲み、わざとらしく唇を舌で舐めてみせた。レレは消えかけていた煙草をくわえて吸った。煙草はまた息を吹き返した。誰かがそばにいてくれるのがありがたかった。レレ本人は絶対に認めようとしないだろうが。

「ゆうべミカエル・ヴァリウがうちに不法侵入した」

「なんだって？」

「家に帰ったら、庭に隠れてたんだ。リナの部屋から飛び降りて足首をくじいた」

「なんでおれに知らせなかった？」

「自分で対処した」

ハッサンは魔法瓶の蓋を閉めるとため息をついた。「あえて訊くが、彼に何をした？」

「お茶とケーキでもてなすというわけにはいかなかった。そういうことを訊いたのなら答えておくが。そのまま帰した」

「あいつは何か盗もうとしたのか？」

「いや、何も」

レレは火のついた煙草の先端を見つめた。じっとこっちを見ているヴァリウの顔が眼に浮かんだ。頬がこけ、涙に濡れた彼の顔だ。

「財布の中にリナの写真を入れていた。裸の写真だ」

「ふたりが一緒に過ごしたときに撮ったものか？」

「そうだと思う」

ハッサンは深く息を吸っただけで、何も言わなかった。レレは煙草を排水溝に投げ捨てた。咽喉元に不快感があった。霧で濡れた顔を服の袖で拭いた。世界じゅうが泣いているような気がした。あらゆるものから何かがゆっくりと洩れているような気がした。

「あんたは教師だ」とハッサンは言った。「今どきの若い連中が気軽にそういう写真を撮ることぐらい知ってるだろ？　あんたの娘にかぎったことじゃない。よくあることだ。親がおれのところに通報してくるんだよ。そういう写真が拡散されて、悪いやつらの手に渡ってしまったとかな。最近の若者はそうやってリスクを冒しちゃ、そのスリルを愉しんでるのさ」

「わかってる。だけど、ヴァリウは信用できない。リナがいなくなってから、おれ以上にぼろぼろになってる」

「それだけ彼女を恋しがってるからじゃないのか？」

「そうかもしれない。あるいは、良心の呵責《かしゃく》に耐えられないのか」

ハッサンがボンネットから離れると、レレの尻の下で車体が持ち上がった。

「あいつの事情聴取をしてほしいのか？」

「いや、放っておいてくれていい。ほんとに何かあるんだとしたら、遅かれ早かれしっぽを出すさ」

＊

「服をちゃんと着るってことがどうしてできないの！」下着姿で居間を歩きまわるシリヤにメイヤは言った。

シリヤは戸惑ったような顔をして下を向き、自分の恰好を確かめた。ゆったりしたショーツに、赤いアクリル絵具が飛び散ったブラジャー。

「絵を描くときはいつもこうじゃないの」とシリヤは反論した。「わたしは色だけを見るのよ」

そう言って、シリヤは寝室にはいり、また出てきたときには、紫色のシルクのガウンを羽織って髪をいい加減に結っていた。咽喉元が赤かった。そして、いかにも予測不能の振る舞いを予測させるきっとした顔をしていた。

タイヤが砂利を踏む音が聞こえ、ややあって車が現われた。カール－ヨハンの旧型のボルボは車体が長く、角ばっていて、ホイールアーチは錆びていた。シリヤはメイヤにもたれかかるようにして、彼女の肩越しに車を見た。メイヤにはシリヤの息のにおいが嗅げた。ワインのせいだろう、シリヤの息はイースト菌のような発酵したにおいがした。

「運転できるのね。歳は何歳なの？」

「十九」

「ビルイェルの息子たちはたぶん十二歳くらいから運転してたんじゃないかな」とトルビョルンが言った。「このあたりの村じゃ、珍しいことじゃないがな」

シリヤははだけたガウンを整え、カール－ヨハンが車から降りると言った。

「なかなかハンサムじゃないの！　あんたがうわべにこだわる人とは知らなかったわね、メイヤ！」

カール－ヨハンは萎《しお》れかけているフランスギクの花束をメイヤに渡した。メイヤは玄関ホールでぎこちなく彼をハグした。彼の髪はまだ濡れていて、シャンプーのにおいがした。シャツのボタンは一番上まできちんととめてあり、襟の上に無精ひげが見えた。彼はもはや少年ではなかった。ふたりがキッチンへはいったときにシリヤが見せた反応で、メイヤにはそれがわかった。シリヤがカール－ヨハンに強く惹かれたのは明らかだった。トルビョルンは嚙み煙草の茶色いよだれを顎から垂らしながら彼に挨拶し、ビルイェルは元気かと尋ねた。そして、そのあと新しい恋人だと言ってシリヤを紹介した。それを聞いて、シリヤは口の中の歯の詰めものを光らせて笑った。シリヤはカール－ヨハンが来るまえから飲んでいた。それでも眼は濁っていなかった。シリヤもトルビョルンも無遠慮にカール－ヨハンを頭のてっぺんから爪先までとくと観察した。

「コーヒーを飲むかね？」

「要らないわ。部屋へ行くから」

メイヤはそう言うと、カール＝ヨハンの手を引いて階段をあがった。彼の手は冷たく、汗で手のひらがじっとりとしていた。部屋にはいると、彼女はすぐに彼の手を放して言った。

「失礼な母親でごめんなさい。酔ってるのよ」

「素敵なお母さんだよ」

梁の下を通るのに彼は頭を低くしなければならなかった。その淡いブルーの眼でしきりと部屋の中を見まわしていた。その眼が何も飾られていない壁からメイヤのリュックサックに移った。リュックサックは開けっ放しになっていて、彼女の持ちものが丸見えになっていた。恥ずかしさにメイヤは体が固まったようになった。

「ここがきみの住んでるところなんだね？」

「仮の住まいよ。長くいるわけじゃないわ」

「ずっとここで暮らすんじゃないの？」

彼女は首を振って言った。「来年の春が来たら十八歳になる。そうしたら南部へ帰るつもり」

カール＝ヨハンは彼女をそばに引き寄せて言った。「行ってほしくないな。ぼくたちはまだ出会ったばかりなんだから」

彼は彼女の顔にかかった髪をどけて、耳の下にキスをすると、彼女の鎖骨に指先を這わせてなにやら囁いた。この村を知り尽くすまでは行っちゃ駄目だ、とでもいったようなことを。彼の指先が彼女の唇を探りあてたと思ったときには、メイヤは軋むベッドの上で彼の下になっていた。彼の重さと熱を感じた。彼の手が服の下にすべり込んできた。メイヤは彼を押して起き上がらせると、彼のシャツのボタンをはずした。はだけた胸が呼吸に合わせて上下していた。これまで何人の女の子とセックスしてきたのだろう、とメイヤは思い、そう思ったそばから答は聞きたくないと思った。彼のシャツと彼女のTシャツが一緒に床にすべり落ちた。唇と肌の温《ぬく》もりだけが残った。頭ががんがん鳴っていた。爪を彼の肩に食い込ませた。離れたくなかった。階下《した》からシリヤの笑い声が聞こえ、ふたりは動きを止めた。顔を紅潮させて、カール-ヨハンが言った。

「トルビョルンはぼくのことをなんて言ってた？　ぼくたち家族のことを？」

メイヤは答につまった。唇が腫れたみたいな変な感じがした。「あなたの家族はヒッピーみたいだって」

「ヒッピー？」

「そう。つまり自然に近い暮らしをしてるって。大昔の人みたいに」

彼は笑った。歯が全部見えた。彼の片手は彼女の胸を包んでいた。高鳴っている心臓の真上を。

「ぼくの家に来ないか？　両親もきみに会いたがってる」

「わたしのこと、話したの？」

「もちろん」

「なんて言ったの？」

「特別なことは何も。ただ、ぼくがこれまで出会った中で一番素敵な女性だとは言ったけど」

狂おしいまでの音がメイヤの耳の奥で鳴り響いた。メイヤは自分の頭の中に森があるような気がした。森が生きているような。カール＝ヨハンは額を彼女の額に寄せた。その眼がやさしく笑っていた。

「どうする？　行く？」

舌が言うことを聞いてくれなかった。喜びで胸がいっぱいで、彼女はただうなずくことしかできなかった。

＊

霧が晴れたときにはもう夜の半分が過ぎていた。残された時間、レレはぬかるんだ地面の泥を撥《は》ね飛ばしながら車を走らせ、捜索を続けた。家に帰り着いたときには、車中ににおいが充満していた。彼のブーツとズボンの裾に飛び散った赤土と苔のかけらのにおいだ。レレはまずヴェランダの手すりに寄りかかってブーツを脱いだ。

上体を起こしたところで、玄関のドアが少し開いているのに気づいた。屋内の薄暗い明かりで、シューズラックと玄関ホールのラッグラグが見えた。鼓動が速くなった。靴下のままヴェランダの階段を駆け上がると、耳をすました。そして、ベルトに差した銃に手を置いて、開いた玄関のドアの隙間から室内をのぞいた。ドアは壊されておらず、無理矢理こじ開けられた形跡もなかった。レレは体を横向きにして、少しずつ中にはいった。蝶番がほんのかすかに音をたてた。鍵をかけ忘れたのか？　このところ彼の記憶はあまり頼りにならなくなっており、そんなはずはないと言いきれる自信はなかった。家の中にはいり、数歩進むと、かすかに香水のにおいがした。明らかにこの家のものではない、女性の香りだ。

レレはそっと玄関ホールを抜け、キッチンを通り、足音を忍ばせて寄木張りの床を歩いた。

そのあいだもずっと銃に手を置いていた。耳をそばだてても聞こえるのはこめかみで血管が脈打つ音と自分の息づかいの音だけだった。奥へ進むにつれ、香水のにおいが強くなった。角をまわると書斎の明かりがついていて、ドアの下から光が洩れていた。数歩で書斎のドアのまえまで行くと、片手をノブにかけ、もう片方の手で銃をしっかりと握った。勢いよくドアを開け、真正面に向けて銃を構えた。壁に映った影と同時に人影が動いた。その人影は恐怖におののき、悲鳴をあげ、真っ白な両手を上げた。

「やめて、レレ！」

「ここで何をしている？」

レレは銃をおろし、アネッテを見た。彼女は持っていた鍵で家にはいったのだ、もちろん。レレが返してくれと言っていた鍵を使って。アネッテは憔悴《しょうすい》しきっていた。髪を無造作にうしろで束ね、肩を落とし、壁に貼ったスウェーデン北部の地図のそばに立っていた。壁一面に貼られ、花をかたどるように画鋲と付箋で埋め尽くされた地図のすぐそばに。片手を振り上げ、彼女は言った。

「いったいなんなの？　銃なんか持って。気は確か？」

「泥棒だと思ったんだ」

「呼び鈴を鳴らしたけど、あなたはいなかった」

「なるほど。だから黙ってはいってもいいと思ったわけだ。アネッテ、きみはもうこの家の住人じゃない。鍵を返してくれ」

　アネッテは顔を上げて彼を見た。今もその手に鍵を持っているのかもしれない。ぎゅっと拳を握ると、その拳を腋の下に持っていった。が、そのあとレレの汗染みのできたTシャツを見て、さらにぼろぼろの靴下を見た。

「どこへ行ってたの？　ひどいありさまね」

「おれたちの娘を捜してた。そういうきみも人のことをとやかく言えるなりとは言えないんじゃないか？」

　レレは銃の安全装置を掛け、本棚に置いた。激しい怒りのせいで、銃を持っているのが怖かった。アネッテは黙ったまましばらく彼を見ていた。泣いていたらしく眼が真っ赤だった。それでも、地図のほうを向くと、薄い紙面にちりばめられた画鋲を見て言った。

「これは何？」

「何に見える？　地図だ」

「この画鋲は？」

「捜索を終えた場所のしるしだ」

　アネッテは握ったままの拳を口にやった。息を止めていた。が、もう泣いてはいなかった。そのまま身じろぎもせずじっと長いこと地図を見つめた。それからゆっくりと振り向いて彼を見た。

「わたしはもう捜さなくてもいいって伝えにきたのよ」と彼女は言った。「リナはもうこの世にいないんだから。死んでしまったんだから」

＊

メイヤはもっとましな服はないかとリュックサックを漁った。わずかな服――くたびれたジーンズが二本と色の褪せたTシャツが四枚、左右が不ぞろいの靴下――しか持っていないのが恥ずかしかった。南部にいたときには毎日同じ服を着ているせいで、みすぼらしいとか汚いとかいつもからかわれていた。そのことがまだ深く記憶に残っていた。

カール‐ヨハンはベッドの端に坐り、眼をきらきらさせていた。

「そのままで充分きれいだよ。着飾る必要なんてないよ」

ふたりが階下《した》に降りたときには、トルビョルンとシリヤはもう寝室に引き上げていた。ドアのまえに犬がしょんぼりと坐り、前肢でドアを引っ掻いていた。メイヤとカール‐ヨハンが通り過ぎようとすると、恨めしそうにふたりを見た。テレビはつけっ放しだったが、それでも閉じられた寝室のドアの向こうから甘ったるい声が聞こえてきた。メイヤとしてはさっさと玄関ホールまで行きたいところだった。が、そこでカール‐ヨハンに訊かれた。

「出かけるって言わなくていいの？」

「どうせ気づきやしないわ」

スワルトリーデンの方角を示す標識はまっすぐ森の中を指していた。道路というより、揺れる草のあいだのただの二本の深い轍《わだち》と言ったほうがいいような道だ。トウヒの木々が間近まで迫り、車のサイドミラーが枝をこすった。どこかへ通じているとはとても思えないような道だった。

いきなり雨が降りだし、森が見えなくなった。カール－ヨハンは雨が車の屋根を叩く音に合わせて口笛を吹いた。気楽に片手をハンドルにのせて。まるで自動運転で走っているかのように。彼は時々メイヤのほうを見て微笑んだ。彼女がちゃんと隣りにいるのを確かめるかのように。メイヤはしっかりかまえを見て、努めて不安な気持ちを見せまいとした。よその家に行くと、いつも窮屈な気持ちになる。本物の家庭は彼女にとって異世界としか思えず、どう振る舞えばいいのかわからなくなるのだ。床に直接マットレスを置いて寝るのが彼女の日常生活で、トイレにトイレットペーパーがないことにも、音が反響するほどがらんとして何もないキッチンにも、彼女はもはや慣れっこになっていた。シリヤもメイヤもともにまともな家庭はおろか、かろうじて家庭と呼べそうなものにさえ恵まれたことのない人間だった。カール－ヨハンはちがった。彼は自分の家庭を誇りに思っていた。

やがてふたりは金属パイプで造られた背の高い門のまえに着いた。その門のてっぺんにぺンキで〝スワルトリーデンへようこそ〟と書かれていた。それを見て、メイヤはますます座席に深く沈み込んだ。カール‐ヨハンは車を降りると、門を開けた。

「すごく大きな門ね」

「兄貴たちと一緒に造ったんだ。この牧場にあるものは、全部ぼくたち家族がつくったものだ」

　森を抜けると、眼前に広大な牧草地が現われた。牛の群れが草を食《は》んでいた。砂利道を通り、巨大な母屋のまえの車寄せに出た。その母屋は森との境目に建っていて、木でできた城のようだった。両側に納屋と離れ家があった。こんなところにほんとうに住んでいる人がいると考えるだけで、メイヤは胃袋がちぢこまった。

　カール‐ヨハンは納屋と犬小屋を指差した。毛むくじゃらの犬が柵に前肢を掛けて彼らに向かってさかんに吠えていた。犬小屋の隣りにはテニスコートほどの大きさのジャガイモ畑があった。

「森に隠れて見えないけど、向こうに湖がある」

「素敵なところね」

　メイヤはまだ車から降りられないでいた。両手で腹を押さえ、ゆっくり深呼吸をして努めて気持ちを落ち着かせた。知り合いの親に会うのは苦手だった。彼らに値踏みされ、品定めされるのが苦痛だった。特に母親が苦手だった。彼女たちは決まって人の痛いところを突いてくるからだ。

〝ご両親はどんなお仕事をなさってるの？〟

〝母は芸術家です〟

〝芸術家？　そうなの。どんな芸術？〟

〝絵を描いてます〟

〝有名なの？〟

〝あまり知られてないと思います〟

〝お父さんは？〟

〝知りません〟

〝お父さんが何をしているか知らないの？〟

〝一緒に暮らしてないんで〟

〝まあ〟

会話はいつもそこでとぎれた。最悪なのは彼らがシリヤを知っている場合だ。もっとも、その場合はそもそも何も訊かれないことが多いが。一切何も。

＊

苦痛にゆがんだアネッテの顔を見まいと、レレは床をじっと見つめつづけた。それでも彼女のすすり泣きはいやでも耳にはいった。

「リナがいなくなってから二年はあの子を感じることができた。生きてるのがわかった。あの子のことを思うと、明かりがともったみたいに心がぱっと明るくなった。そう、温もりみたいなものを感じて。でも、今はそうじゃない。もう明かりはともらない」

「きみが何を言っているのか、おれにはさっぱりわからない」

アネッテはまえに進み出て、彼の体に腕をまわし、彼の腕に頬を預けた。「あの子は死んだのよ、レレ。わたしたちの娘は死んでしまったの。わたしはこの冬のあいだじゅうずっとそう感じてた。わたしの中の何かが壊れてしまったのよ。うまく説明できないけど、そういうことなのよ。わたしたちの娘はもう死んでしまったの」

「そんなたわごとに耳を貸している暇はない」

レレは彼女の腕から逃れようとした。が、彼女は彼にしがみつき、涙で濡れた顔を彼のTシャツに押しあて、彼の肌に触れようと手探りした。爪が肌に食い込むほど強く抱きしめられて、しまいにはレレもあきらめ、なされるがままに任せた。彼のほうからも彼女の体に腕をまわし、最初はそっとそれからきつく抱きしめた。そうしてふたりは抱きしめ合った。まるでそうしていないと死んでしまうかのように。内側から壊れてしまうかのように。これまでこんなふうに抱き合ったことが一度でもあっただろうか。レレには思い出せなかった。

アネッテが顔を上げると、レレは反射的に彼女にキスした。涙のしょっぱい味がした。それでもいっそう激しくキスした。もっと彼女に近づきたいという衝動に駆られ、彼女の股間に自分の股間を押しつけた。もっと近づかずにはいられなかった。アネッテが彼の服を脱がせようとした。彼のズボンのジッパーを探りあて、一気に引き下げた。それから彼を引き込むようにして仰向けに倒れ、彼が彼女に覆いかぶさると、彼を中に誘った。彼を離すまいと、両脚で彼の腰を抱え込み、締めつけた。レレは激しく突いた。自分が望むよりずっと激しく。気づくと彼は泣いていた。涙が彼女の顔にしたたり落ちた。彼女の爪が肌に食い込み、痛みを覚え、そのときはっきりわかった。これこそ自分の求めていた痛みだと。現実の痛みだと。

行為を終えると、ふたりは並んで寝たまま、一本の煙草を分け合って吸った。ブラインドの隙間から陽光が射し込み、ふたりの裸の体にストライプを描いた。アネッテは彼の脇腹をつついて言った。

「ずいぶん痩せたのね」

「心配には及ばない」

「痩せこけて、汚れていて、寝不足。あなたは自暴自棄になってる」

アネッテはそう言って起き上がり、服を着た。レレは染みの浮いた彼女の胸の肌を眺めた。あそこに顔を埋められたらどんなにいいか。彼女の心臓の真上に。そんなことを思った。尻に食い込んだ爪の跡が痛かった。こうして彼女と愛し合ったことにどんな意味があるのだろう。彼女はこのまま家に帰って、トマスに洗いざらい話すのだろうか。それともこういうことはよくあることなのか。レレは彼女にここにいてほしかった。と同時に、この家に彼女の居場所はもうないこともわかっていた。窒息しそうなほど重い倦怠感《けんたいかん》が彼を襲った。このまま眠ってしまいたかった。裸のまま床の上で。アネッテが部屋を出たあと、キッチンから音が聞こえてきた。卵を割る音、鍋と鍋がぶつかる音、コーヒーのパーコレーターが蒸気を噴き出す音、ラジオの声。コーヒーの芳醇《ほうじゅん》な香りが漂ってきて、食事の用意ができたと呼ぶアネッテの声がした。

キッチンへ行くと、ブラインドが上がっていて、アネッテが陽光を浴びて立っていた。束の間、すべてがあるべき場所に戻った気がした。まだ二階の部屋のベッドで寝ているリナ。もう起きなさいと彼女を呼ぶアネッテの声。実際、悪夢の出る幕などないと言わんばかりに太陽が輝いていた。が、そこでコーヒーを注ぐアネッテの顔に哀れなほうれい線を見つけ、レレは現実に引き戻された。すべては幻だった。アネッテは彼と向き合って坐った。この家で暮らしていたときと同じ位置だった。が、今は背すじを不自然に伸ばし、いかにも居心地悪そうにしていた。皿に盛られたふたつのスクランブルエッグの山がふたりを隔てていた。レレの空腹は限界を超えていて、食べものにフォークを突き刺したとたん、逆に吐き気を覚えた。そんな彼をマグカップから立ち昇る湯気越しにじっと見て、アネッテが言った。

「怒らないで聞いて。ほんとうのことだから。リナが死んだのはもうまちがいない。わたしにはわかるのよ」

「きみがどう思おうと変わらない。おれはリナを見つけるまで絶対にあきらめない」

＊

カール‐ヨハンの家にはいると、明るい色の木材と暖かみのある色彩、それに肉をハーブと一緒に煮込んだシチューの濃厚な香りがメイヤを出迎えた。あかぎれだらけの荒れた手をしたエプロン姿の女性がキッチンから出てきて、ふたりに挨拶した。カール‐ヨハンより肌の色が黒く、細身だったが、整った顔だちはよく似ていた。その女性は笑みを浮かべ、肩にかかった明るい灰色の三つ編みを引っぱりながら言った。

「あなたがメイヤね。会えてほんとうに嬉しいわ。わたしはアニタ」

アニタはふたりをキッチンへ通した。キッチンでは年配の男がテーブルのまえに坐って銃の手入れをしていた。メイヤにはなんの銃かはわからなかったが、彼のまえにはさまざまな部品が並んでいた。年配の男は細めたまま眼を上げ、頭から爪先、さらには手の指先までじっくり吟味するようにメイヤを見た。メイヤは肌がひりひりするような感覚を覚えた。全身を焼かれているような気がした。

「どなただね?」と年配の男は汚れた布切れを持ったままの手でメイヤを指して尋ねた。

「メイヤだよ」とカール-ヨハンは答えた。「ぼくのガールフレンド」

「メイヤだって? あんたの話はカール-ヨハンからよく聞いてるよ」

そう言って、ビルイェルは立ち上がった。彼が口を開けると、歯と歯のあいだに黒い大きな隙間があるのが見えた。年寄りに見えた。少なくともカール-ヨハンの父親にしては老けすぎているようだったが、年齢のわりに逞《たくま》しい体つきをしていて、手を差し出してメイヤと交わした握手は力強かった。

テーブルにはミルクとライ麦のロールパンが並べられていた。自家製のブルーベリージャムを食べると、唇に青い色が残った。ビルイェルはいろんな話をした——農場のこと、彼らの土地のこと、古代の森のこと、湿地のこと、スワルトリーデン湖のこと。果実やキノコや魚の話もして、ここにあるものだけで村全体をまかなえると言った。物事はいい方向にしか進まないとも言った。アニタは彼らに背を向けて根菜の皮剝きをしていた。意識して背すじをぴんと伸ばしているように見えた。カール-ヨハンも無口だが、アニタもほとんどしゃべらなかった。カール‐ヨハンはメイヤをしっかり抱き寄せ、眼を輝かせて坐っていた。彼の首すじに光があたり、皮膚の表面に近い場所にある細く青い血管が透き通って見え、メイヤにはその皮膚の下の脈動まで見える気がした。

「カール‐ヨハンが言っていたが、あんたは南部から来たそうだね」とビルイェルが言った。

「生まれはストックホルムですけど、いろんな場所を転々としてきました」

「私も若い頃は転々としていた」とビルイェルは言った。「私の両親は私を養えなくてね。あっちの里親の家からこっちの里親の家へとたらいまわしにされたんだ。そのどこにも根を張れなかった。そんな環境で育つのは辛いものだよ。そんな環境では子供の頃から自分の身は自分で守らなきゃならない。だから息子たちには、自分が得られなかったものを与えたいんだ。安住の地、それに身の安全をね」

メイヤは部屋じゅうに響く彼の声を好ましく思った。笑い皺が印象的な顔をしており、いかにも人生を謳歌《おうか》しているといった風情の年配者だった。

アニタがロールパンを盛った皿をメイヤのほうへ押しやって言った。

「遠慮しないで。もっと召し上がれ」

キッチンは食べものと洗剤のにおいがした。あらゆるものの表面がぴかぴかで、灰皿もビールの空き缶も見あたらなかった。キッチンの隅でアンティークの時計が時を刻んでいた。ストーヴには鉄製の扉がついていて、そのまえに敷かれたラッグラグの上で猫が仰向けに寝転がって彼らを見ていた。いかにも温もりに満ちた家だった。メイヤは徐々に肩の力が抜けていくのを感じた。

「動物たちを見せてあげるといいわ」食事が終わるとアニタが言った。「生まれたての仔牛と仔山羊がいるのよ」

夜中の太陽が納屋と放牧場の上で赤々と燃えていた。その光を浴びながら牛の群れが草を食んでいた。手をつなぐと、メイヤの手にカール－ヨハンの荒れた指のざらつきが感じられた。手を酷使する仕事をしているのだろう。彼は野生の花が咲き、蚊が飛び交う中、彼女を案内し、人間を紹介するのと同じように彼女に動物たちを引き合わせた。「アグダ、インドラ、ティンドラ、それにクヌート。こっちはアルゴート。この子にはちょっかいを出さないように」彼女は太陽に暖められた動物たちの体を撫で、手から餌を与えた。彼らはみな柔らかな口をしていた。小さな仔山羊たちはまだおぼつかない足取りで地面に輪を描きながら歩いていた。カール－ヨハンはそんな幼い動物たちをひょいと持ち上げると、ぬいぐるみみたいに抱いた。

「まるで天国にいるみたい」とメイヤは言った。ふたりは納屋の壁にもたれて坐った。

夜だというのに何もかもが起きていた。カール－ヨハンはメイヤの髪についた干し草を取った。彼の横で眠れたらどんなにいいだろう。彼女はそう思った。こんな場所で朝を迎えることができたら――

ドアの開く音が静寂を破り、森の空所へ向かうひょろりとした人影が見えた。長兄のヨーランで、ふたりを見つけると、手に持っていた釣竿を掲げて振った。ふたりも手を振り返した。

「ヨーランは明るいと寝られなくてね。それで魚釣りに行って、朝ごはんを調達してきてくれるんだ」

「朝ごはんに魚を食べるの？」

「とんでもなくおいしいから」

カール＝ヨハンは立ち上がると、ジーンズについた草を払い落とし、彼女に手を差し出して言った。

「ここに泊まっていくといい。そうすればわかるよ」

＊

レレは居間のソファの上で眼を覚ました。隣家の納屋からの笑い声が室内にまで聞こえていた。時計は六時三十分を示していた。キッチンへ行こうと立ち上がると体じゅうが痛んだ。彼は声に出して悪態をついた。寝すごしたせいで、一晩まるまる無駄にしてしまった。シンクにフライパンが置かれているのを見て、ようやくアネッテがいたことを思い出した。リナは死んだと言った彼女の声がまだ聞こえるような気がした。そのことばを振り払うように、彼は体を震わせた。アネッテは第六感のようなものを持っており、それがよくあたるのだ。

レレは冷たい水で顔を洗い、口をすすいだ。窓の外に忘れ去られたハンモックが見えた。ハンモックを吊るしている鎖が風に揺れて軋んだ音を立てていた。アネッテがあそこに寝ていたのが永遠とも思えるほど大昔のことに思えた。あのとき彼女は首から掛けた婚約指輪を大きな腹の上で転がして言ったのだった。

「女の子よ、レレ」

「どうしてわかる?」

「わたしにはわかるの」

レレは布巾で顔を拭き、書斎の戸口を見た。薄暗い室内から本の背表紙が彼を見返していた。あの部屋で彼女と愛し合ったのは現実なのか?

玄関の鍵を開け、急ぎ足で郵便受けに朝刊を取りにいった。新聞の上に鍵が置かれて光っていた。アネッテが置いていったのだ。家を出ていったあとも彼女はずっと鍵を返すのを拒んだ。本心では彼を失いたくないと思っているかのように。が、彼女が手放したくなかったのはリナが育ったこの家だったのだろう。だから置いていったのだ。その鍵がまるで特別なことなど何もなかったかのようにきらきらと光っていた。

キッチンに戻ると、いまだに新聞を読んでいる彼をからかうリナの声が聞こえた。〝いまどき新聞を読む人なんていないわよ〟。いつも坐っていた場所にいる彼女の姿がまざまざと眼に浮かんだ。ちょっと棘のある声まで聞こえてくるような気がした。レレはインクで印刷された紙面で年季の入ったテーブルの天板をぴしゃりと叩くようにして、新聞を置いた。彼女がほんとうにそこにいるかのように。彼女に仕返しするかのように。〝これが本物の新聞だ、いまいましい携帯電話の画面なんかじゃなく〟。結局、埃が立っただけだった。そのあとふと新聞のひとつの見出しが眼にとまった。〈十七歳の少女行方不明——警察は事件の可能性も視野に入れて捜査中〉。記事にはこう書かれていた——警察と近隣住民は、日曜日の早朝にアリエプローグのクラヤ・キャンプ場で失踪した十七歳の少女の行方を捜している。少女は国道九十五号線にほど近い人気のキャンプ場で友人とキャンプをしていた。友人の話によると、少女は朝早くテントを出ていったきり戻ってこなかったという。友人が警察に通報し、警察はボランティアと郷土防衛隊の協力を得て付近を徹底的に捜索したが、いまだ発見には至っていない。「現段階では事件の可能性も排除できません。近隣住民のみなさんにはどんなに些細《ささい》なことでも情報提供をお願いしたい」とアリエプローグ警察のマッツ・ニエミは訴えている。少女は、髪はブロンドで、眼はブルー、身長は百五十六センチ。失踪当時の服装は、黒いヴェスト、黒いジーンズにナイキのトレーナー。

レレは何度もその記事を読んだ。読むたびに文字が一塊になって見えた。コーヒーで咽喉が焼けた。立ち上がり、部屋の中を行ったり来たりした。窓越しに隣家の子供たちが見えたが、話し声までは聞こえなかった。急に胃が引き攣った。彼はシンクに顔を突っ込んで熱いコーヒーと苦い胆汁を吐いた。汗が背中を流れ落ちた。腕が震えた。くずおれるように床の上にへたり込むと、彼は拳を眼に押しあて、うめき声をあげた。

＊

右の頰がひんやりとした木の床に触れていた。携帯電話が体に食い込んでいるのがわかった。レレはポケットをまさぐり、電話を取り出すと、ボタンを押して耳にあてた。自分の鼓動がどんどん速くなっているのが音でわかった。ようやくハッサンが電話に出た。「レレ、どうした？」

「聞いたか？」

「何を？」

「アリエプローグで失踪した十七歳の少女のことだ」

電話の向こうから警察無線の雑音に負けないほど大きな長いため息が聞こえた。

「レレ、結論を出すのはまだ早い」

「ほんとうにそう思って言ってるのか？」

「この事件はまだ捜索の真っ最中だ」

「その子はきっと見つからない。そんな気がする」もう涙声になっていた。それは自分でもわかった。「気の毒だが、リナと同じ運命をたどることになる」

「気持ちはわかる」とハッサンは言った。「しかし、今のところふたりを結びつけるものは何も――」

「身長が同じじゃないか！」レレはハッサンのことばをさえぎって言った。「一ミリのちがいもなく」

　支離滅裂なことを言っているのはレレにもわかっていた。それでも自分を抑えられなかった。

「今回の件は状況が全然ちがう」とハッサンは言った。「すべての証拠が犯人は少女の恋人だと示している」

　レレは苛立ちを隠さずに笑った。口の中が苦かった。

「リナがいなくなったときも警察はほかの誰でもなくおれを犯人扱いした。その結果、どうなった？」

「とにかく落ち着け、レレ」

「落ち着いてる！　ただクソ警察にちゃんとクソ仕事をしろと言ってるだけだ。気づいてるかどうか知らないが、失踪した少女の特徴もリナにそっくりだ。それにふたりともシルヴァーロードのそばで行方がわからなくなってる。それでも偶然だと言えるのか?」

「断定するのはまだ早い。予断は禁物だ。その少女がいなくなってから、まだ二日しか経ってないんだ。見つかる望みは充分にある」

レレは顔に手をあてた。頬が濡れていた。「見つかりっこない」

「あんたがまちがってることを祈ってるよ」

「ああ、それはおれも同じだ」

*

眼が覚めたとき、カール-ヨハンは隣りにいなかった。シーツに彼のにおいだけが残っていた。ベッドの脇にある時計付きラジオを見ると、まだ六時半だった。彼は毎朝こんなに早く起きるのだろうか。色の濃い木の雨戸が閉められているので室内には光が射さず、暗かった。メイヤは眼をすがめるようにして服と携帯電話を探した。携帯電話は充電が切れていた。彼の部屋は壁一面にいろいろな戦闘機のポスターが貼ってあった。メイヤはジーンズを穿き、Tシャツを着た。窓ぎわの机に古いタイプライターが置いてあった。メイヤはタイプライターの黒い鍵盤を順に叩き、〝C〟の文字の上で指を止めた。

「眼が覚めたみたいだね」

カール-ヨハンが戸口に立っていた。彼の背後から光が射し、顔は見えなかったが、微笑んでいることだけはわかった。彼は部屋にはいってくると、彼女をぎゅっと抱きしめた。彼の服には干し草と家畜のにおいが染みつき、髪は朝露に濡れて雫《しずく》がしたたっていた。

「よく眠れた?」

「暗くて最高だった」

彼は窓辺に行って雨戸を開けた。朝の眩しい光が室内に射し込み、メイヤは反射的に眼を細めた。

カール-ヨハンは彼女の手を取って言った。

「お腹はすいてる?　朝ごはんにしようか?」

キッチンへ行くと、ビルイェルもアニタもふたりの息子たちも全員そろっていた。メイヤは好奇に満ちた彼らのあからさまな視線を浴びながら席につくと、手櫛《てぐし》で髪を整え、眼のまえの食べものに集中しようとした。焼きたてのパンは切ると湯気が立った。ほかに三種類のチーズとハムと茹で卵と斑模様の貝が並んでいた。ポットには泡立てたミルクが入れられていた。

「全部自家製だ」とビルイェルが言った。「よそではこんなに新鮮な食事にはありつけないぞ」

　メイヤは胃が痛くなるほど空腹だった。

「朝ごはんは魚だってカール－ヨハンが言ってたけれど」

「いつもはね。ヨーランが夜釣ってくるんだよ」

　ヨーランがまえに身を乗り出し、色の濃いテーブルに両手をついて言った。

「ゆうべは釣れなかったんだ」

　ヨーランの隣りにはパールが坐っていて、食べものを口一杯に詰め込み、頬をふくらませ、にやにやしながらカール－ヨハンに言った。「ゆうべいい思いをしたのはおまえだけだな」

　そう言ってパールが笑うと、パンくずがテーブルの上に飛び散った。カール－ヨハンはバターナイフでパールを切りつけるふりをした。アニタがそんなふたりをたしなめた。彼女の肩にかかる髪は雪のように白かった。じっとしていられない性分らしく、テーブルとストーヴのあいだを行ったり来たりしては、みんなにコーヒーを注いだり、皿を洗ったりしていた。そして、メイヤと眼が合うたびに、にっこり微笑んだ。その顔には長年日光と風にさらされてきた跡が刻まれており、それがとても美しく見えた。メイヤは歳を取ったら自分もあんなふうになりたいと思った。風雪に耐え、豊かな人生に彩られた彼女のような人になりたい、と。

「お母さんはあなたがここにいることを知ってるんでしょ？」

「たぶん。電話の充電が切れて、連絡できなかったんですけど」

「私は携帯電話を持つなんてごめんだな」とビルイェルが言った。「ああいうものは政府と権力者がわれわれ庶民を見張るためのものでしかない」

メイヤはコーヒーをスプーンで掻き混ぜた。カール－ヨハンが彼女の太腿に指を這わせてくすぐった。

「実にうまいやり方だがね」とビルイェルは続けた。「若者たちはいつも世界とつながっていないと不安になる。連中はそれをうまく利用して若者を管理してるのさ。監視し、盗聴し、録画してる。携帯電話を持っている人間はどこにいてもいつも見張られていて、あらゆる行動を掌握されてる」

メイヤを見るビルイェルの眼は彼女に水を思わせた。決して解けることのない氷の上にできたふたつの水たまり。急に汗が出て、Tシャツが腋の下にくっついた。焼きたてのパンが口の中でまるで革のような食感に変わった。

「連中というのは誰のことですか？」

ヨーランとパールが馬鹿にしたように鼻を鳴らした。が、ビルイェルはもう笑ってはいなかった。真顔になって言った。

「そこが問題なんだよ。向こうはこっちのことをなんでも知ってるのに、こっちには向こうのことが何もわからないんだから」

＊

カール－ヨハンは片手で彼女の髪を束ねるように持ち上げてキスした。ギアのシフトレヴァーがふたりのあいだで激しく振動していた。彼の肩越しに家の中にいるトルビョルンが見えた。激しい雨が暗い色のぶ厚い壁板を叩きつけていた。カール－ヨハンは体を離し、彼女の両手首をつかんで言った。

「そんな悲しそうな顔をしないで。今夜また会えるよ」

「ほんとうに？」

「約束する」

メイヤは車を降り、豪雨の中を家に向かってゆっくりと歩いた。途中、ぬかるんだ小径で振り返り、彼の車がUターンして森の奥へ消えていくのを見送った。玄関ホールにはいったときには雨粒がしたたるほどずぶ濡れになっていた。

犬がくるくるとまわり、そのたびに彼女の濡れたジーンズにしっぽがあたった。トルビョルンが大声で犬に伏せと言い、彼女にタオルを渡して言った。

「どこへ行ってた？　警察に連絡しようかと思ってたところだ」

「スワルトリーデン。カール－ヨハンのところ」

メイヤは頭にタオルを巻くと、トルビョルンを押しのけるようにして中にはいり、シリヤを捜した。シリヤはキッチンに坐ってスケッチをしていた。髪の色が変わっていた。烏《からす》のように真っ黒な髪が肩にかかっていて、よりいっそう不健康に見えた。細い腕はトルビョルンのフランネルのシャツを着ているので見えなかった。描いているスケッチから眼を上げることもなくシリヤは言った。

「電話くらいできなかったの？　高い料金を払ってるのに使わないなんて」

「電池が切れてたのよ」

「トルビョルンは半狂乱になってたのよ。あんたにも見せたかった。ほとんど夜どおしで車を走らせて捜してたんだから」

メイヤはトルビョルンをちらっと見た。髪を洗っておらず、毛先が好き勝手なほうを向いていた。腕には自分で引っ掻いたような真っ赤な跡がいくつもできていた。

「ゆうべまたひとり少女が失踪したんだ」と彼は言った。「心配して当然だろうが」

メイヤは汚れた食器と、空き缶や空き瓶を詰めて床に置いた黒いゴミ袋を手で示した。そして、ビールと煙草の吸い殻のにおいに顔をしかめた。スワルトリーデンの家のキッチン——何もかもぴかぴかに磨かれていて、さわやかな香りのするキッチン——を思った。その記憶が彼女を強くした。メイヤはトルビョルンのほうを向くと、じっと眼を見て言った。

「あなたが心配しなきゃならないのはわたしじゃない」

＊

その夜、レレはニュースで少女の顔を知った。ハンナ・ラーソン。可愛いブロンドの少女で、濃いアイシャドウを塗り、はにかんで笑っていた。銀色に光る湖のまえに設置された青いテントの写真も映し出された。リナにそっくりだ。レレは息苦しくなった。いつもの胸の痛みにまた襲われた。背を丸めて、拳を胸に押しあてて痛みを抑えようとした。病院へ行ったほうがいいとアネッテに何度も言われている痛みだったが、診てもらっても意味のないことが彼にはわかっていた。悲しみが塊となってそこに居ついてしまっているのだから。

顔を上げると、テレビの画面にハンナ・ラーソンの両親が映っていた。ショックと不安に満ち、青白い仮面をつけたような顔をしていた。涙で声を震わせながら懇願する父親の姿がかつての自分と重なり、胸が張り裂けそうになった。父親は必死に訴えていた。わが子を失って途方に暮れるなど想像すらできない幸運な人たちに向かって。誰もその子を見ておらず、何も知らなかった。それでも父親は懇願していた。レレは父親の唇を見た。シャツのボタンをはずした襟元を見た。無精ひげが生え、絶望が顔に刻み込まれていた。母親のほうはもっとひどかった。とてもしゃべれる状態ではなかった。画面がCMに切り替わった。レレは自分の全身が震えているのに気づいた。

マントルピースの上からリナの視線を感じた。写真の中のリナは笑っていたが、それはせがむような笑顔だった。〝どうしてじっとしているの、パパ？　今すぐ行動して！〟。レレは部屋の中を歩きまわり、呼吸を整えた。あらゆる悪に抗《あらが》うように。玄関ホールで重いブーツを履き、蚊に刺されないように眼の部分だけが開いている大きなフードのついた〈フェールラーベン〉（注、スウェーデンの大手アウトドアブランド）のパーカを着た。胸のポケットを叩き、煙草とライターがちゃんとあるかどうか確かめた。玄関の鍵をかける手間さえ惜しかった。窓の外を見ると、木々の上で白夜の太陽が燃えていた。いつものように指先に疼《うず》くような痛みを覚えた。隣りの家からは、刈ったばかりの芝生とバーベキューで肉を焼いているにおいが漂っていた。クロフサスグリの茂み越しに、子供たちがトランポリンで遊んでいるのが見えた。彼らが跳ねると、柔らかな髪も一緒に宙を舞った。あの頃のリナにもう一度会えるなら、なんでも差し出そう……

なんと哀れな……

どうやって生きろというのか。

せめて死体だけでも見つかったなら。

他人の子供を捜している時間はなかった。無為に過ごすには夜が明るい期間はあまりに短い。太陽はすぐに姿を消し、また闇に覆われる。あらゆるものが朽ち、凍り、厚い雪に隠れて見えなくなる。夏は貴重だ。一秒たりとも無駄にできない。レレはそのことをよく知っていた。それなのにハンドルを握り、ペダルを踏むと、北の内陸部へ向かっていた。ふたり目の少女が失踪した場所へ。

*

クラヤのキャンプ場の道路脇には車が列をなしていた。そのためレレは一キロも離れた場所に車を停めなければならなかった。人々の呼び合う声や犬の吠える声、それにパトカーから聞こえてくる無線の音に心臓が締めつけられたようになり、かぶったパーカのフードをすぼめた。周囲は人であふれていた。人々の蛍光色の服や反射テープに眼がくらみそうになりながら、レレは警察の非常線が張られたキャンプエリアに向かった。あらゆる活動の中心となっているひとり用のたるんだテントのまわりを青と白のテープが取り囲んでいた。胃がむかついてきた。携帯電話でテントの写真を撮っている男が若い警官に立ち去るように言われていた。事件現場を迂回《うかい》して進むと、険しい声を発しているショートヘアの女性が彼に指で示した。指差された方向を見ると、人々が手をつなぎ、人の鎖となって捜索していた。捜索はまだ始まったばかりで、急げば参加できそうだった。その女性に名前を訊かれたようだったが、フードをかぶっていたのでよく聞き取れなかった。

現場周辺は下生えと密生した植物がからみ合い、雪の中を進むように足を高く上げて歩かなければならなかった。右側の女性は年配者で、苦しそうな息をしていたが、その足取りは山猫のように軽やかだった。左側の男はアーミー・レンジャーのK4大隊にいた頃の話を延々としていた。森で大便をしたときには蚊に尻に襲いかかられたとかなんとか。その男はその当時のことが絶対に忘れられないと言い、みんなも同じような訓練を受けるべきだと言っていた。レレは、地面に顔を向けたまま生返事をしながら、ほかのあらゆる音――急流の音や遠くから聞こえる郷土防衛隊のヘリコプターの回転翼の音――に耳を傾けた。森は生命に満ちあふれていたが、恐怖と希望も含め、人々が発するあらゆるものが重苦しい雰囲気を醸し出していた。レレ自身は空っぽだった。体内に脈打つ緊張と睡眠不足以外、何も感じなかった。彼が参加したその捜索方法は、リナを最初に捜したときにおこなったものとまったく同じだった。が、それも今では彼ひとりになった。あの頃、レレはまわりに対してひどく腹を立てていた。人々に対して。激しい怒りを覚えていた。彼らのよそよそしさや、眼を合わせようとしないこと、まるで動物にするかのように彼の肩をやさしく叩くことに怒り狂っていた。彼らが何も知らないことに怒り、助けになってくれないことに怒り、一日の捜索が終わったあとに子供たちの待つ家に帰って、また自分たちの生活を始めることに怒っていた。

それは彼から決して消えることのない怒りだった。あのとき以来、彼らを以前と同じように見ることが彼にはできなくなった。

夜明けになると、今度の捜索も終了した。足にまめができ、靴下には血がついていた。行方不明の少女を見つける手がかりは何も見つからず、捜索責任者の表情は険しかった。レレは体がばらばらになり、自分が空っぽになるような感覚を覚えながら、薄靄《うすもや》が立ち込める森の中、車に向かった。木々のあいだを人影がぼんやりと動いていた。森はまだ人であふれていたが、今は張りつめた静けさが漂っていた。呼び声や笛の音、犬の吠え声もやみ、人々のうなだれた頭がそれに取って代わっていた。レレにとっては大いになじみのある静けさだった。それは体が引き裂かれるような静けさだった。

木の枝からだらしなく垂れ下がった、立入禁止を示すテープのほうへとふらふらと近寄ると、父親がいた。テレビのインタヴューを受けていたときには、きちんと撫でつけられていた白髪交じりの髪が今は乱れてあちこちの方向を向いていた。それでも、レレには父親だとすぐにわかった。

頭を下げて、通り過ぎたかった。が、できなかった。かわりに彼はベリーの低木の茂みを掻き分けてまっすぐに進み、父親のまえに立った。あなたこそ自分がずっと捜していた人物だとでもいうかのように。ふたりは見つめ合い、レレはことばを探した。すぐには出てこなかった。それでも、気づいたときには、名前を告げ、苦しみを取り除くように咳払いをしていた。

「私の娘は三年まえに行方不明になりました。あなたが今体験なさっていることが少しでも理解できる人間がいるとしたら、それは私です」

ハンナ・ラーソンの父親は無言のまま、まばたきをした。その眼は怯《おび》えていた。それを見て、レレは自分が恥ずかしくなった。

「いずれにしろ、私の名前は電話帳に載っています。もし話したくなったら連絡してください」

言えたのはそれだけだった。自分の存在が父親を怯えさせたことがレレには痛いほどわかった。自分が誰なのか父親にもわかったことも。当時のテレビのニュースで見ていたのだろう。が、それはまだ希望があった頃のことだ。三年という年月がその希望を萎《しぼ》ませた。そんな悪夢のような彼の経験を知りたがる者などいるわけがない。知ることで悪夢が伝染するかもしれないのに。

車に戻ると、レレはハンドルに頭を押しつけて静かにすすり泣いた。涙は出なかった。恥ずかしかった。絶望の中に新たな希望の兆しを感じている自分が恥ずかしかった。この新たな失踪事件がすべてを変えてくれるかもしれない。そんな希望を抱いている自分が恥ずかしくてならなかった。

＊

「服ぐらい着たらどうなの？」

シリヤは屋外用折りたたみ式ベッド《サンラウンジャー》の上に横たわっていた。陰毛を剃り落としたあとの白い三角形が夜の光の中で輝いていた。そばの草むらの上にワイングラスが危なっかしく置かれていた。その脇には彼女が地面に押しつけて消した煙草の吸い殻が山になっていた。

「ここの空気には服なんて必要ないって思わせる何かがあるのよ」

シリヤは何日も寝ておらず、従わざるをえない突然の衝動に突き動かされていた。それはその声から明らかだった。髪を黒く染めたことははじまりにすぎなかった。次にはもっと突飛なことをするだろう。メイヤはルース医師のことを思った。住所が変わっても処方箋を書いてくれるだろうか。それとも新しい医者を探さなければならないのだろうか。ここでは病院を見かけなかった。精神科医など言うまでもない。メイヤはシリヤの煙草を一本取って鼻の下に押しあてると、深く息を吸って煙草の葉の香りを嗅いで言った。

「煙草はやめたの」

「どうして？」

「吸うと気分が悪くなるし、やめるってカール‐ヨハンと約束したから」

シリヤは煙草に火をつけ、わざとメイヤのほうに煙を吹きかけ、嘲るように言った。

「彼はほんとうにカール‐ヨハンって呼ばれてるの？　もっと言いやすいニックネームはないの？」

「カール‐ヨハンのどこがいけないのよ？」

「何か仰々しくない？」

「わたしは好きよ」

「だけど、彼を喜ばせようとして、なんでもかんでもしてやるんじゃないよ。男というのはたまには逆らわないと。そうしないと飽きられちゃうから」

「母さんのアドヴァイスは要らないから」

シリヤは赤ワインを注いだ。手が震え、草の上に少しこぼれた。彼女は身を乗り出すと、空いているほうの手でメイヤの髪を撫で、煙の渦の向こうから微笑んだ。

「賢くて可愛いわたしのメイヤ。あんたにはわたしのアドヴァイスも男も必要ない。あんたはひとりでちゃんとやっていける。いつも言ってるようにね」

メイヤはシリヤの愛情表現を身をかわしてよけた。赤ワインを飲むと、シリヤはいつもべたべたと触りたがった。

「カール‐ヨハンはほかの男の子とはちがう。彼はほんとうにわたしのことを好いてくれてる。心から」

「もう寝たの?」

メイヤは火のついていない煙草をふたつに折った。煙草の葉がジーンズの上にこぼれた。

「母さんには関係ないでしょ」

「信じられないかもしれないけど、わたしはあんたの母親なんだよ」

車の音が聞こえ、やがてその姿が見えてきた。メイヤは草の上の毛布にすばやく手を伸ばして、シリヤに放った。カール-ヨハンのボルボが停まったときには、もう立ち上がって歩きだしていた。

「どこに行くの?」

「夏はカール-ヨハンとスワルトリーデンで過ごすわ」

シリヤは煙草の灰を草の上に落とすと、両腕を伸ばして言った。「週末ずっといないのなら、ハグさせてちょうだい」

メイヤは渋々振り向いた。シリヤに抱かれ、筋肉が強ばるのを感じた。煙草と毛染め剤のにおいがした。シリヤはメイヤを放すと、サングラスを上げて眼を見た。

「あんたはわたしとちがう、メイヤ。このこと覚えてて。あんたは男なしでも生きていける」

＊

レレは翌日の夕方、もう一度アリエプローグに行った。テントは取り払われ、ミッドサマー・ポール（注、夏至の祭りに立てられる花や葉で飾られた柱）が立てられていた。レレは人々を避けて茂みの中に姿を消すと、ただひとり捜索を始めた。湖からの霧が周囲を覆い、世界が視界から消えるまであきらめなかった。

ちょうどロントレスクの沼地の近くを車で走っていたときのこと、疲労のせいか、あるいは煙草の煙か太陽の光が眼にはいっていたせいか、トナカイの姿が眼にはいらなかった。少なくとも気づいたときには遅かった。太陽の光の中、一頭のトナカイが道路をうろついていた。毛が抜けて薄くなり、青白い皮膚越しに肋骨が浮き出て見えた。とっさにハンドルを切って、道路の中央によけたが、間に合わなかった。衝撃を感じ、どすんという音とともに、痩せた体がボンネットにぶつかった。車は甲高いブレーキ音をたてて停まった。ほかのトナカイが散り散りに沼地へ走り去るのが見えた。心臓が早鐘を打っていた。吸いかけの煙草が手からすべり落ち、窓枠の上でくすぶっていた。震える指でその煙草をつまんで車から降りた。

黒っぽい物体が路上に横たわっていた。大きさから判断すると、一年子だろう。まだ息をしていた。レレは声に出して自分を罵った。トナカイは胸郭を震わせ、まだ残っている冬毛から血をしたたらせていた。レレはグラヴコンパートメントから拳銃を取り出すと、トナカイのそばに小走りで戻り、額に銃口を押しあてて引き金を引いた。その瞬間、トナカイの白眼がきらりと光った。命がしぼんでいくのに合わせて何回か肢を震わせ、やがて静かになった。レレは銃をベルトに差すと、屈んでうしろ肢の蹄《ひづめ》のすぐ上をしっかりとつかみ、苦労して死体を引きずり、道路脇の溝に落とした。アスファルトには血の跡が広範囲にわたって残った。レレは両手をジーンズで拭い、息を整えた。車の脇にひざまずいて損傷がないかどうか確かめた。運転さえできれば問題はなかった。リナを捜すことを続けることさえできれば。太陽は一気に空を昇っていた。鳥たちは何事もなかったかのようにさえずっていた。運転席に戻ると、悪寒が全身を走った。彼は声もあげずにひとり泣いた。

＊

真夏の夜が森と野原を青一色に塗り込めていた。黒い蚊の群れが野草の上でダンスを踊り、たえずメイヤに襲いかかってきた。その日早く、彼らは豚を殺した。メイヤは直接眼にしなかったものの、豚が死ぬときの叫び声がそのあともずっと耳の中でこだましていた。家畜小屋の近くのいたるところに暗い血だまりができ、蝿がたかっていた。豚はまだ焚き火の上で鉄串に吊るされていたが、肉はもうあまり残っていなかった。ミッドサマー・ポールが地面に長い影を投げかけ、アニタが野草を編んでつくったリースがポールからぶら下がって風に揺れていた。ビルイェルに促され、ポールのまわりで死ぬほど踊ったせいでメイヤもカール＝ヨハンも足が痛かった。アルコールは一滴も出されなかった。メイヤはカール＝ヨハンの胸に頭を預け、彼の心臓の鼓動を聞いた。

「こんなに笑ったのは生まれて初めて」

「ぼくもだよ」

焚き火が空に向かって燃え上がり、全力で蚊を遠ざけてくれていた。ビルイェルとアニタはだいぶまえにおやすみと言って家に戻っていたが、どれほど夜が遅くなろうと、それは若者たちには無縁のことだった。午前零時を過ぎると、パールが突然おしゃべりになり、美しい夜のあいだずっと、彼が言うところの〝終わりのとき〟にまつわる気味の悪い話を次々に披露した。メイヤは聞いていないふりをして、カール＝ヨハンとひそひそ話をしたり、彼の肌に指で眼に見えない円を描いたり、彼の腕のほくろの数を数えたり、草の葉で彼の耳をくすぐって笑わせたりした。そうしながらずっと彼の腕にくるまっていた。

「その世界は核兵器によって始まる」とパールは言った。「あらゆる爆弾の母みたいな爆弾が世界の人口の半分を滅ぼすんだ。そのあとは強い者と準備をしていた者だけが生き延びる。そうやってぼくたちは初めからやり直すことができる。過ちから学ぶのさ」そう言って、彼は炎そのもののように顔を紅潮させて薪をつついた。「あるいは自然が破滅をもたらすか。そのどっちかだね。ぼくたちが破滅にさきにたどり着かなければ、自然が出しゃばってくるだろうね。破壊をもたらすのはアメリカのイエローストーンかもしれないし、どこか別のところにあるものかもしれない。生き延びた者だけがそのことを知るわけだ。でも、どんなふうに始まるにしろ、必ず戦争になる。それも人類史上、最も血にまみれた戦争にね」

彼の口調にはどこかそのことを心待ちにしているようなところがあり、緊張を抑えようとしているのか、声が震えていた。横で静かな影のように坐っているヨーランをしきりとつついて話していたが、ヨーランのほうはパールの話を聞いているようには見えなかった。まるでそこにすらいないかのようにただ坐って炎をじっと見つめ、時折、胸と腕を激しく掻いていた。まるで自分の肌に急に我慢できなくなったかのように。

焦げたバーベキューの串で地面に黒い十字架を描きながらパールが言った。

「ぼくは父さんの意見には反対なんだ。殺人ウイルスとか病気とかの話だけど。まあ、そういったことも起きるだろうけど、それは人類全部に終わりをもたらすほどのものじゃない。ウイルスは人口を減らすだけだ。すべてを破滅させるにはやっぱり全面戦争が必要だよ」

メイヤはカール－ヨハンの腕の逞しさを感じながら、パールを見上げ、挑むように尋ねた。

「あなた、今言ったことをほんとうに全部信じてるの？」

「全部って？」

「戦争になるなんていうようなこと」

「もちろん戦争にはなるよ。これまでの人類の歴史を見ればわかる。人類はいつだって戦争をしてきた。でも、今問題なのは人類が全世界を滅ぼす兵器を手に入れてしまったってことだ。誰も逃れることはできない兵器をね」

無精ひげの生えた顎を掻きながら、彼のほうも挑むように炎越しにメイヤを見ながら訊き返してきた。

「社会が崩壊したらきみはどれくらい生き延びられる？」

「どういう意味？」

「電気や水道、スーパーマーケットがなくなったら、どれくらい生き延びられる？」

メイヤは彼女の手の中にあるカール‐ヨハンの手に眼をやり、ごつごつしたたこを撫でながら言った。「わからない」

「われわれはここスワルトリーデンでどのくらい生き延びることができると思う？」

彼女は首を振った。

パールは片手を上げると、指を大きく開いた。「五年は生きられる。少なくとも。ひょっとしたら永遠に生きられるかもしれない」彼はカール‐ヨハンのほうを向いた。「彼女には見せないのか?」

カール-ヨハンはメイヤの髪に鼻を押しあてた。

「何を見せてくれるの?」とメイヤは尋ねた。

「明日」とカール-ヨハンは小声で言った。「明日見せるよ」

「くだらない話はもういい」ヨーランが突然そう言って立ち上がった。そして、バケツをつかんでその中に水を入れると、炎に浴びせ、最後の燃えさしを足で踏んで消した。掻きむしってできた顔の傷のいくつかから血が出ていたが、そのことに気づいているそぶりは見せなかった。気づいていたとしても。火を消すと、ズボンのジッパーを手で探りながら、森の中にはいっていった。パールが鉄串を灰の中に放り投げ、メイヤを見ながら言った。

「準備をした者だけが生き延びる。残りの者は慈悲にすがるしかない」

メイヤとカール-ヨハンは暗闇と静寂に包まれた部屋のベッドに並んで寝た。深夜の太陽と蚊から逃れ、眠りについたカール-ヨハンが息をすると、深くしゃがれた音だけが聞こえた。彼の温かく重い腕がメイヤの腰のあたりに置かれていたが、メイヤはその腕を動かしたくなかった。孤独を近づけたくなかった。以前の都市での暮らしが思い出された。彼女とシリヤが暮らしていた高層アパートでの暮らしだ。エレヴェーターがため息をつくような音をたててそれぞれの階を行き来しても、それぞれの部屋から食べもののにおいはしてこなかった。そこに暮らす人々のうるさい話し声はとても近くに聞こえるのに。高層アパートに住む人々はどんなに近くにいても決して触れてくることはなく、シリヤが帰ってこない夜、彼女にはその声がすべてだった。

携帯電話の振動で眼が覚めた。カール-ヨハンは彼女からもう離れていた。が、彼の温もりはまだ背中に残っていた。ディスプレーを見ると、シリヤからだった。電話に出ないことを考えた。が、そう考えただけで心臓の鼓動が速くなった。まだ午前八時にもなっていなかった。シリヤはこんな朝早くに起きたりはしない。何かあったのにちがいない。

「もしもし」

「メイヤ、帰ってきて」

「何があったの?」

シリヤの息づかいが聞こえた。「トルビョルンよ。お願い、メイヤ、これ以上彼とふたりだけになりたくないの。できるだけ早く帰ってきて」

電波の状況が悪くなり、シリヤのことばがとぎれた。話すときにだけ電話を口元に持ってきているようでもあった。話していることを誰にも聞かれまいとするかのように。

＊

レレが下着一枚で、ポテトダンプリングをつくっていると、パトカーが車寄せに停まった。慌てて寝室に戻り、油で汚れた側を下にしてフライ返しをベッドサイドテーブルに置いたまま、ジーンズとTシャツを身につけた。ジーンズは前夜の捜索のせいで濡れて染みがついていたが、気づきもしなかった。ブラインドの隙間からハッサンが砂利道を歩いてくるのが見えた。制服の肩のあたりがやけにきつそうだった。

「今何時だ？」とレレはつぶやいた。おなじみの希望が心に浮かび、血が体じゅうの血管を駆けめぐった。いつものように。あの子を見つけたのにちがいない。これで終わる。いや、これで始まるのか。ハッサンが驚いてあとずさるほどの勢いでドアを開け、レレは言った。

「何があった？」

ハッサンは革の手袋をした両手を上げて言った。「リナのことじゃない。今回は」

落胆――あるいは安心？――して、レレはドア枠にぐったりともたれかかった。

「じゃあ、なんだ？」

「中に入れてくれないか？」

レレは脇にどいてハッサンを通した。通りながらハッサンが自分を見ているのがレレにはわかった。

「その髪、どうにかしたほうがいいぞ、レレ」

レレは髪に手をやった。ごわごわとして脂っぽくひどく乱れていた。

「最後にシャワーを浴びたのはいつだ?」

「誰もがみんなあんたみたいにちゃんとした身なりをしてるわけじゃない」

ハッサンはレレの顔を見て言った。「食べもののにおいがするけど」

「ポテトダンプリングをつくってたんだ。食べるか?」

「おれが豚肉を食わないことは知ってるだろ?」

「ポテトなら食べるんじゃないのか?」

「中に豚肉がはいってるだろうが」

「肉をよければいい。少しぐらい食べても死にはしないよ」

ハッサンは黒い制服の上着を脱いで椅子の背に掛けようとした。それを見て、レレが叫んだ。「その椅子は駄目だ! その椅子は使ってないんだ。それはリナの椅子だ」

ハッサンは何も言わず、椅子から上着を取ると、別の椅子に掛け、心配そうにレレに眼を向けた。が、何も言わなかった。黙って坐ると、両手をテーブルの上に置いて改めてレレをじっと見た。まるでレレの頭の中で渦巻いている考えがすべて見えているかのように。

レレはふたつの皿につやつやと光沢のあるポテトダンプリングを山のように盛って、スプーンでコケモモのジャムをかけた。そして、ハッサンに疑わしげな眼を向けながら言った。

「今日はどういう風の吹きまわしなんだ？」

「ただ寄ってみただけだ」

「寄ってみた？　勤務中に？」

ハッサンは光沢のあるポテトダンプリングにフォークを突き刺すと、じっと見つめてから口に入れて言った。「あんたがどんな思いをしてるのかはよくわかってる。だから、あんたが大丈夫だってことを自分の眼で確かめたかったんだ」

「いい加減なことを言わないでくれ」とレレは言った。

ハッサンは顔をしかめながらダンプリングを呑み込むと、フォークを置き、レレを見て言った。「わかった、はっきり言おう。土曜日から日曜日にかけてどこにいた？」

「車を運転してた」

「どこへ行った？」

「九十五号線を往復していた」

「ひょっとしてアリエプローグの近くにいたか？」

「アリエプローグなら毎晩通ってる」

「そこには何時頃いた？」

レレは肩をすくめた。「午前三時から四時のあいだだと思う。もう少しあとかもしれない」

「クラヤのキャンプ場に立ち寄ったか？」

「思い出せないが。少なくとも日曜日には行ってない」

「おいおい、レレ」

レレはコケモモのジャムにいくつも円を描いた。警察は以前から彼のことを疑っていたのだろうが、もはや彼に怖いものは何もなかった。ただうんざりしていた。リナが行方不明になるまえ、バス待合所で彼女を最後に見たのは彼だった。そして今、レレはハンナ・ラーソンが姿を消した地域にもいた。誤解されて当然だ。

「あんたはこのあいだおれたち警察には絶対にその少女を見つけられないって言ったよな」とハッサンは言った。「あれはどういう意味だったんだ？」

レレは自分の皿を押しやると言った。「ただそう思っただけだ。彼女はリナによく似ている。偶然とは思えない。関係があるはずだ」

「関係があるとするには三年は長すぎる」

レレは爪で歯をせせった。引き下がるつもりはなかった。「ハンナ・ラーソンの件に関して警察にはどれくらいわかってるんだ？」

「そういうことはあんたには話せない」

「つまり、何もわかっていないってことか？」

「おれがあんたならもっと気をつけるが、レレ」とハッサンはレレには聞き取れないほど小さな声で言った。

「ハンナのボーイフレンドは？　あいつはどうした？」

「結局、釈放されたみたいだ。ハンナがまだ行方不明のあいだはできることはあまりない。それはわかってくれ」

「あんただって本気でおれがその件と関わりがあるとは思ってないんだろ？」

ハッサンは顔に手をやると、疲れた頬を撫でて言った。「車を見せてくれ」

「勝手にやればいい。鍵は玄関ホールにある」

ハッサンは皿とフォークをシンクに持っていき、ダンプリングの残りをこそぎ落とすと、皿を洗ってから皿立てに置いた。レレはハッサンのがっしりとした首と太い腕をじっと見つめた。同じその腕が反吐《へど》の中に横たわっていたレレを床から抱え上げて二階に運び、ベッドサイドにバケツを置いてくれたのだ。警官の職務の範囲を超えて、一晩じゅう彼と一緒にいてくれたのもハッサンだった。アネッテが去ったあと、プラスティックの容器に詰めた安酒をすべてシンクに流し、棚の酒瓶をすべて割ったのも。そのときのことを思い出すと、レレは眼が痛くなった。

「このあたりの森に退役軍人が住んでるのを知ってるか？」

ハッサンは蛇口を締めて訊き返した。「退役軍人？」

「ああ、このあいだの夜、リナを捜していて、森の中で国連軍の元兵士に出くわした。そいつは荒れ果てた農家を住まいにしていた。あんたも会ってるはずだ。長髪で、ひどく汚くて、野生動物みたいなやつだった」

ハッサンはキッチンタオルで手を拭きながら、悲しそうにレレを見た。「そういったことはもうしばらくやめたらどうなんだ？」

「やめる？」レレの声が部屋に響き渡った。「おれの娘は三年も行方不明なんだぞ。三年間、なんの手がかりもないんだ。なのになんでやめられる？」

「そのうち倒れちまうぞ」

レレは手を振ってハッサンのことばを振り払った。眼の痛みがどんどん強くなっていた。

「コーヒーは？」

「時間がない。でも、ダンプリング、ありがとう」

ハッサンはそう言って玄関ホールに向かった。フックからキーリングを取る音が聞こえた。レレはハッサンが使い捨ての青い手袋をつけながら、ボルボのほうに歩いていくのを居間の窓から眺めた。車のドアに鍵はかかっていなかった。ハッサンが両手を伸ばしてがらくたのあいだを探ると、彼の頭のまわりに古い煙草の灰が舞った。

レレは振り向くと、マントルピースの上から今も笑いかけているリナを見て、声に出して言った。

「信じられるか？　あいつらはまたおれを疑ってる」

キッチンの椅子に坐ってコーヒーのできる音を聞いていると、ハッサンが戻ってきて戸口に立った。染みのついた服を手に持っていた。レレは眼を凝らしてそれを見た。それはゆうべ彼が着ていた上着だった。

「運転席全体が血まみれだ。いったい何があったんだ、レレ？」

＊

「中には一緒にはいらなくていいから」

「馬鹿なことは言わないでくれ。もちろん一緒に行くよ」

カール＝ヨハンは運転席の下に手をやり、ナイフを取り出した。

「どうするつもり？」

「きみはそもそもトルビョルンのことをどれだけ知ってる？　知り合ってどれくらいになる？」

メイヤは唾と感情を呑み込んだ。口の中に酸っぱい味が残った。「わからない。シリヤが彼をインターネットで見つけたのよ」

カール‐ヨハンは顔をしかめ、家のほうに眼をやった。「ぼくのうしろに隠れてるんだ」

彼はナイフを袖の中に隠して車を降りた。メイヤは抗議のことばを言いかけた。が、結局、何も言えなかった。自分の心臓の鼓動だけが聞こえた。彼女はおずおずと彼のうしろに続いた。伸び放題の草の葉の上できらきらと輝いている露が靴に染み込んだ。カール‐ヨハンはヴェランダにあがり、ドアをノックすると、腕をメイヤのまえに出してうしろにさがっているよう指示した。

トルビョルンがドアを開けた。血の染みたキッチンタオルを側頭部に押しあてていた。定まらない視線でどうにかメイヤを見た。

「あのクソ女《アマ》、トチ狂いやがって！　あんな女には何を言っても無駄だ！」

カール‐ヨハンはトルビョルンを押しのけて部屋にはいると、シリヤの名前を呼んだ。メイヤも彼のすぐあとに続いた。彼の手にナイフが握られているのがちらりと見えた。シリヤは光沢のある雑誌の山に囲まれ、キッチンの床にへたり込んでいた。汗にまみれた髪が骨と皮ばかりの咽喉に貼りつき、流れ落ちたマスカラが痩せこけた頬に黒いすじをつけていた。雑誌を持ち上げ、光沢のあるページをカール‐ヨハンとメイヤに見せた。胸の大きな女が脚を大きく開き、裸の尻をカメラに向けて突き出していた。

「薪小屋じゅうがこんなクズだらけなの」とシリヤは言った。「十八にもなっていない若い娘の写真で。ほんと反吐が出る！」

メイヤは足元のビニール張りの床が崩れるような感覚を覚えた。恥ずかしさに頬が熱く燃えた。

カール＝ヨハンはナイフを折りたたむと、ポケットにしまった。首のあたりがまるで日焼けしたように赤くなっていた。背後からトルビョルンのしわがれた声が聞こえた。

「おれは四十年も独身だったんだ。持ってるのはそれで全部だ。捨てるつもりだったけど、時間がなかったんだ。悪かったよ」

「小屋の中が全部それなのよ！」とシリヤは言った。「わたしには大工仕事をするって言ってたのに。大工仕事だって！」彼女の笑い声が耳ざわりなすすり泣きに変わった。シリヤは両手で顔を覆って泣いた。その場に倒れそうなほど体を震わせて。メイヤとカール＝ヨハンは為《な》す術もなく、ただ立ち尽くした。困惑のあまり何もできなかった。ようやくカール＝ヨハンがトルビョルンのほうを見て言った。「そいつを燃やすのを手伝うよ」

燃やしおえるのには午前中いっぱいかかった。厩舎《きゅうしゃ》の近くの坂で火を熾し、手押し車いっぱいに積み込んで雑誌や古いVHSテープを火にくべた。くすんだ黒い煙が澄んだ夏空に昇っていった。メイヤは荷物をまとめて待った。洗面所に行き、鏡に映った自分の姿をじっと見た。錆で汚れた磁器製のシンクをつかむと指が痛かった。恥ずかしさが頬に刻み込まれ、顔が赤くなっていた。そのあとキッチンに行き、両手が震えはじめるほど何杯もコーヒーを飲んだ。外ではふたりの男が汗まみれになって、まるで牛の糞を扱うように柄の長い鍬《くわ》を使ってポルノ雑誌やビデオを掻き集めていた。手押し車で行き来するたびに、カール-ヨハンの筋肉が太陽の光を受けて輝いていた。もう二度と彼の顔をまともに見ることができないのではないか。メイヤはそう思った。

シリヤは鉛筆を手に驚くほど落ち着いた手つきで燃えている炎をスケッチした。メイヤは長いこと口の中で転がしていたことばをようやく口にした。

「今回のことはやりすぎよ」

「薪で殴ってやったの。血を流してたのはそのせいよ」

「母さんの男が薪小屋にポルノのコレクションを溜め込んでいた。それでわたしにいちいち電話をしてきて、家に戻るように頼むのってどれだけ異常なことかわかる？」

「どうしたらいいかわからなかったのよ。ショックだったのよ！　彼は大工仕事をしにいくと言ってたのに。行ってみたら、まるでクズのジャングルに分け入っていくみたいだった！床から天井まで若い女でいっぱいだった。それもあんたと同じ年くらいの違法年齢の！　驚いて思わず悲鳴をあげたわ。あんたにも聞かせてやりたかった」

「それってたぶんここに来るまえに考えておくべきことだったんじゃない？　ちょっと調べれば、村の人たちがみんな彼のことを〝ポルノビョルン〟って呼んでいることぐらいわかったんじゃない？」

「あんた、そういうことを言うの？」シリヤはそう言って長いことスケッチブックで顔を隠した。また泣きだしそうに見えた。が、聞こえてきたのは笑い声だった。

「少しも可笑しくないんだけど。母さんはいつもわたしを困らせる。わたしたちを困らせる。どうして人間らしくまともに振る舞えないの？」

シリヤはスケッチブックをおろすと、笑いすぎて出た涙を手の甲で拭って言った。「あの人がどこかおかしいってことは知ってたわ。すぐにわかった。あっちの面に関しちゃ、ほかの男とはちがうって。つまり……」

「そんなことは聞きたくない！」メイヤはリュックサックをつかむと、ヴェランダに飛び出した。そして、ドアを叩きつけるように閉めた。老朽化した家が一気に崩れるのではないかと思われるほど大きな音がした。

彼女はまっすぐカール－ヨハンのところに行くと、手押し車を脇に押しやり、彼の手首を固く握った。そして、気がついたときにはもう言っていた。「ここから連れ出して。今すぐ」

＊

スワルトリーデンでは、夏至祭の豚が串刺しにされたまま、白い空に向かって微笑んでいた。焼けた肉のにおいが霧の中を漂い、木々のあいだにはいり込み、そのあと砂利敷きの私道の上で薄い雲になっていた。カール‐ヨハンとメイヤは窓を開けて車の中に坐り、その濃密な空気の中で一息ついた。ナイフを運転席の下に戻し、カール‐ヨハンがだしぬけに言った。

「きみのお母さんをあんなふうに彼とふたりだけにしたのはよくなかったかも」

「母さんはもっとひどいことも経験してる。嘘じゃないわ。あの人はただ注意を惹きたいのよ」

彼は深いため息をついて言った。「彼の持っていたあのほんとうにクソみたいなコレクションを見たかい？　国じゅうのポルノ雑誌を買い漁ってたんじゃないかな」

メイヤは笑った。笑っただけで少し気分が楽になった。胸につかえていた恥ずかしさの塊がいくらか欠けた。

「でも、誰にも言わないで。お願い」とメイヤが言い、そこでふたりとも笑うのをやめた。

「あなたの両親やパールやヨーランにも。恥ずかしいから」

「わかった」

彼は彼女の拳に指先で輪を描いた。メイヤは思わず体を小さく震わせた。鳥肌が立った。森の端ではアニタが霧の中を出たり入ったりしていた。彼女の白い髪が淡い光の中で超自然的な輝きを放っていた。彼女はまえ屈みになっていて、ふたりのほうを見てはいなかった。

メイヤはふと不安に駆られて言った。

「ビルイェルとアニタはわたしがしばらくここにいても気にしないかしら？」

「いや、むしろ喜ぶよ」

そう言いはしたものの、カール－ヨハンは車から出ようとしなかった。メイヤにはTシャツの下の彼の心臓の鼓動が見えた。

「あなたはわたしにいてほしくないの？」

「もちろんいてほしいよ。でも、大きな前進になるから、ぼくとしてはきみがどういうことに関わることになるのか、知っておいてほしい。うちの家族はちょっと変わってるから」

「どういう意味？」

「ぼくたちはよく働く」

メイヤは手を伸ばして、彼の顔からブロンドの髪を払った。彼の毛穴から噴き出ている熱気が感じ取れた。こんなに生き生きとして活力にあふれた人には会ったことがない。彼女はそう思った。

「どんなに仕事が厳しくても大丈夫よ。シリヤと暮らさないですむのなら、なんだってできる」

ビルイェルは納屋にいた。濃いブルーのデニム姿の彼は若々しく見えた。体つきも若者のようで、今はグレーの髪も帽子の下に隠れて見えなかった。堆肥や蠅も気にならないらしく、ふたりが近づいてくるのを見ると熊手を置いて言った。

「こんなに汚れてなきゃあ、ハグしてやるんだが、メイヤ」

メイヤは笑った。が、同時に自分が強く意識された。薄暗い納屋の中は息苦しかった。動物のにおいにも、動物たちが藁の中で体を押し合いへし合いして発せられる微温にも、蠅を追い払うしっぽの動きにもまだなじめていなかった。

カール-ヨハンのほうも不安そうな顔をしていた。父親と向き合い、低い声でためらいがちに切り出した。「メイヤがしばらくここにいてもかまわないかな？　家にいても休まらないそうなんだ」

ビルイェルの氷水のような青い眼が長年風雨にさらされてきた顔の中で光った。笑みは消えていた。立ったままメイヤをじっと見た。メイヤのほうはうつむいて、納屋のでこぼこした地面と泥の塊、干し草、馬房から洩れ出ている馬の小便を見やった。心臓が跳ねていた。カール-ヨハンに言ったことを後悔し、改めて思った――わたしなんかと同じ屋根の下で暮らしたいと思う人などいやしない。わたしがどれほどダメージを負った人間か。それはわたしの体じゅうに書かれている。それぐらいもうわかってもいい頃なのに。自分がいい人間ではないことぐらい。

そんな彼女の心臓の激しい鼓動をビルイェルの声がヴェルヴェットのようにやさしく包んだ。「ああ、もちろんいいとも。メイヤのお母さんの承認が得られるなら」

安堵《あんど》のあまりメイヤはめまいがした。カール-ヨハンは彼女に腕をまわして抱き寄せた。

メイヤにはビルイェルとカール－ヨハンの笑い声が聞こえた。たぶん自分の笑い声も。

ビルイェルを家畜小屋に残して、ふたりは光の中に出た。太陽がまぶしかった。カール－ヨハンはメイヤを日陰に連れていき、息ができなくなるくらいキスをした。彼女を抱え上げ、太陽の光で温かくなった壁に押しつけ、彼女の中に溶け込もうとするかのように自分の体をきつく彼女に押しつけた。

どこからかヨーランの声が聞こえ、ふたりは体を離した。

「部屋でやったらどうだ？」

「こそこそ嗅ぎまわるなよ」

ヨーランはにやりと笑うと、ズボンの裾を無造作に長靴にたくし込んだオーヴァーオールで手を拭った。やたらと汗をかいていた。

「何かあったのか？」とヨーランはふたりに尋ねた。「ずいぶんと嬉しそうだけど」

「メイヤもここでしばらく暮らすことになったんだ」

ヨーランはあとずさると、でこぼこした地面に踵《かかと》を取られながらメイヤを見て訊き返した。

「ほんとうに？　ここで暮らすのかい？」

「しばらくのあいだね、少なくとも」

青いオーヴァーオールの上の彼の顔つきが変わった。家のほうを見上げ、そのあとカール－ヨハンに眼を戻して彼は言った。

「ついてるやつはどこまでもついてるってことだな」そう言って、草むらに唾を吐いた。

＊

すでに午前零時近かった。それでもレレはじっとしていられなかった。部屋から部屋へ歩きまわり、火のついていない煙草を最初は指にはさみ、そのあと口にくわえてから耳のうしろにはさんだ。ハッサンは同僚に電話をして、レレの車を押収していった。シェレフテオ警察の鑑識班が調べることになった。レレが何度も釈明しようと。

ロントレスクの沼地のあたりで子供のトナカイにぶつかったんだ。

おれがジャーマン・シェパードに見えるか？　人間の血とトナカイの血の区別がつくと思うか？

おれには車が必要なんだよ！

あんたをしょっぴかないだけでもありがたく思え。

ハッサンのことを友人だと思っていた自分が馬鹿だった。あいつのことを信頼できるやつだと思うなんて。ガードをおろすべきではなかった。そんなことをすれば、結局のところ、抗う術もなく、まぬけづらをさらすことになるのだから。もしこの悪夢のような三年間に学んだことがあるとしたら、世界はなんの頼りにもならない、最低の場所だということだったのに。もちろんノールランドも例外ではない。誰も信頼できない。以上。

十二時十分、レレはもう我慢できなくなった。上着を着て靴を履くと、明るい夜の中へ飛び出した。鳥は巣に戻り、聞こえるのは砂利道を歩く自分のブーツの音だけだった。外気はじっとして、草木の香りに満ちて重かった。レレはリナが幼い頃に秘密基地をよくつくった松林の中にはいった。黴の生えた板が今も木の幹に釘で打ちつけられたままになっており、下の地面にはその板の切れ端が落ちて、苔と雑草に覆われていた。彼は努めてそれを見ないようにした。

エンスヴェーゲン通りに出ると、シルヴァーロードの荒れ果てたバス待合所のほうに向かった。足が自然と舵《かじ》を取っていた。その舵取りのまま、体の残りの部分は自動操縦で動いていた。思考さえ。煙草に火をつけ、水たまりに映ってきらめく夜空を見た。煙草を吸いながら歩きつづけ、バス停の待合所の椅子に坐った。半分飲み残した〈カールスバーグ〉が椅子の上に置いてあった。こんなときにはビールがぴったりだ。彼はそう思った。アルコールを体の隅々までめぐらせたい。そう思っていると、声が聞こえた。くわえた煙草の煙を深く吸い込むと、視野の隅にふたりの少年が近づいてくるのが見えた。ひとりはスケートボードを持ち、もうひとりは足を引きずって歩いていた。ふたりは交差点で互いに拳をぶつけ合って別れ、スケートボードの少年はアスファルトに小さなホイールの音を響かせながら、シルヴァーロードを走り去った。もうひとりの少年は足を引きずりながら、レレのほうに歩いてきた。黒い髪を耳の下まで伸ばし、黒いタトゥーが痩せた腕に巻きつくようにして首のあたりまで伸びていた。まるでメイクをしているかのように、眼のまわりも黒かった。少年が近づいてくると、レレは背すじを伸ばして坐り直した。指の先まで体が強ばるのを感じた。

「余分な煙草、持ってたりしないよね？」と少年が訊いてきた。

「あるよ」レレが煙草のパックを差し出すと、少年は足を引きずって待合所にはいってきた。タトゥーは拳にも描かれていた。左手には四葉のクローバー、右手には何か文字が描かれていた。

「足をどうしたんだ？」とレレは尋ねた。

「スケートボードでやっちまった」

「なるほど」

レレは少年の視線を感じながら吸っていた煙草を揉み消した。暗い影の中、少年の眼が奇妙に輝いて見えた。

「あんた、リナ・グスタフソンのお父さんだろ？」

心臓が一気に高鳴った。「ああ、そうだ。リナを知ってるのか？」

「いや、でも、彼女が誰かはみんな知ってるよ」

レレはうなずいた。少年がリナのことを現在形で言ったことが嬉しかった。「きみの名前は？」

「イェスパ」と少年は答えた。「イェスパ・スクーグ」

「タルバッカ高校にかよってるのか？」

「去年辞めた。リナのひとつ下のクラスだった」

少年のことを以前見たことがあったかどうか、レレには思い出せなかった。最近は以前のようには他人に気づかなくなっていた。

「私の数学のクラスにいたのかな？」

「そのはずだったけど、あんたはほとんど病気で休んでたから」

レレは少年をじっと見た。少年はそわそわと手足を動かし、たえず地面を足でこすっていた。

「リナやみんなと一緒に遊んだりしたことは？」

「彼女はおれのことなんかたぶん知らないと思う」

「ほんとうに？」

イェスパは最後の一服を吸うと、吸い殻を指で弾き飛ばした。舌ピアスが前歯にあたる音がした。

「彼女、ミカエル・ヴァリウのことしか見てなかったから」

「ああ、そうだ」

「ふたりはお互いのことで頭がいっぱいだった」

「頭がいっぱい？」

「ああ、みんなそう思ってたよ」

レレはしばらくそのことを考えた。まわりは静かな夜に包まれていた。聞こえるのは少年の銀の舌ピアスが歯にあたる音だけだった。そういうことをずっとやっていたら歯にはよくないだろう。レレは煙草の箱を差し出し、イェスパにもう一本勧めた。久しぶりに他人とリナのことを話せるだけで気分がよかった。

「こんな夜遅くにここにいることをきみはきっと不思議に思ってるだろうな」

「彼女がいなくなったのがここなんだろ？」

「ああ、そうだ」

「ここで彼女が帰ってくるのを待ってるんだね」質問するのではなく、断定するようにイェスパは言った。

「ああ、そういうことなんだろうな」

イェスパは忙《せわ》しげに煙草を吸って煙を深く吸い込んだ。夜の太陽が彼の黒い髪の中の銀髪をきわだたせていた。黒い睫毛の下から不安そうな子供っぽい眼がのぞいていた。

「みんなリナのことが好きだった」と彼は言った。「だけど、ヴァリウのことは嫌っていた」

「それは初めて聞いたな」

少年は息を吸った。またピアスが歯にあたる音がした。

「学年が下のおれたちにとっちゃほんと嫌なやつだったよ。とことんおれたちを見下してやがってさ」イェスパは唾を吐いた。「自分のことしか考えないやつだよ」

「ああ、確かに彼は自己中心的だったな」とレレは言った。

「彼女はあいつにはもったいなかった。みんなそう思ってた」

「知らなかったよ」

イェスパは煙草を水たまりに落とした。レレは火が消えるのを見つめた。「あいつがやったって言ってるやつもいる。あいつが認めたって」

「認める？　何を？」

「リナを殺したことを」

そのことばがレレの頭の中でこだました。「誰がそんなことを？」

「おれが知ってるライカスヤルヴィのやつらだ。兄弟だ。その兄弟はヴァリウとヴァリウのクソ友達にアルコールを以前売ってたんだけど、そいつらが言ってた。酔っぱらったときにヴァリウが認めたって。リナを殺したって」

「それはどうかな。ミカエルにはアリバイがある。警察はそう言ってる」

イェスパは舌ピアスを鳴らした。「おれは聞いたことを言ってるだけだよ」

「そもそもリナは死んじゃいない」とレレは言った。ジーンズにあてた両手が汗ばんでいるのがわかった。「誰も彼女を殺しちゃいない。彼女はまだ生きてる」

イェスパは眼をすばやく地面にやった。苛立っていた。それがレレにも感じ取れた。

「なんというんだ、その兄弟は?」

「ヨナスとヨナ。リングバーグ兄弟」

「ヨナスとヨナ?」

「双子なんだよ」

レレはスマートフォンを取り出して、ふたりの名前を入力しながら、ライカスヤルヴィまでどれくらいの距離だったか思い出そうとした。

「どうすればその兄弟を捕まえられる?」

「そいつらはいつも週末はグリマーズ・ヒルにいるよ。そこで未成年に酒を売ってるんだ」

レレはどうにか手の震えを抑え、画面をタップして情報を調べた。

「もう帰るよ」イェスパが言った。「一晩じゅうここにいるの?」

「たぶん」

「ビール、要る?」

レレは思わず唾を呑み込み、急に咽喉の渇きに気づいた。神経が昂っていた。

「ありがたいね」

イェスパは身をよじらせて色褪せたブルーの〈フェールラーベン〉のバックパックを肩か

らはずすと、〈コロナ・ビール〉を一本取り出してレレに渡して言った。

「夏のビールだ。ほんとは櫛形に切ったライムを中に入れて飲むんだけどね」

「美味《うま》そうだ」

イェスパは前髪をうしろに掻き上げ、足を引きずりながら村の中心部のほうへ向かった。そして、地下道にたどり着きかけたところで振り向くと深く息を吸って叫んだ。

「彼女が帰ってくることを祈ってるよ！」

レレは手を上げて応じた。少年のことばが宙を漂った。ビールを一口飲んで、レレは答えた。

「私もだ」

＊

ビールを一瓶飲み干してもレレは酔いを覚えなかった。小さな待合所には太陽の光が照りつけていたものの、その温もりは彼には届いていなかった。全身が震えていた。どうしてこれまでリングバーグ兄弟のことを耳にしなかったのだろう？　ミカエル・ヴァリウが罪を認めたという噂《うわさ》がほんとうにあるとしたら、警察はそのことを知っているのだろうか。

彼は空のビール瓶をゴミ箱に投げ入れると走りだした。まだ眠っていて、人気《ひとけ》のない夜明けのグリマストレスク・ショッピングセンターを駆け抜けた。水たまりからしぶきが上がり、ジーンズに黒いすじがつくのも気にならなかった。シルヴァーロードをあとにすると、サッカーグラウンドを横切った。スプリンクラーが宙に虹を描いていた。

丘の上の白い家に着いたときには咽喉がひりひりと痛んだ。パトカーが車寄せに停まっていた。花壇のスミレの小さな茂みが輝いていた。砂利を踏む音と自分の心臓の鼓動が同調していた。ヴェランダにあがると、膝に両手をついて息を整えた。ドアベルを押した。誰も出てこなかった。ドアを拳で激しく叩いた。その音が森の端からこだまとなって返ってきた。

ドアが開くと、レレはまえにつんのめり、裸のハッサンの胸に頭からぶつかりそうになった。ハッサンはパンツひとつという恰好で、寝ぐせのついた髪が立っていた。

「どうした?」

「リングバーグ兄弟だ」とレレは喘《あえ》ぎながら言った。「ヨナスとヨナ。そいつらのことは知ってるのか?」

ハッサンは夜の太陽の光に眼を細めた。まるで光に眼を傷つけられたかのように。「なんなんだ、レレ? 飲んでるのか? ビールのにおいがするぞ!」

「一本だけだ。そんなことより話を聞いてくれ。バス停にいたら、イェスパという少年に話しかけられた。彼が言うには、リングバーグ兄弟がこんなことを言ってるそうだ。ミカエル・ヴァリウがリナを殺したことを認めたと」

そう言うなり、レレの口の中にまずい後味が残った。彼は顔をそむけ、砂利の上に唾を吐いた。

ハッサンは胸毛を搔いた。まだすっかり眼が覚めていないようで、レレの言っていることの重要性が理解できないようだった。「今、何時だと思ってるんだ?」

「リングバーグ兄弟を知ってるのか?」

「そのふたりのことはスンツバルより北のソーシャルワーカーと警官なら誰でも知ってる。このあたりで密造酒を売り歩いてる小悪党だ。押し込み強盗やしょぼい盗みを働くこともある。そもそも養護施設にいて、歩けるようになると、すぐに里子に出された兄弟だ」

「ミカエル・ヴァリウが罪を認めたとそいつらが言ってる」

ハッサンはため息をついた。「リングバーグ兄弟の信用度はここの天気と同じくらいだ。まるであてにならない」

「じゃあ訊くが、そいつらがヴァリウのことを言っているという噂は聞いたことがあるのか?」

「いいか、レレ。リナの失踪に関して、おれたちはここ三年のあいだに無数の噂を聞いてきた。あんたも知ってるだろ? 捜査の早い段階で、鑑識班も犬も動員して、ヴァリウの家の地所は徹底的に調べた。ビッタンギの別荘も調べた。罪を認めたという話も聞いたよ。だからそのことについちゃヴァリウを何時間も尋問した。尋問回数は四十回を超えた。それでも何も出てこなかったんだ。たとえやつが罪を認めたとしても、死体と科学的な証拠がなければ、やつを捕まえることはできない」

「おれには新しい尋問者が必要なように聞こえるが」

ハッサンはドア枠に頭をもたせかけて眼を閉じた。「レレ、あんたは今、ひどく危なっかしい状態にある。苦しんでるのはわかる。だけど、あんたもあんたの告発ももうたくさんだ」

レレはあとずさった。疲れと興奮のせいで足元がおぼつかなかった。肩越しに振り返り、太陽の光に輝くパトカーを見て、それから足元のスミレの茂みを見て言った。

「車が要る。ライカスヤルヴィに行って、その兄弟と話がしたい」

「あんたの車はまだ署だ」そう言って、ハッサンはレレをじっと見つめた。「ライカスヤルヴィにどうしても行くと言うのなら、この夏のあいだは押収しておかなきゃならない」

レレはヴェランダの手すりに寄りかかって、足の震えを抑えようとした。ハッサンはドアを大きく開けた。

「中にはいって、少し寝ていったらどうだ？　話はそのあとだ」

*

「ヨーランときみをふたりきりにしたくない」

カール - ヨハンの髪が彼女の首に触れた。メイヤはベッドの中で寝返りを打って、彼の眼をのぞき込んだ。「どうして？」

「きみはぼくのガールフレンドだから」と彼は言った。「ヨーランはいつもぼくのものを欲しがるんだよ」

メイヤは彼を押しやった。

「あなた、わたしのことをまるで持ちものみたいに言ってる」

「そんなつもりで言ったんじゃないよ。でも、ヨーランのきみを見る眼はきみも見ただろ？」

メイヤは指をカール - ヨハンの唇に押しあてて言った。

「好きなだけ見ればいい。何を心配してるの？」

カール - ヨハンはメイヤを抱き寄せた。彼の息が彼女の咽喉を暖かくした。「ヨーランには近づかないでほしい。約束してくれる？」

夜明けに彼はメイヤから離れ、部屋を出ていった。彼女は彼の腕が置かれていたところの温もりを感じた。部屋の中は湿っぽくて気持ちが悪かったが、彼は一晩じゅうメイヤを抱きしめていると言い張った。彼女は森の夢を見た。夢の中で彼女は小径を走り、木々が彼女を捕まえようと覆いかぶさってくる夢だ。長い髪が一房、松の木に引っかかり、垂れ下がっていた。

彼女は携帯電話を手に取ってシリヤからのメッセージを見た。

クズはすべてなくなった。Tのことは赦《ゆる》した。謝りたいから帰ってきてほしいと彼も言ってる。

メイヤはベッドから出ると、鎧戸《よろいど》を開けて光を部屋の中に入れた。眼が慣れて、楽園が姿を現わすまでにはしばらくかかった。まるで映画のようだった。牧場では牛が草を食《は》み、花をつけた蔓《つる》植物が納屋の壁を這っている。雄鶏《おんどり》が小石をついばんでいる。カール-ヨハンの姿が薪小屋のそばに見えたような気がした。今年は薪づくりが遅れている。彼はそう言っていた。それを聞き、メイヤはそのことばの意味がよくわかっているかのようにうなずいた。わからないのにわかったふりをすることには慣れていた。何を期待されているのかもわからないまま、新しい場所で新しい人々となじんでいくことには慣れていた。彼女にとって人生とは人をよく観察し、人と調子を合わせることだった。

キッチンに降りていくと、アニタがオーヴンと薪ストーヴのあいだを忙しそうに行き来していた。真っ赤なスカーフで白い髪を束ね、メイヤに気づくと立ち止まって、粉のついた手で触らないように気をつけながらすばやくハグした。布巾をかぶせたパンがいくつか置かれ、部屋にはジャムを煮る香りが漂っていた。メイヤは胃に穴があきそうなほどの空腹を覚えた。

「ビルイェルが話をしたいって」

「わたしに？」

「犬小屋にいるわ」

メイヤは昔から犬が好きだった。が、囲いの中に坐って吠えている犬を見ると、ノールランド地方の犬は実に野性的で、まるで狼《おおかみ》のように見えた。囲いの中の七頭はびっしりと生えたグレーの毛をまとい、淡いブルーの眼で彼女の動きを追っていた。彼らは使役犬であって、ペットではない。カール-ヨハンはそう言っていた。撫でたいなら、山羊にしておいたほうがいいとも。

ビルイェルはバケツを両手に持っていた。首の筋肉がロープのように盛り上がっていた。

「おはよう、メイヤ。よく眠れたかい？」

「ええ、おかげさまで」

「それはよかった」

彼の顔は皮膚がたるみ、話すと顎の贅肉が揺れた。ビルイェルはバケツを地面に置くと、両手をやさしく彼女の肩に置いた。強くつかむと壊れてしまうのではないかと恐れるかのようにそっと。

「きみがここにいてくれて私も嬉しいよ」

彼は作業ブーツを履いており、そのブーツは湿った地面をしっかりと踏みしめていた。バケツからは強い腐臭が漂っていた。

「わたしも嬉しいです」

彼はようやく両手を離すと、バケツを持ち上げ、犬の囲いの中にはいり、バケツに入れた魚の腸《はらわた》をシャベルですくい、ずらりと並べられたボウルの中に入れた。犬たちは興奮し、競い合うように彼のまわりに集まってきた。メイヤは柵の外に立って、魚の腸の悪臭を嗅がないように口で息をした。犬が呑み込むぬるぬるしたピンクの内臓の束も見ないようにした。

「もう気がついていると思うが、われわれはここスワルトリーデンで互いに助け合い、一生懸命働いている。ここで暮らすつもりなら、きみにもその役割を果たしてもらわなきゃならない」

メイヤは柵をつかんで言った。「ずっと街で暮らしてきたので、農業のことは何も知らないんですけど」

「心配は要らない。なんでも教えてあげるから、すぐに覚えるよ」

ビルイェルがバケツに残った魚の腸を地面に撒くと、二頭の犬が争いを始めた。ビルイェルは苛立たしげにその二頭に向けてバケツを振りまわした。

「鶏小屋から始めてもらおうかな。卵を集めて、小屋をきれいにするんだ。アニタがどうしたらいいか教えてくれる。いいかな?」

「ええ、大丈夫です」

「よし、じゃあ決まりだ」

彼は笑った。隙間のあいた歯が剝き出しになった。彼女はピアノの鍵盤を思い出した。朝食を求めて腹が鳴り、音をごまかすために手を押しあてた。柵の中では犬が空のボウルに押しつけた鼻をくんくんと鳴らしていた。

「もうひとつ。嫌かもしれないが、スマートフォンとかいうやつは手放してもらいたい」

メイヤはポケットの中でアイフォーンが燃えだし、ポケットに穴があいたような気がした。

「どうして?」

「なぜならその手の電話は監視ツール以外の何物でもないからだ。われわれはここスワルトリーデンではできるかぎり安全を確保したいという共通認識を持ってる。そのためにはいくつかの最新のテクノロジーを手放さなければならない」

メイヤはスマートフォンをポケットから出して握りしめた。

ビルイェルは眼鏡のフレームの下に指を入れて眼を拭うと、同情を込めたまなざしで彼女を見た。「辛いのはわかる。きみたちの世代の子はいつも誰かとつながっていたいという思いとともに成長してきた。うちの子供たちも同じ力と闘ってきた。しかし、この決定をくだしたのは自分たちの安全を守るためなんだ」

「でも、シリヤと連絡が取れなくなってしまうけれど」

「固定電話がある。うちの電話番号を教えれば、彼女は好きなときにいつでもかけてこられるよ」彼は犬の群れを掻き分けて出てくると、扉の鍵をしっかりと閉めた。

「考えておいてくれ。悪いが、息子たちに認めていないことをきみに認めるわけにはいかない。ここではみんなが同じルールに従っている。そのルールにはきみにも従ってもらいたい」

彼女は手の中で重さを量るようにスマートフォンを持ち、ビルイェルの言ったことを考えた。背骨が疼くような感覚を覚えた。「最後にシリヤにメールをさせてください」むしろ興奮して、キーを打つ指が震えた。たった二行のメッセージを書いて、送信ボタンを押した。そして、電話をビルイェルに渡した。彼が受け取ると、手の中が軽くなった気がした。重しがはずれたような気分にもなり、体内に急に希望が湧いたような気がした。携帯電話がなければ、シリヤも彼女に連絡することはできない。やっと自由になったのだ。

＊

レレは夜明けに眼を覚ました。ハッサンが最近磨いたばかりのオーク材の床の上に太陽の光が射し込んでいた。ソファの肘掛けに何時間も頭をのせていたせいで首が強ばっていたが、少なくとも高価なクッションを涎《よだれ》まみれにはしていなかった。ピアノの音、それに卵を割ってフライパンに入れる音がキッチンから聞こえてきた。その音のするほうに向かうと、最初に酔いつぶれた冬の日の思い出が甦《よみがえ》り、恥ずかしさに頬が熱くなった。

ハッサンのキッチンは現代的で雪のように白く、無機質の角張った直線で構成されていた。スマートでもスタイリッシュでもないものはすべて場ちがいに見えるようなキッチンだった。おそらくレレも含めて。キッチンの戸口に立つと、ハッサンがその気配に振り向いた。

「ああ、起きたか。よく眠れたか？」

「一時間かそこらは」

「坐って、食べていくといい」

「ありがとう、だけど、もう行かないと」

ハッサンはフライ返しを置いてレレを見た。「馬鹿なことを考えてるんじゃないだろうな」

「何が言いたい？」

「リングバーグ兄弟と関わり合いになろうなどと思うやつは誰もいない」

「最近はおれと関わろうと思うやつも誰もいないよ」

ハッサンはスクランブルエッグに塩と胡椒《こしょう》をかけると、フライパンから直接食べはじめた。

「ほんとうにミカエル・ヴァリウがやったと思ってるのか？　あの少年が三年もわれわれを

騙すほど頭がいいと？」

「おれはもう何も信じちゃいない。信じるのはもうやめたんだ。唯一わかっていることは出くわした悪党は全員調べなきゃならないということだ。それがどれほど胸くその悪くなるようなことでも」

「リングバーグ兄弟はただの悪党じゃない。人間のクズだ。やつらは手段を選ばない」

レレは無精ひげを掻きながら言った。「そういうやつらはしっかりと懲らしめる必要があるように聞こえるが」

「やつらには関わらないと約束してくれ」

レレは眼を細めて天井の明かりを見ながら言った。「車を引き取れるようになったら教えてくれ」

＊

一日に卵四つ。ときには五つ。メイヤは鶏小屋とのあいだを何度か往復した。最初のうちは鶏が向かってくるのが怖かった。鶏がまばたきをしたり首を前後にすばやく振る仕種《しぐさ》がなぜか彼女を怯えさせた。最初の頃は手をおがくずの中に突っ込んで、手探りで卵を探して取り出すのがやっとだった。それがそのうち少しは長くいられるようになり、鶏の生態も徐々にわかってきた。鶏は大量に糞をするので、小屋を清潔に保つのはけっこう大変だった。ほかの鶏にいつもつつかれている鶏がいた。幼い雄鶏さえチャンスがあればその鶏を襲い、つっつくのだが、ある朝、メイヤが薄暗い鶏小屋にはいると、いじめられたその鶏が小屋の隅にうずくまっていた。羽をほとんどなくしており、おがくずが血で汚れていた。

アニタが容器に入れた松脂《まつやに》の軟膏《なんこう》をメイヤに渡して言った。「いじめられた鶏にこれを塗って。そうすればほかの鶏たちも放っておくから。泣いてる暇なんかないのよ」

カール－ヨハンは鋸と斧で薪づくりに精を出していた。メイヤは草むらに坐って彼の作業を見ては、汗に輝く彼の体にうっとりした。動くたびに腕と肩の筋肉が盛り上がり、そのさまにどきどきした。彼のそばに行くと、汗臭く、彼が彼女の上に身を乗り出すと、汗まみれの髪から汗が落ち、服に染みをつけたが、メイヤは少しも気にならなかった。休憩中はふたりで草むらに隠れ、作業で荒れた傷だらけの手で互いの体をまさぐり合った。汚れていようと、疲れていようと、かまわなかった。ただ互いを確かめ合いたかった。誰かが仕事に戻るよう呼びにくるまでの短くも激しい時間だった。しかし、それぐらいではとてもふたりの炎は消せなかった。

食事のときには全員がひとつのテーブルに集まった。メイヤにはカール－ヨハン以外は誰も見えていなかったが。ビルイェルとパールは〝終わりのとき〟についてよく話し合った。

食事のあとはみんなでポッドキャストを聞いた。主にアメリカ人が話すサヴァイヴァルについての話や、人々がいかにさまざまな危機に備えているかといった話で、必需品の備蓄から作業を単純化する方法まであらゆることがそれらの話のテーマだった。差し迫った大災害に関する話も彼らの話題によくあがった。ビルイェルとパールはアメリカとロシアのあいだの陰謀説や生物兵器、フェイクニュースを広めるプログラムなどを真剣に議論し合った。ときには、どちらかが興奮してテーブルに拳を叩きつけ、皿が飛び跳ねるようなこともあった。メイヤには彼らの議論の重要さが理解できなかった。彼女の心には常にカール - ヨハンのことしかなかった。彼の剝き出しの膝が彼女の膝にあたり、彼の指が彼女のショーツの下の脚に触れるようなこともあった。彼はいつも口元に笑みを浮かべており、それがいつも彼女を笑顔にさせた。

「きみたちふたりはそこに坐って何をにやにやしてるんだ？」とビルイェルが言った。

放っておいてくれたらいいのに、質問に答えなくてすめばいいのに、とメイヤは思った。が、ビルイェルは彼女を議論によく引き込みたがった。そんなときパールとヨーランはにやにやして彼女を見た。

「われわれは世界崩壊の入口に立たされているというのに、スウェーデンは郷土防衛隊の規模を縮小している。メイヤ、きみはこのことについてどう思う？」

「何についてですか？」

「わが国が防衛力の規模を縮小しているのはなぜだと思う？」

「費用がかかりすぎるから？」

パールが笑い、口の中のものをテーブルに噴き出した。

「彼らはわれわれに安全だと信じ込ませたいんだよ」とビルイェルは諭すように言った。「実際に大混乱が生じたときにわれわれが行きづまり、為す術もなく立ち尽くすさまを見たいのさ」

「彼女のことは放《ほ》っといてくれないかな」とカール‐ヨハンが言った。「何も怖がらせることはないと思うけど」

「いや、私はただ彼女に眼を見開いて知っておいてほしいだけだ。悲しいことに、世界はもう遊び場ではないということをね」

夜、満ち足りて疲れ果ててると、ふたりは時々ひとつの毛布にくるまって横になった。そんなとき、メイヤは彼もビルイェルや兄たちが言っていることに賛成なのかどうか尋ねた。

「人々は世界についても互いのことについても最悪のケースを考えようとしない」と彼は言った。「みんな避けられないものに眼を向けようとは思わない。手遅れになるまで頭を砂の中に埋めて、見て見ぬふりをしようとする。ぼくたちの本能がそうさせるのさ。だけど、父さんはサヴァイヴァーらしく考えることをぼくに教えてくれる。常に準備して、常に一歩先を行くことをね」

「でも、気が滅入らない？　いつも最悪のことを考えているというのは」

「一晩ですべてを失うことのほうが気が滅入るよ。愛するものや手がけていたものすべてを失うことのほうがね。それもただ現実を直視する勇気がなかったというだけの理由で」

「でも、ほんとうにそんなにひどい終わりが来ると信じてるの？　スウェーデンで戦争が起きるなんて」

カール－ヨハンは腕を彼女の腰にまわして、顎を彼女の鎖骨に押しあてた。疲れのせいで、彼の声はしわがれていた。

「ああ、信じてる。その兆候がそこらじゅうにあるんだから。でも、ぼくたちにとってそのこと自体は問題じゃない。一番重要なのは何が起きようとぼくたちはちゃんと準備してるってことさ。誰もぼくたちを攻撃することはできない。もちろんきみを攻撃することもね、メイヤ。ぼくは命を懸けてきみを守るよ」

夢の中で彼女はいじめられっ子の鶏だった。陽あたりのいいアニタのキッチンでメイヤは今にも引き裂かれようとしていた。ビルイェルたちに。鋭いくちばしで突っつかれ、ざらざらとした肌だけになるまで、羽をむしり取られようとしていた。

＊

土曜日の夜、木々の梢《こずえ》にかかるほど空が低く垂れ下がって見えた。黒い雲が今にも張り裂けそうなほどふくらんでいた。レレは長靴を履き、パーカのフードをかぶった。手の中の銃の重みをしばらく確かめてから、結局、もとあった場所に戻した。それが一番安全だ。車はなかったが、グリマーズ・ヒルまでそれほど遠くはなかった。リングバーグ兄弟とミカエル・ヴァリウは毎週末、そこで会っている。イェスパはそう言っていた。

樺の森を抜けて道なりに進むと、火が見えないうちから、煙のにおいが感じられた。不吉な影のように丘が村の背後にぼんやりと現われた。その東の斜面には砂利道があるので、頂上まで車で行くことができた。車があれば、その道を行ったはずだが、レレは南側を這っている道とも言えない小径を歩いた。その道はすぐに草に覆われてしまい、斜面も急になり、すべりやすい岩のあいだをジグザグに進まなければならなくなった。

松の木のあいだからいくつもの煙が渦を巻きながら立ち昇っていた。声が風に乗り、まるで抑揚をつけて歌っているかのように聞こえた。大勢の人間がいるようだった。ふくらはぎの筋肉が悲鳴をあげはじめ、岩肌が露出した部分で小休止を取った。眼には見えなかったが、隣りにリナがいるのがはっきりと感じられた。ふたりは毎年、冬になるとスノーモービルでよくそこに来たものだった。オーロラがふたりの頭上を舞い、寒気が肺の中までしみ込んできて、オーロラを眺めるリナの眼が空と同じくらい激しく燃えていたのをレレは今でもよく覚えている。

天使の羽みたいね。

そう思う？

天使が飛んでるのが見えない？

立ち止まってリナのことを思い出すことは、苦労して山道を進むのと同じくらい辛かった。木々のあいだで身を屈めると、空に襲いかかってこられるような気がした。やがて雨が降りはじめ、雨粒が鼻を伝い、上着の襟の中に流れ込んだ。リナのせっぱつまった声が雨音越しに聞こえた。

家に帰って、パパ。パパに必要なものはここには何もない。

そんな声が野生の動物の群れのような土砂降りの雨越しに聞こえた。レレは咽喉を絞められているような気分になりながらも、最後はハンターのように下生えの中に身をひそめてゆっくりと近づいた。やがて少年たちの姿が見えてきた。ぱちぱちと音をたてて空に燃え上がる炎のまわりに輪になっていた。彼は頰に熱を感じた。低いベースの音が森にこだまし、人の声を掻き消していた。足元の地面が揺れているような感覚を覚えた。予想していたより数が多かった。ほとんどが少年で、体を忙しなく動かしていた。彼らの顔が炎の明かりで白くぼんやりとして見えた。マリファナの香りが湿った空気と森のにおいと混ざり合っていた。何人かはタルバッカ高校の生徒で、イェスパ・スクーグの姿も見えたような気がしたが、はっきりとはわからなかった。

レレは深く息を吸い、尻込みする気持ちを心から追い出して、垂れ下がる枝のあいだから進み出た。少年たちの数を数えようとした。が、多すぎてわからなかった。森全体が活気に満ちていた。彼らに向かってさらに近づき、グループの真ん中で立ち止まると、背中に炎の熱を感じながら、眼を合わせられる相手を探した。少年たちの何人かはビールの缶をジャケットの袖の下に隠して、マリファナを炎の中に投げ捨てた。

「きみたちのパーティの邪魔をするつもりはない」とレレは言った。「リングバーグ兄弟を捜してる。ヨナスとヨナだ。彼らを見なかったか？」

ひとりの少年がレレをじろじろと見ながら、ふらついた足取りで近づいてきた。「あんた、警官かなんか？」

音楽が静かになり、レレに聞こえるのは自らの心臓の音だけになった。彼らは獲物を取り囲む狼のように四方をふさいだ。

「警官じゃない」とレレは言った。声がうまく出なかった。

がっしりとした少年がまえに出てきて、レレの顔のまえに松明《たいまつ》をかざした。「あんたのこと、知ってるよ。タルバッカのあの教師だろ?」

ほかの少年たちがはっと息を呑む気配があった。片手を上げて顔を覆い、炎をさえぎってレレは言った。

「ああ、そうだ。だけど、きみたちのやってることをとやかく言いにきたんじゃない。リングバーグ兄弟に会いたいだけだ。彼らがどこにいるか知らないか?」

松明を持った少年はさらに彼に近づいて言った。「リングバーグになんの用だ?」

「噂について訊きたい」

「どんな噂だ?」

「私の娘の失踪について彼らは何か知ってるようなんだ」

レレは手をジャケットに入れると、リナの写真を取り出し、彼女の笑顔を少年たちに見せた。「娘のリナだ。知ってる者もいると思うが、三年まえにグリマストレスクのバス待合所から消えてしまった。きみたちの中で娘の失踪について何か知ってる者がいたら教えてほしい。まだ遅くない」

うつろな表情が返ってきただけだった。雨に濡れた顔に浮かぶ彼らの表情を読み取ることはできなかった。そこでレレの恐れが怒りに変わった。

「ほんとうに何も言うことはないのか?」

レレはフードを上げ、少年たちの青白い顔を見まわした。彼らは眼をそむけようとした。

レレは彼らに突進して素手で地面に殴り倒し、臆病で凝り固まった彼らに怒りをぶつけたくなった。その衝動と必死で闘った。銃を持ってくれればよかったと思った。そうすれば彼らに話させることができたのに。あきらめて森のほうを向いても、怒りによる体の震えは収まらなかった。トウヒの木立のところまでたどり着くと、ふたりの男が背後からゆっくりと近づいてきて、そのうちのひとりがレレの腕に触れて言った。

「おれがヨナス・リングバーグだ」

＊

体じゅうが痛かった。メイヤは手押し車に丸太を目一杯積み込み、薪割り台と薪小屋のあいだを少なくともすでに百回は行き来していた。薪を運んで積み上げるという単純作業を肩が悲鳴をあげるまで繰り返した。仕事が終わればすぐにふたりで泳ぎにいけるとカール－ヨハンは言っていた。そう言って、胸が張り裂けそうになるようなまなざしで彼女を見たのだった。

アニタが横に立っていることにメイヤはいきなり気づいた。手で眼を覆い、太陽をさえぎっていた。「メイヤ、あなたにお客さんよ。門のところにいるわ」

トルビョルンのフォードが遠くに見えた。その車の錆びた部分がなぜかいじめられていた鶏を思い出させた。彼らはふたりとも車から降りていた。トルビョルンとシリヤ。トルビョルンは興奮した雄牛のように行ったり来たりしていた。シリヤはサングラスで眼を隠し、神経質になっているときにいつもするように、無関心を装って煙草を吸っていた。草むらに埋もれていたが、足は裸足《はだし》だった。着ているのはカットオフジーンズと色褪せたビキニトップだけで、髪の毛が立ち、鳥の巣を頭にのせているように見えた。

メイヤの咽喉に嫌悪感が込み上げた。「何しにきたの？」

「どうしてるのか見にきたんだ。母さんもすごく心配してる」

サングラスを鼻の上でずらし、メイヤを見てシリヤが言った。「あらまあ、なんて汚い恰好なの！　いったいここで何をしてるの？」

「働いてるのよ」

「働いてる？　だったらちゃんとお金をもらってるのよね。服が台無しじゃないの」

「少なくとも服は着てるわ。母さんとちがって」

トルビョルンがふたりのあいだに割ってはいり、両手を上げて言った。

「ふたりとも少し落ち着いてくれ。メイヤ、おれたちはきみに家に帰ってきてほしいんだ」

「今はスワルトリーデンがわたしの家よ」

トルビョルンの頭頂部が熟しすぎたコケモモみたいに光って見えた。「もし今度のことがおれの雑誌のことと関係があるなら、あれはもう全部処分したから。それを言いたかったんだ。あのクズは永遠になくなった。シリヤとあんたには感謝してる。新しい人生をスタートさせるチャンスをくれたことに感……」

「あなたには関係ないことよ。わたしはただここに住みたいだけ。カール－ヨハンと」

「あまりいい考えだとは思わないがな」

「あなたがどう思おうと関係ないわ」

トルビョルンは術なげにシリヤを見やった。今にも泣きだしかねないような顔をしていた。

「ビルイェルとアニタはなんて言ってるんだ？」

「ふたりとも心から歓迎してくれてる」

シリヤはサングラスを戻すと顎を突き出し、煙草をくわえた口のまわりに皺をつくって言った。「どうすればあんたに連絡できるのか、教えてくれる？　携帯も捨てちゃったのよね？」

「ビルイェルとアニタの家の電話にかけて、わたしを呼び出して」

シリヤは草むらの上で体を揺らして言った。「あんた、彼らに洗脳されちゃったの？」

「ばかばかしい！」

「だったらどうして携帯を捨てたりしたの？」

「自分で決めたの。母さんもこれでもう請求書のことで文句を言わなくてすむでしょ？」

シリヤはメイヤに体を近づけて言った。「彼らはここで何をやってるの？　新興宗教か何かなの？　カール－ヨハンを餌にあんたを引っかけたんじゃないの？」

メイヤはユーモアのかけらもない笑い声をあげた。

「帰って酔いを覚ますことね。母さんは現実を生きてない。カール－ヨハンはわたしを愛してるのよ」

シリヤの口がアングリー・フラワー（注、すぐに怒るボブという名の花を擬人化して描いたウェブコミック）のように曲がった。車の錆びた車体で煙草の火を揉み消すと、助手席側のドアを開けて言った。

「あんたにはわたしが今どこにいるのかわかってる。今がいつ終わるのかも。終わりは必ず来るってことも」

そう言って、車のドアを乱暴に閉めた。その音が松林にこだました。

トルビョルンは同じ場所に立ったまま、まだ懇願するような眼でメイヤを見ていた。「家を出るにはあんたはまだ若すぎるよ、メイヤ。まだ十八にもなってないんだから」

「シリヤが家を出たときいくつだったか訊いてみて」

「淋しいんだよ。おれもシリヤも」

彼は何度も砂利を踏みつけた。まるでそうしないと溺れてしまうかのように。

メイヤには自然と涙が出てきたのが自分でわかった。カール－ヨハンを捜して薪小屋のほうに眼をやり、空咳をしてから言った。

「そのうち彼とそっちに行くから。約束する」

「必ずだよ。それとビルイェルにこき使われないように」

「あなたはシリヤにこき使われないように」

トルビョルンはそのことばに笑った。一瞬、メイヤは彼がハグをするのかと思った。が、シリヤがクラクションを鳴らすと、彼は急いで車に戻っていった。

「母さんがひどく落ち込んだりしたときには電話して」とメイヤは彼の背中に向かって叫んだ。「約束よ！」

＊

ふたりの若い男がレレのまえにそびえるように立ち、レレを見下ろしていた。ふたりの顔は瓜《うり》ふたつで、暗いフードの下に青白く見えた。レレは松の木にもたれた。まわりでは森が脈を打つように震えていた。彼らはレレを小径から茂みの奥へ連れていった。誰からも見えないところへ。レレは両手をポケットに入れ、鍵の束をつかんだ。鼓動が一気に激しくなり、息を深く吸えなくなった。

「面倒を起こしにきたわけじゃない」とレレは言った。

ほのかな明かりの中、ふたりの眼が光り、ヨナスだと名乗った男がレレに体を寄せ、レレの顔の近くまで顔を近づけた。酒臭かった。

「あんた、いったい誰なんだ？」とヨナスは言った。「あちこちでおれたちのことをあれこれ言ってるそうだが」

そう言って、レレの背中に手をまわすと、うしろのポケットから財布を取り出した。そして、レレの免許証を抜き出すと、それをじっと見た。レレはなされるがままに任せた。ポケットの中の鍵の束をしっかりと握りしめながら。

「レナート・グスタフソン」ヨナスは免許証から顔を上げると、レレをじっと見た。「お巡りじゃないんだ？」

「ああ、警官じゃない。それにきみたちのやってることにはなんの興味もない。ここに来たのは、行方不明になった私の娘について知ってることを教えてほしいからだ」

「あんたの娘のことなんか知らねえよ」

レレは財布と免許証を取り返して、リナの写真を見つけると、身を守る盾か何かのようにまえに掲げて言った。声が震えていた。

「これがリナだ。私の娘だ。私のもとを去ってから三年になる。三年だ！　私は娘の身に何が起きたのか知るためならなんでもするつもりだ。わかったか？」

彼らは唇を嚙んだ。ふたりそろって。そして、思案顔で体を左右に揺すった。

「そりゃクソひでえ話だな。だけど、おれたちにゃ関係ない」

「ああ、そうだろう。だけど、誰がやったのか触れまわってるそうじゃないか？」

兄弟は顔を見合わせた。「噂を聞いただけだ。ほかの連中と同じようにな」

「どんな噂だ？」

「あのあといろんなことが言われてる」

「たとえば？」

ヨナスは空を見上げてため息をついた。「いいか、おっさん、傷口に塩を塗るような真似はしたくないがな、あんたの娘は正真正銘のクズ野郎とつき合ってたんだよ」

「ミカエル・ヴァリウのことか？」

「かもな。おれたちはウルフと呼んでたけどな」

「どうしてヴァリウがクズ野郎なんだ？」

「やつはよくおれたちから酒を買ってて、初めの頃は金払いもよかった。ガールフレンドが消えるまでは。そのあとはすっかりトチ狂っちまった。毎晩電話をしてきちゃ、つけで買いたがった。ほかのものも欲しがった。わかるだろ、クスリとかだ。払えもしねえのに。でもって、馬鹿騒ぎばかりやらかしはじめた。おれたちはそういったことは気に入らないんだよ」

レレはミカエル・ヴァリウのことを思った。よろめいて草むらに倒れるヴァリウ、指で銃を撃つ真似をするヴァリウ、トーチパレードの夜にレレの家に忍び込んだヴァリウ、レレの家のキッチンで泣くヴァリウ。レレはめまいを覚えた。

ヨナスは彼のまえに立つと、苛立たしそうに煙草を巻きながら言った。「おれたちはつけの取り立てにやつのところに行った。そのときだよ、やつがおかしくなったのは。狂ったみたいになって、自分が何をやったかしゃべりはじめたんだ」

「なんて言ったんだ？」

「わかってるだろうが。あんたの娘を殺したって言ったんだよ」

レレは木の幹にもたれた。脚から力が抜けた。ヨナスは平然と話していた。まるで天気のことでも話すかのように。もうひとりの少年は彼のうしろで黙ったまま、影のように立っていた。レレのほうを見てもいなかった。

「なんて言ったのか正確に教えてくれ」

「喧嘩して、やつがキレたんだそうだ。死体は捨てた。誰にも見つけられないはずだって言ってたな」

レレは濡れた地面にひざまずいた。ヨナスのことばが頭の中でこだました。吐き気を覚えた。まえ屈みになって苔の上に吐こうとした。が、何も出てこなかった。吐き気が収まると兄弟を見上げて言った。

「どうして警察に行かなかった?」

ふたりとも鼻を鳴らした。「なんでおれたちが警察に協力しなきゃならない?」

「これはきみたちが売ってる違法な酒とは関係ない! 十七歳の少女の失踪だ。ヴァリウが自分がやったと認めたのがほんとうなら、何もかも変わってくるだろうが！」

レレはどうにか立ち上がると、兄弟と向かい合った。怒りのせいだろうか、いつもより背すじが伸びているような気がした。なんだか背が高くなったような。考えている時間はなかった。彼はヨナスの息を顔に感じるほど近づくと、無言で睨《にら》み合った。視野の隅にもうひとりの少年が動くのが見え、思わず拳を握りしめた。二対一でも怖くなかった。

「この腰抜け」とレレは言った。「女の子の命より自分の身が心配か？」

ヨナスはなにやら叫ぶと、両手でレレの上着をつかみ、近くに引き寄せた。レレは逃れようと身をよじった。が、もうひとりの少年の手にナイフがきらめいたのが見えたかと思ったときにはもう、首すじに冷たい鋼を押しあてられていた。

「いいか、よく聞け」とヨナスが言った。「あんたが怒るのはわかるよ。もしおれがあんたでも、誰がやったか白黒つけるためになんだってやるだろうよ。けど、おれたちは何もやっちゃいないんだ。なのに、あんたの態度はなんだ？」

「だったら、きみたちも後悔するようなことはするな」

ヨナスはレレをしばらく見てから、弟にナイフをおろすように仕種で示した。そして、レレを乱暴に押して、地面に倒した。弟がレレに唾を吐いた。

「おれたちじゃなくてヴァリウを見つけて、あいつに怒りをぶつけるんだな」

レレは倒れたまま彼らが暗闇に消えていくのを見つめた。ふたりが走りだし、水たまりを叩く靴音が聞こえてきた。追いかけるつもりはなかった。意味がなかった。

腕が震えはじめ、次に全身が震えだした。脚がとてつもなく重かった。言うことを聞いてくれなかった。森の大地に両手を押しあて、苔のカーペットに両手を深く沈め、冷たく湿った大地に身を委ねた。自分の歯が鳴る音は聞こえなかった。聞こえるのは風になぶられた松葉の囁きと、今も頭の中で響いているヨナスのことばだけだった——死体は捨てた。誰にも見つけられないはずだ。

＊

メイヤはこれまでにほんとうの家族と暮らしたことがなかった。だから気がつくと、自然と彼らを観察して、そのやり方を学ぼうとしていた。ビルイェルがすべてを取り仕切っているのは明らかだった。そんな彼が部屋にはいってくると、突然みんなが何かをしはじめる。わざわざ彼が命じる必要はなかった。ほとんどの場合、ただいるだけで事足りた。

アニタのことを〝愛《いと》しい人〟と呼び、唇を彼女の白い頭によく押しつけたが、それが儀式であることはすぐにわかった。それはメイヤがこれまでに何度も見てきた、シリヤと彼女の男たちのあいだで交わされるものとなんらかわりなく、その意味――ビルイェルもアニタも互いに我慢していること――がわかると、メイヤはがっかりした。それが事実であることはビルイェルが近くにいるときのアニタの眼を見ればわかった。その眼には愛とは無縁の何かがあった。加えて鼻歌のこともあった。仕事をしているとき、アニタは鼻歌を歌うので、その歌声から彼女が農場のどこにいるかがすぐにわかった。それは聞き逃しようがなかった。風が吹いていようと、犬が吠えていようと、彼女の声はよく通るのだ。ただ、それはビルイェルがそばにいないときにかぎられた。ビルイェルがそばに来ると、彼女の鼻歌は必ずそこでぴたりと止まった。

兄弟はそれぞれ個性がちがい、それぞれ魅力的だった。カール-ヨハンは話好きで、一番注目を集める存在だった。一家の人気者。それが彼だった。

パールはよく笑い、開放的な大きな笑い声を家じゅうによく響かせ、みんなを明るくさせた。動物の世話が得意で、ナイフの蒐集家《しゅうしゅうか》でもあり、夜にナイフの刃を磨くと、林檎に刺して一晩そのままにしたりしていた。林檎の酸で刃が強くなるのだそうだ。弱いナイフほど最悪なものもない、などとよく言った。

ヨーランは孤独を好み、悩みの種である顔の傷を隠すためにパーカのフードをしっかりかぶっていることが多かった。傷がかさぶたになると引っ搔いて剝がすので血が出て、さらに悪化するということを繰り返していた。農場ですれちがったときなど、メイヤは努めて彼の傷の奥にある眼を見ようとした。そこには見ずにはいられない何かがあった。そんなとき、彼は怒りを薄いヴェイルに包んだような表情で彼女を見返した。まるで彼女の存在が彼を不安にさせているかのような。

そのときメイヤは原っぱにいた。アネモネの白い花の海で両手両足を思いきり伸ばして横になっていた。眼を細めて見ると、アネモネの花が雪のように見え、まわりすべてが真っ白だったせいで、彼女にはその足の主がカール＝ヨハンではないことがすぐにはわからなかった。それでもぼんやりとした人影に向かって腕を差し出した。反応はなかった。肘をついて体を起こして、ようやくヨーランだったことがわかった。彼の薄い髪の毛が汗ばんだ頭皮に貼りついていた。

「弟だと思ったんだろ？」

「なんでこっそり近づいてきたの？」

「きみのお母さんが門のところに来てなかったか？」

「来てた」

「すごく若く見えたけど」

「十七でわたしを産んだのよ」

「ほんとに?」

坐って彼が足を組むと、その下でアネモネが押しつぶされた。彼は口の端に草の葉をくわえていた。メイヤは太陽の光に感謝した。光のおかげで影ができ、傷のある彼の顔を見なくてもすんだ。

「お母さんはきみに戻ってほしがってるのか？」

「うん」

「お母さんにはなんて言ったんだ？」

「今はここがわたしの家だって」

ヨーランは草を抜き取った。花が傷んでもあまり気にしていないようだった。彼の膝がメイヤの膝に軽くあたった。太陽の光があたっているにもかかわらず、彼の肌は冷たかった。

「悲しんでた？」

「わたしの母さんは子供みたいな人なのよ。こっちが世話をしなくちゃならないの」

「でも、きみは今はカール＝ヨハンと一緒にいる。それとおれたちと」

メイヤはうつむき、草に向かって微笑んだ。

「きみはおれがまだ手に入れていないもののひとつだ」とヨーランは続けた。「ガールフレンドってことだけど。なんでも分かち合うことができる相手だ」

「だったら探したら？」

「おれにガールフレンドができると思うか？　おれみたいな見てくれのやつとつきあいたいと思うやつなんていないよ」

彼は皮膚の薄片を手のひらから剝がした。メイヤは見ていなかった。伸びをしたところで、アニタが砂利道を歩いてくる音が聞こえた。白い三つ編みが背中で跳ねていた。どこか厳しい顔で彼女はヨーランに言った。

「ここで何をしてるの？　ジャガイモ畑の世話に行ったんじゃなかったの？」

「ちょっと休んでただけだよ」

「そう」

彼は立ち上がると、ジーンズをはたいた。そして、まえ屈みになって歩きだす直前、秘密を共有するかのようにメイヤにウィンクしてみせた。アニタは手を差し出して、メイヤが立ち上がるのを助け、メイヤと並んでふたりで立った。その眼がまた温かくなっていた。

「メイヤ、わたしの息子たちがあなたのまわりを飛びまわってる。巣のまわりの蜂みたいに」

メイヤはそのことばにいささか面食らった。メイヤのそんな様子に気づいて、アニタは微笑みながら言い添えた。

「わたしも昔は若くて可愛かった、信じられないかもしれないけれど。だから、それがどんなものかはわかってる。注目されつづけるのって、時々うんざりするものよ」

「あなたは今もおきれいよ」

アニタは声をあげて笑った。その声が納屋にまで響き渡った。

「やさしいのね、メイヤ」笑いおえると、彼女はそう言った。「でも、うちの息子たちが少しでもあなたに迷惑をかけたら、すぐにわたしに知らせて。約束よ？」

「わかったわ」

＊

狂気が彼を怯えさせた。狂気を抑えることがいつかできなくなるのではないか、いつか狂気に自分を乗っ取られてしまうのではないか。彼の爪先は常にマーラヴェルタンの崖のふちから突き出ており、地の底が彼を呼んでいた。みぞおちのあたりに激しい恐怖を感じて、彼は目覚めた。

板張りの床に降り注ぐ陽の光の中、埃が宙を漂っていた。マントルピースの上のリナの笑顔は彼が坐っているソファからは歪んで見えた。彼は自分自身の姿を見た。泥だらけのジーンズに、肌に貼りついて強ばったシャツ、足元には汗染みのついた不ぞろいのソックス。灰皿が床から彼を嘲っていた。今、リナがここにはいってきたら、家をまちがえたと思って、戸口で引き返すだろう。その考えが彼を現実に引き戻した。

部屋を掃除するのには午前中いっぱいかかった。掃除機のクリーナーバッグふたつ分のゴミがゴミ箱に捨てられた。ひりひりするまで両手をきれいに洗い、頬のひげを剃った。久しぶりに剃った跡が痒《かゆ》かった。疲れきってシャワーを浴びて、キッチンのテーブルについた。濡れた髪が新聞の切り抜きの上にしずくを垂らした。ハンナ・ラーソンに関する最新記事の切り抜きだった。捜査は特に進展していなかった。アリエプローグ周辺の森の捜索はまだ続けられており、警察は住民に情報提供を呼びかけていたが、これまでと何も変わっていなかった。

ホルスターに収め、簞笥《たんす》の上に置かれた銃のメタルの輝きに眼が惹かれた。まるで彼に呼びかけているようだった。掃除は一時の気ばらしにはなった。が、彼の脳はまだ彼に安らぎを与えてはくれなかった。今はまだ。

上着が銃とラフロイグのボトルを隠してくれた。ガレージはまだ空のままなので、歩いて森に向かった。実際には、ミカエル・ヴァリウにはずっと眼をつけていた。だから彼の出没先など先刻承知だった。ヴァリウはめったに家を出ることはなく、仕事にも就いておらず、友人とも会っていなかったが。ヴァリウが外出するのは、釣りをするときとアルコールが必要になったときだけだった。

案の定、グリマストレスク湖の畔《ほとり》に彼を見つけた。釣竿を手に葦《あし》の茂みの中の岩の上に坐っていた。湖がまるで魔女の大釜のように見えるほど、濃い霧がそのまわりを覆っていた。向こう岸からは水遊びをしている子供たちの叫び声と笑い声が聞こえていた。ヴァリウは空いたほうの手でしきりと蚊を追い払っていた。Tシャツも着ておらず、背骨が魚の鱗のように青白い肌を中から突き上げていた。

レレは森の端でしばらく躊躇した。血管が脈打つ耳の中の音は蚊の飛ぶ音に掻き消されていたが、彼は蚊を追い払おうともしなかった。ハイデソウの茂みを掻き分けて進んだ。太腿にぶつかる銃が冷たく感じられた。

ヴァリウは彼が近づく音に気づいていなかった。レレが水の中に足を入れると、初めて振り向き、驚きのあまり釣竿を落とした。

「なんだよ?!」

レレは靴を脱ぐこともジーンズの裾をたくし上げることもしなかった。水を掻き分けて進み、岩場にたどり着くと、ヴァリウの隣りによじのぼった。ざらざらとした苔と鳥の糞が爪のあいだにはいった。タックルボックスの中にきらきらと輝くルアーと一緒に酒のハーフボトルがはいっていた。レレは湖の向こう岸を見渡し、子供たちからは葦の茂みの中が見えないことを確かめると、持ってきたウィスキーを取り出して言った。

「飲むか?」

ヴァリウは眼をぱちくりさせた。それでもそのウィスキーに手を伸ばすと、表情を変えることなく口いっぱいにふくんだ。

レレは努めて笑みを浮かべて言った。「そろそろ和解する頃合いだと思わないか、リナのためにも？」

「本気で言ってるの？」

「互いに争っていても得るものは何もない」

ヴァリウはボトルを返した。レレも飲んだ。ウィスキーが咽喉を焦がした。策略の汗が上着の下でちくちくして感じられた。

「彼女がいなくなっておれの人生は終わっちまった」とヴァリウは言った。「今のおれは生ける屍《しかばね》だよ」

レレはボトルをヴァリウの鼻先にやって言った。

「もっと飲め。楽になるから」

ヴァリウはさらに二口飲むと、手の甲で口元を拭い、横眼でレレを見ながら言った。「毒ははいってないよね？」

「そうすればよかったかな？」

ふたりはともに苦笑いをして眼を細め、水面《みなも》を見た。波の上で太陽が輝いていた。そうやってのんびりと高価なウィスキーのやりとりを続けた。レレの中ではアルコールが怒りに火を注いでいた。体の中で怒りが沸き立っていた。子供たちの笑い声も打ち寄せる波も怒りを増す要因にしかならなかった。彼の思いをさらにリナのもとへ運ぶ要因にしか。

「このまえの晩、きみの友達ふたりに会ったよ。グリマーズ・ヒルで」

「おれの友達に?」

「ああ。双子に。瓜ふたつだったな。きみと取引きをしてたんだって?」

ヴァリウの顎が強ばり、彼の手が釣竿を強く握りしめたのがレレには眼の隅に見えた。

「リングバーグのこと?」

「ああ、そんな名前だった。ヨナスとヨナのリングバーグ兄弟。きみのことをいろいろと話してくれた」

ヴァリウの首の血管が脈打っているのが見て取れた。「やっぱりあんたがここに来たのは和解するためじゃなかった」

「いや、和解するためさ」とレレは言って両手を上げた。「斧でも持ってきてるように見えるか? 争うためにきたんじゃない。真実を聞くためにきたんだ。きみから」

「真実ってなんの?」

レレは身を乗り出した。怒りが彼を突き動かしていた。彼に勇気を与えていた。「どうして連中はきみがリナを殺したことを認めたなんて言いふらしてるんだ?」

「知らないよ、そんなでたらめ」

「死体を捨てたとも連中に言ったんだってな。誰にも見つけられない場所に捨てたって」

ヴァリウは完全に自制心を失っていた。声が次第に大きくなった。「でたらめだ。おれはリナを傷つけたりなんかしてない。嘘じゃない」

レレはウィスキーのボトルを下に置くと、誰にも見られていないことをもう一度確かめた。そして、一連の動作ですばやくリヴォルヴァーをベルトから抜くと、銃口をヴァリウの胸に押しつけ、安全装置をはずした。ヴァリウの眼が恐怖でまんまるになった。釣竿が水の中に落ちて水面に浮かんだ。

「狂ってる！」

「ああ、そうとも。私は狂ってる。ここから生きて帰りたかったら、さっさと話すんだ」

「おれは何もしてない！」

「だったら、どうしてリングバーグはおまえが白状したなどと言ってる？」

ヴァリウは震えていた。リヴォルヴァーの銃口が彼の肌に赤い輪をつけていた。レレは憎しみが腹の底から苦い胆汁のように咽喉に込み上げるのを覚えた。それでも引き金に掛けた指は冷静だった。ヴァリウの体から力が抜けた。レレの眼のまえで全身が萎んだように見えた。

「リングバーグに何千クローナも借金があるんだ。だからあいつらはおれの家に押し入って、おれの家族から金を盗むと言っておれを脅したんだ。おれを殺すとも言った。それでおれはやけくそになった。あいつらに手を引かせたかった。おれがあいつらを恐れてるように、あいつらにもおれを恐れさせたかったんだ」

　そこまで一気に言うと、ヴァリウはすすり泣きはじめ、息をつまらせ、喘いだ。歯がかたかた鳴っていた。関節が震えていた。

　レレは銃をおろした。もう銃は必要なかった。

「恥ずかしいことをしたよ。ほんとに」とヴァリウは言った。「でも、自分がやったなんて言ったのは、何もかもどうでもよくなったからだ。それに弱かったからだ。クソ弱かったからだ。リングバーグに嘘をついたのは、おれがやったって言えば、あいつらがおれを怖がって手を引くんじゃないかと思ったからだ。人を殺すだけの度胸がおれにあることがわかれば、あいつらもおれの家には押し入ったりしないだろうって思ったからだ。おれを放っておいてくれるだろうって。でも、それがうまくいったんだ！　そのあとはあいつらもおれを放っておいてくれたんだから！」

　レレは自分の体が上下に揺れているような気がした。この世界の足場をすべて失ったような気がした。顔をヴァリウに近づけて彼は言った。「確認させてくれ。おまえはあのクソ密売人を恐れさせるために、私の娘を利用した。自分が殺したと言った。そういうことなんだな？」

　ヴァリウはしゃがみ込んだままひたすら泣きつづけた。

　レレは怒りを抱え込み、その怒りが体に満ちるままに任せた。すると背すじが寒くなった。

こんな馬鹿げた言いわけを真に受けるなどできるわけがなかった。銃が手の中で揺れていた。彼はその銃をすすり泣いている少年に向けて額に押しつけている自分を思い描いた。バンという銃声に驚いて木々から鳥が飛び立ち、子供たちの笑い声が聞こえなくなる。そのさまを思い描いた。レレには感じることさえできた。ハッサンが彼に手錠をかけるときの鉄の冷たさを。彼を連行するときにバックミラーに映るハッサンのがっかりした表情を。あんたは常軌を逸している。ハッサンはそう言っていた。たぶんそうなのだろう。

リナの声が彼を正気に戻した。彼女が水ぎわに立ち、銃を置くよう彼に訴えていた。レレは彼女に従い、岩場からすべり降りると、水の中を湖の畔のリナの声のしたほうに向かって歩いた。ヴァリウが彼に向かって何か叫んだ。が、なんと言ったのかはわからなかった。振り向きたくなかった。振り向けなかった。自分がもう少しでしてしまいそうになったことを思うと、その恐怖に押しつぶされそうになった。気づくと、森の中を走っていた。そうして彼は湖から、ヴァリウから、逃げた。狂気から逃げた。

トウヒの木々が生えるあたりまでたどり着いたときには、震えがあまりにひどくなり、立ち止まらなければならなくなった。木々のあいだに屈み込んだ。森がまわりで揺れていた。しがみつくものを手探りで探し、苔の上に体を投げ出して恐怖を吐いた。何も出なくなるまで吐いて泣いた。自分が年老いたうつろな抜け殻にしか感じられなかった。ふらつく足で樺の木々の中にはいった。暖かな陽の光が注ぎ、下生えは彼の太腿のあたりまで丈があった。

彼はまた地面にへたり込んだ。もう二度と起き上がれないのではないか。そう思った。

*

自分が何かから遠ざけられていることはメイヤにもわかっていた。家族のあいだにだけ存在する何か。それには彼女はまだ加えてもらうことができないでいた。もしかしたら、決して加えてもらえないのかもしれないが、彼女としては加えてもらえることを祈り、ただ待つしかなかった。カール－ヨハンも話してくれないだろう。それはビルイェルの役目だからだ。

ある朝、彼女が鶏小屋から出てくると、ビルイェルがいきなり現われた。彼女は直感した。そのときが来たと。

「卵は産んでなかった？」

「ええ、今朝は」

「鶏たちが怠けはじめたんじゃないといいんだがね」

「そんなことはないと思います。食べきれないくらい産んでくれてるじゃないですか」

「そこが肝心なところだ。われわれは常に食べられる以上のものを確保していなければならない。緊急時に備えてね」

メイヤは砂利道の上に伸びるふたりの長く細い影を見た。その影がなぜか別世界のもののように見えた。

「小さい頃、わたしの家には食べものがなかったんです」と彼女は言った。「空っぽの食糧貯蔵庫ほど最悪なものはないわ」

「ああ、きみの言うとおりだ、メイヤ。腹が鳴って眠れなかったことは思い出したくもないくらい私にもあるよ。それでも、食べものがないということがどれほど絶望的なことか、それをきちんと理解している現代人は少ない。現代人の大半がそういうことを経験したことがないからだ。現代人の大半が常に豊かに暮らすことができるという幻想を自分自身に信じ込ませている」

ビルイェルは立ち止まると、彼女を見て言った。「きみにうちの貯蔵庫を見てもらう頃合いだな」

「貯蔵庫ならもう見たけど」

彼はただにやりとしただけで何も言わず、母屋に背を向けて歩きはじめた。そして森にはいると、トウヒの枝が低く垂れ下がる森のさらに奥へと彼女を案内した。メイヤはビルイェルがその年齢にもかかわらず、軽々と動くさまに驚いた。茂みがからまり合ったところまで来て、ふたりは立ち止まった。ビルイェルが落ちている小枝や松葉を足で掻き分けると、ハッチが現われた。メイヤは彼のそばに立ったまま息を殺して、彼が地面にひざまずいてハッチを開けるのを見た。梯子《はしご》が底の見えない地下の暗闇に続いていた。ビルイェルは穴のふちに腰かけ、両脚を伸ばして中に降りた。そして、あとについてくるように彼女に言った。が、メイヤは大きく口を開いた穴の脇で立ちすくんでいた。

「狭い場所は苦手なの」

彼は笑って言った。「降りるとわかるよ。狭くなんかないから」

髪の薄くなった彼の頭頂部しか見えなくなった。彼女はあたりを見まわし、闇の中、窓から暖かな光を発している母屋を見た。カール゠ヨハンが母屋から出てきてくれたら、来るように声をかけるのに。彼が一緒なら、思いきって中にはいれるのに。彼が近くにいてくれれば何も怖くないのに。

「来るんだ、メイヤ!」ビルイェルが底なしの穴の中から呼ばわった。「来て、これを見てくれ」

メイヤはゆっくり片足を梯子の一番上の段に置き、次にもう一方の足を置いた。手が震えていた。梯子の段がいつまでも続き、永遠に終わらないような気がした。じめじめして冷たい空気と湿った地面のにおいが彼女の肺を満たした。下ではビルイェルが半分開いた扉の脇に立っていた。暖かい蜂蜜色の明かりが扉の隙間から洩れ、分厚い眼鏡の奥の彼の眼が光っていた。

「心の準備だ、メイヤ」

トルビョルンと彼のポルノコレクションが彼女の頭をよぎった。その瞬間、扉が大きく開かれた。息ができなくなった。ここには充分な酸素がある。メイヤは必死になって自分自身にそう言い聞かせた。めまいがした。

それでもなんとか扉の向こうを見た。そこは広く、体育館のように天井も高く、窓がないのに充分な明かりに照らされていた。あらゆる色の取り合わせのラッグラグが木の床の四方八方を覆い、広いスペースに命を吹き込んでいた。壁には床から天井まで分厚い棚が設えられ、食べものの缶詰にブリキ製の容器、きれいにラベリングされた保存食品の瓶がずらりと並んでいた。石油ランプと石油ストーヴ、電池が並ぶ長い列があり、床には水を入れた大きなプラスティック容器がいくつも置かれていた。さらに、三組の二段ベッドが寝袋とともに壁に沿って備えつけられ、あらゆるサイズの服がハンガーに掛けられ、靴や分厚い冬用の帽子と手袋とともに用意されていた。フックに掛けられた十個のガスマスクが彼女を見つめていた。救急箱が三つ、プラスティック製の薬箱と分厚い包帯のロールの横に置かれていた。ほかにも松葉杖《づえ》に車椅子まであった。

さらに武器も。ライフルが十挺《ちょう》、銃身を上に向けて置かれ、小型小銃もあり、光り輝く銃弾を詰めた数百もの茶色いボール箱が、鋭い輝きを放つナイフや斧やそのほかさまざまな道具の横のスペースを占めていた。

ビルイェルはそれぞれを指差しながら説明を始めた。少なくとも一年分の食料と水が確保してあり、電池と太陽光発電の両方で使えるラジオとランプがあった。石油や薪、そのほかの燃料は必要とあらば数回の冬を越せるだけの備蓄があった。

「なんであれ、誰であれ、われわれを攻撃することはできない」と彼は言った。「われわれはあらゆるものに備えている」

そんな説明をするビルイェルを見ていると、メイヤにはシリヤがある夏、ゴットランド島で誘惑しようとしたカソリック司祭のことが思い出された。地上のあらゆる欲望より神を選び、飲食と睡眠と肉欲を自らに禁じたその人物は、信念に満ちあふれた声をしていた。食前の祈りも長く、その眼は常に信仰心に輝いていた。彼の信仰心はまるで周囲に感染するかのようで、メイヤさえその司祭のようになりたいと思ったほどだ。神について語るときの司祭の唇の震えは今でもよく覚えている。ラテン語での詠唱の際に棚に置かれる磁器がたてるチリンチリンという音も。そんなとき自分にも何か強い体験ができたら、と思ったものだ。何かを心から信じることができたら、と。自分の毛穴からにじみ出て、まわりのみんなに影響を与えられるような何かを信じられたら、と。ビルイェルがそれと似た何かに満ちあふれていること、あまつさえその信念に溺れていることは明らかだった。人工的な光が彼の白い髪を金色に染め、彼をまるで天使のように見せていた。顔にはしわが刻まれ、肌は青ざめ、たるんでいても、彼のまわりには異界のオーラ――彼女の肺に作用して息をできなくさせるほどの何か――が漂っていた。

「社会には民間防衛も緊急時の食料もそれほど長く提供することはできないが、われわれにはできる。メイヤ、ここにわれわれと一緒にいれば、きみは安全だ。決して飢えることはない」

＊

どう考えてもやりすぎだった。レレは常軌を逸していた。村に向かって走りながら、引き金にかけた指の強ばりがまだ感じられた。あのときはほんとうに撃ちたいと思った。最悪な選択であることはわかっていたが、それでも撃ってすべてを終わりにしたかった。銃をまずヴァリウに、次に自分に向けて。二発。以上。それですべて終わる。

ハッサンの家に行くと、ハッサンは花壇に膝をついて何か作業をしていた。脇には雑草が山のように積まれ、開いた窓からクラシックの弦楽器の曲が聞こえていた。近くのベンチの上には、グラスの底にオリーヴを沈めたマティーニが置かれ、カクテルシェーカーが陽の光を浴びて光っていた。

レレは草の山の上に銃をそっと置いた。まるで銃が生きものであるかのように。ハッサンは立ち上がると、ガーデニング用の手袋をつけたままズボンの土を払った。

「なんなんだ、これは？」

「預かってほしい」

「あんたのか？」

「登録はしてない。もしそういうことを言ってるのなら」

ハッサンは手袋をした手で銃を取り上げると調べた。

「あんたがこれでまだ誰も撃ってないことを願うよ」

「だからあんたに預かってほしいんだ。誰かを撃ってしまうまえに」

＊

シリヤがメイヤに連絡を取るには固定電話にかけるしかなく、彼女は昼も夜もかけてきた。そして、その大半がトルビョルンのところに帰ってくるようメイヤを説得する電話だった。

「あの行方不明になった女の子のせいでね。あの人、それで心配してるのよ。だからあんたに眼の届くところにいてもらいたがってるのよ」

「わたしは母さんと一緒にいるよりここにいるほうが安全よ」

「どうしてあんたはわたしにこういつもいつも反抗的なのか。わたしには理解できない」

シリヤが心配していることについてメイヤはビルイェルに話した。彼はただ笑みを浮かべてこう言った。

「メディアは人々を脅かすためならなんだってする。些細なことをさも重要なことのように話す。行方不明の少女のこともただのたわごとだ。子供が誰にも行き先を告げずにただふらふらしているだけのことだ。新聞が大騒ぎするようなことじゃない。よくあることだ。アニタと私も若い頃は同じことをしていた。それで何も問題はなかった。ふらふらしていて、むしろいいことのほうが多かった」

そうは言いながらも、彼も子供たちが夜に車で外出することは認めなかった。ただ、その理由はスワルトリーデンの門の外では腐敗と不幸が支配し、そんなものと関わりを持つべきではないというものだったが。いずれにしろ、カール－ヨハンらの抗議もあえなく、ビルイェルは車のキーを自分の部屋の書きもの机にしまって、鍵までかけた。

スワルトリーデンにはテレビがなかった。カール－ヨハンはその理由を知らず、ただ以前からなかったと言うだけだった。メイヤはビルイェルには訊きたくなかった。また新たな講義が始まるきっかけを自分からつくる気はなかった。コンピューターはあったが、ビルイェルがその使用を厳しく管理しており、メイヤがフェイスブックをチェックしようとすると、ひどく腹を立てた。

「いい加減そういった甘い考えを捨てるんだ、メイヤ。ソーシャルメディアは監視のための道具でしかないんだぞ！」

彼らはかわりにポッドキャストを聞いた。ビルイェルのお気に入りは、政府の組織的腐敗を見抜く識見があると自ら主張している米空軍の軍人、ジャック・ジョーンズという人物だった。

夜になると、みんなで居間に集まった。ビルイェルは肘掛椅子に坐り、祈りを捧《ささ》げるように手を膝の上で組んだ。アニタはいつも何か編みものをした。まるで無言の戦いを繰り広げているかのような、忙しくリズミカルな編み針の音をたてながら。ヨーランとパールはソファに横になり、クッションと肘掛に手足をのせた。メイヤとカール－ヨハンは、暖炉のまえに敷かれたトナカイの革の敷物の上で、もっぱらふたりだけの世界にひたった。メイヤは暖炉の熱に赤く染められた彼の頰を眺めるのが好きだった。彼の眼の中で躍る暖炉の炎を見るのも。そんな彼女にとっては、ポッドキャストもそのほかのことも自分たちの舞台の背後を流れる雑音でしかなく、そうしていると、ほんとうに暖炉のそばには自分たちふたりしかいないように感じられた。

ある夜、ジャック・ジョーンズが終わると、ビルイェルが口を開き、全員の注目を求めてからメイヤに尋ねた。

「メイヤ、アニタと私がどうやって知り合ったかわかるかね？」

息子たちはうんざりしたような声をあげ、ため息をついた。それでもビルイェルはやめなかった。自分から何か話そうとするとき、ビルイェルの顔は決まって震えた。ほとんど誰も気づかないほどの小さな震えだが。メイヤはラッグラグの上で姿勢を正した。彼がいつもなにより求めたがるのは彼女の関心だった。

「どうやって出会ったんですか？」

「そう、実は昔、私たちはきょうだいだったんだ。兄と妹だったんだ」

「ビルイェル、ほんとうに？」

アニタの編み針が止まり、一瞬ののち、みんなが笑った。メイヤはカール-ヨハンの顔を見た。朱に染まっていた。

「もちろん、生物学上の兄妹じゃない」とビルイェルは続けた。「だけど、十代の頃、私たちは同じ里親の家で暮らしていて、兄と妹のように振る舞うよう言われてたんだよ。ところが、彼女に会うや」彼はアニタを指し示した。「そんなことにはならないことが私には即座にわかった。彼女は古風なタイプの美人だった。きみのようにね、メイヤ。意識せずとも、どんな冷淡な男でも振り向かせてしまう、典型的な妖しい魅力《ファム・ファタール》を持った女性だった」

編みものを手にアニタは顔を赤らめた。

「だから当然のごとく、里親の父親も彼女が好きになってしまった。幸いなことに狭い家だったんでね。どんなことも筒抜けだったから、その里親の父親も言い逃れはできなかった。私が洗濯室で捕まえたとき、あの男は彼女のスカートの中に手を入れようと……」

「ビルイェル！」とアニタが大きな声をあげた。彼女の手の中の編み針の動きがより速くなった。っていた。クレッシェンドを奏でるように。

ビルイェルはそんな彼女の肩に手を置いて続けた。「私は父親を殴った。父親は倒れて頭を乾燥機にぶつけた。私たちは彼が死んだと思い、荷物をまとめて逃げ出した。警察を避け、自分の面倒は自分で見た。そのとき私は十七歳、アニタは十六歳。世界にたったふたりきりだった。でも、そのあと十年かけて、この土地を買うための金を貯《た》めた。それからのことはもうきみも知ってのとおりだ」

そう言うと、ビルイェルは椅子から身を乗り出してメイヤとカール-ヨハンをじっと見た。そして、顎を突き出すようにして笑った。「人生で成功するために必要なのは真のパートナーだ。すべてを分かち合える相手だ。真のパートナーを手に入れることができれば、なんだってできる。私たちのようにね」

メイヤはシリヤのことを思った。いつも愛を求めながら、シリヤには愛をしっかりつなぎとめておくことができない。求めては裏切られ、また孤独になる。トラブル続きの不幸な人生。メイヤはカール-ヨハンの肩に頭を預け、自分は絶対シリヤのようにはならないと心に誓った。カール-ヨハンの愛を手放すつもりなど金輪際なかった。

＊

彼が見つけるのはいつも水底に横たわっているリナの姿だった。黒い水面の下、冷たく青白く横たわっている姿だった。陸に引き揚げると、彼女の痩せた体はふくれていた。常に変わらない手順。ジャンパーを脱いで、彼女の濡れた体を覆う。それでも水が彼女の頭皮から、口から、眼窩《がんか》から、流れつづける。レレは水が洩れないように穴を手で押さえようとするのだが、どうにもならない。雪解け水で増水した川のように、水はリナの体からとめどなく流れ出す。その水に押し流されるようにリナは彼から離れていく。そこで必ず眼が覚め、まわりのシーツが汗でじっとりと湿っていることに気づく……

彼を夢から引き戻したのは雷鳴だった。稲光の中、レレは傷だらけの自分を見た。夜に森の中で負った傷や痣《あざ》、蚊にさされた踝《くるぶし》と髪の生えぎわの腫れ、寝ているあいだに掻きむしったせいで出た血を見た。全身が痒かった。悪臭も放っていた。

シャワーを浴びていると、前日の記憶が甦ってきた。銃をミカエル・ヴァリウの胸に押しあて、今にも引き金を引きそうになったことを思い出した。熱い湯を浴びながら、そのときの様子を思い出すと体が震えた。タイルに体を預け、レレはこらえきれずにすすり泣いた。

そのまま泣きつづけていると、突然停電になった。体から水をしたたらせながら、キッチンまで手探りでろうそくを探しにいった。やっとろうそくを見つけたところで、携帯電話が鳴った。

いつものように、アネッテのハスキーな声が腹の底に響いた。「家の電話にかけたんだけど、誰も出ないから」

「シャワーを浴びてたんだ」

「そう」

重い沈黙が流れた。悪い予感がした。レレは空いているほうの手で、ろうそくに火をつけ、テーブルまで歩いて腰かけた。彼女の息づかいが聞こえた。

「言わなきゃならないことがあって電話をしたの。驚かせることになるかもしれないけど。わたし自身驚いたわ。もう歳を取りすぎてると思ってたから、でも、どうやら……」

「はっきり言ってくれ」

「妊娠したみたい」

耳をつんざくような雷の音が彼女のことばをひずませた。レレは携帯電話を耳に強く押しあて、訊き返した。「今、なんて言ったんだ？」

「妊娠したのよ。トマスとわたしに子供ができたの」

「きみとトマスに子供ができた？」

「そう」

レレは笑った。少しも可笑しくはなかったが。稲光が彼のまわりを照らし、リナの椅子の上に揺らめく影を投げかけた。彼は書斎のほうに眼をやった。明かりの中、ドアが少し開いているのが見えた。あそこでアネッテと愛を交わしたのはどれくらいまえのことだったか？

「トマスの子供だというのはまちがいないのか？」

「もちろん」

「おれの記憶にまちがいがなければ、おれたちも……」

「すべて終わったのよ、レレ。あの日のことは関係ないわ」

「そうか、わかった」

ろうそくが揺らめき、何かの影が壁をよぎった。

「リナはどうなる？」

「どういう意味？」

「きみにはすでに子供がいる。三年間行方不明になったままの子供だ。おれたちのエネルギーはあの子を捜すために費やされるべきなんじゃないのか、ちがうか？　それとも、こうしてきみだけさきに進んで、あの子のかわりの新しい子供をもうけようというのか？」

電話の向こうからアネッテが声を震わせながら言った。

「いつかこのことを喜んでくれる日が来ることを願うわ。あなたが正気に戻ったときに」

その日の午前中遅く、車が戻ってきた。ハッサンは申しわけなさそうに鍵をレレに渡して、人間の血は見つからなかったと言った。レレとしてもこれ以上ことを複雑にしたくなかった。ただ、すぐにリナの探索に戻りたかった。

直ちに出発した。窓を閉めたまま煙草を吸ったため、車内には煙が立ち込め、灰がダッシュボードやカップホルダーの上で渦を巻いていた。レレは気にしなかった。その昔、アネッテが彼に妊娠を告げたときのことが思い出された。あのとき彼女はどれほど何も言ってくれなかったか。ふたりはちょうど一緒に住みはじめたばかりで、彼は朝食にパンを買ってきて、卵を茹でていた。アネッテは、疲れきっていて、レレが起こすと、卵のにおいが気持ち悪いと文句を言った。卵はもともと好きだったのに。ガウンのまま席につくと、今度はコーヒーのにおいが気持ち悪いと言った。レレは一緒に暮らしはじめたのは時期尚早だったのではないかと心配になった。彼女は頭だけバルコニーのドアから出して立っていた。レレはうしろからそっと近づき、彼女のガウンの中に手を入れ、その手で彼女の右の乳房を覆った。ただふざけただけで、無理やり迫ったわけでも、激しく求めたわけでもなかった。にもかかわらず、アネッテはまるでナイフに刺されでもしたかのような金切り声をあげ、やがて泣きはじめた。その涙のわけを聞き、レレは彼女が月曜日に中絶することを考えていることを知った。そのとき彼女に地元の医者の診断書を掲げられ、そうして知ったのだった。

彼は自分も一緒に病院に行くと言い張った。なにより彼女と一緒にいたかった。車の中のアネッテは紅《あか》い一本の線のように唇を固く結び、車外を過ぎ去る樅の木をじっと見つめていた。今はひとことも話したくないのだと言わんばかりに。フロストコージュで、彼女は気分が悪いと訴え、車から降りて吐いた。彼女が吐いているあいだ、レレは煙草を吸っていた。

「それで父親になる準備ができてるつもり?」彼女は嘲るようにそう言った。「煙突みたいに煙を吐き出して」

「きみが中絶をやめてくれるなら、煙草は今すぐにでもやめる」

彼はそう言って煙草を差し出した。彼女は立ち上がると、彼のほうに歩いてきた。顎にはまだ吐物がついていた。彼女はレレのすぐ近くまで来て立ち止まった。煙草が彼女の鼻の先に触れそうだった。ふたりは怒ったように互いに見つめ合った。ようやく口元を拭い、肩の力を抜いてアネッテが言った。

「煙草を消して。家に帰りたい」

その日から十七年、彼は一度も煙草を吸わなかった。が、今は——。灰を毛布のように膝に積もらせて運転席に坐っていた。あの書斎での朝から何週間経っているのか、考えようとした。が、できなかった。覚えているのはそのあとアネッテがスクランブルエッグをつくってくれたことだけだ。彼女はほんとうに卵が好きだった。窓を開け、吸いかけの煙草を道路に捨てた。さらに煙草の箱を手に取って、同じ方向に投げ捨てた。アネッテはなんとでも言うだろう。それでも彼には自分の子供だということがわかっていた。

第二部

静寂は暗闇より悪かった。風の音も雨の音も鳥のさえずりも聞こえない。足音も声も。まるで外には世界が存在しないかのようだ。彼女は壁に耳を押しあて、耳をすました。聞こえるのは自分の鼓動だけだった。薄明かりの中、腕の引っ掻《か》き傷がさらに深くなったように見えた。あちこちにあった古傷は黄色くなり、時間とともに消えていた。もう闘うのはやめていた。もうどうでもよかった。血管がたるんだ皮膚の下でふくらんでいた。まるで彼女が急に老けたかのように。まるで命が中から沁《し》み出しているかのように。

天井からぶら下がっている裸電球が壁に彼女の影を映していた。気がつくと、ベッドからその影に向かって手を振っていた。背が高く、痩せた影が手を振り返してきた。そうやって孤独と闘った。

その部屋は完全な正方形で、まるで四角い箱の中にいるようだった。ひとつの壁に沿って簡易ベッドと手をつけていない食べもの――ラップにくるまれたチーズサンドウィッチとフラスクに入れたスープ――がのっているサイドテーブルが置かれていた。空腹に耐えられなくなり、スープのにおいを嗅いでみた。が、口にふくむなり、吐いてしまった。体が拒絶していた。肉体もまた監禁に抗議していた。

反対側の壁には、金属製のドアの脇に、トイレ用のバケツがひとつと、水のはいったバケツがもうひとつ置かれていた。彼女はそのどちらもできるだけ使うことを避けていた。小便をしなくていいように、少ししか食べなかった。体を洗う気力などそもそもなかった。髪の毛は肩の上でからみ合って房になり、枕に脂っぽい跡を残した。慣れてしまったのか、自分ではわからなかったが、悪臭を放っているのはまちがいなかった。むしろそうであることを願った。そうであってくれれば、あの男に触れられなくてすむかもしれない。

彼女は眠ることで闇をやり過ごそうとした。落ち着かなくなると、足が痛くなるまで歩きまわった。拳で壁を叩《たた》いては空洞の部分を探したりもした。自分の息づかい以外の音に耳をすましたりもした。存在しない音にも耳をすまさずにはいられなかった。自然光のないところで時間を計ることはむずかしい。ただ過ぎ去っていることしかわからない。睡眠と運動と耳をすます時間、それにただドアを見つめる時間が過ぎ去っていることしか。乾いた自分の血がライトグレーの金属に浮かぶ錆《さび》のように見えた。ドアを叩いたのはずいぶんまえのことだが、指の皮が剝《む》けたところの赤みがいつまでも取れなかった。閉ざされた空間と薄明かりの中では傷が癒されることがないかのように。男は絆創膏《ばんそうこう》を貼ろうと言ったが、彼女は壁のほうを向いて体をボールのように丸めた。針を立てたハリネズミさながら。なにより男に触られたくなかった。

＊

レレはうつむいた生徒たちの頭を見ながらコーヒーを一口飲んだ。聞こえるのは鉛筆がこすれる音だけだった。たえず髪を顔から掻き上げている男子生徒の数を見るかぎり、長髪が流行《はや》りなのだろう。女生徒はさらに個性的だった。髪の一部をピンクで強調している女子もいれば、耳の上に広い剃《そ》り込みを入れている女子もいた。彼らは驚くほど若くて健康的で、そして退屈していた。

リナは今や彼らより年上になっていた。もうすぐ二十歳になる。それが彼には想像できなかった。いろんな国に行ってみたい。彼女はよくそう言っていた。タイ、スペイン、アメリカ。オペア（注、家事やベビーシッターをするかわりに滞在先の家族から報酬をもらって生活する留学制度のこと）を利用して働きたいと言っていた。

きみは子供の世話とはどういうことなのか知ってるのか？

どれほど大変なのか？

そう言いながらも、レレはオペアを利用して外国に行ったリナを空想するのが好きだった。アメリカ人の子供たちを車のうしろの座席に乗せて、カリフォルニアのハイウェーを運転しているリナのことを。行方不明になどなっていない彼女のことを。

夜の闇が戻り、またひとつ夏が過ぎた。近頃は秋学期が死刑宣告のように思える。彼に捜索をあきらめさせ、教壇のまえに坐《すわ》らせておくための。新しい生徒たちも彼が何者なのか知っており、彼らは憧憬と同情の入り交じった眼《め》で彼を見た。生徒のそんな眼を見ると、レレは胃がよじれそうになった。彼らは決して彼に質問をしてこなかった。彼も新しいクラスで自己紹介をするとき、リナのことにはいっさい触れなかった。どちらにしろ、彼らは知っているのだから。グリマストレスクの誰もが知っているのだから。彼らもまた恐れているのだ。だから新入生もその恐怖とともに生きるしかなかった。みなひとりでは外を出歩かず、常に警戒することを教わっていた。レレは疑っていた。バス停に立って、時間どおりに来ないバスを待つ者が彼らの中にひとりでもいるのだろうか。彼らの親はレレの悲劇から学んでいた。レレと同じまちがいだけは犯すまいとしていた。親にしてみれば、ハンナ・ラーソンの失踪は恐怖を煽《あお》るもの以外の何物でもなかった。また最悪の事態になるのではないかと誰もが恐れ、子供たちをそばに置くことの大切さを改めて思い起こしていた。こんなグリマストレスクのような狭い地域社会なのに。

レレにしてみれば、子供たちのほうが親より扱いやすかった。彼らは授業が終わると、レレのまえを背中を丸めて素通りして、ただドアから出ていくだけだった。そうして生徒が去ったあとの静けさの中、彼はしばらくただひとり坐っていることが多かった。緊張した面持ちで空《むな》しい善意のことばをかけてくる同僚のいる職員室に、すぐには戻りたくなくて。

大きな笑い声にびくっとなり、レレはコーヒーマシンのあるところに直行した。コーヒーをマグカップに注《つ》ぐと、ミルクも砂糖もはいっていないコーヒーを掻き混ぜた。磁器と金属がたてる乾いた音の背後に隠れ、ブラインドの隙間から、黄色い葉を落としはじめている樺《かば》の木を見た。水たまりにはみるからに儚《はかな》そうに見える薄氷が張っていた。

社会科の教師のひとり、クレス・フォルスフェルがやってきて隣りに立つと、ヘラジカ狩りについて話しはじめた。

レレは半ば義務的に聞いた。ただ、視線は外の氷の張った水たまりから離さなかった。フォルスフェルに体を寄せられ、肩に手を置かれると、バナナとリコリスののど飴《あめ》のにおいがして気分が悪くなった。

「もちろん、森に行くときにはいつもきみの娘さんのことを考えてる」

レレはフォルスフェルの生気のない顔に視線を移した。背すじに震えが走った。「どうして娘が森にいると思うんだ?」

フォルスフェルは口をつぐんだ。ネクタイの上の顔が赤くなった。「そういう意味じゃない。ただ彼女のことを考えていると言いたかったんだ。いつも注意してるって」

レレはうなだれた。どういうわけか突然、靴の下の床の硬さが意識された。それとまっすぐ立とうとしているために足にかかる体の重さも。

「ありがとう」と彼は言った。「嬉《うれ》しいよ」

フォルスフェルはレレから離れると、別の教師たち――脚を組んでリラックスすることができ、会話のしかたもちゃんと心得ている教師たち――のそばに腰をおろした。アネッテもいた。木製の椅子のひとつに坐り、グループの中で話すときの癖で腕を振りながら話していた。ジーンズを穿《は》き、ぴったりとした黒いジャンパーを着ていたので、腹の小さなふくらみは見逃しようがなかった。レレは脚がゼリーみたいになり、思わず窓敷居に手をついた。コーヒーが床にこぼれた。そんな気配に同僚たちが同情するように彼に眼を向けてきた。振り向いた彼らのシャツやブラウスのこすれる音がした。急いで立ち去ろうとすると、足元の床が揺れた。彼らが彼に向かって叫んでいる声が聞こえたような気がした。気の毒に！　どうやって対処してるんだろう？

男が来るときのまえぶれは何もなかった。蝶番《ちょうつがい》が軋《きし》む音とドアがトイレ用のバケツにぶつかる音がいきなりするだけだった。明かりが消えているときには、男はコードを引っぱって明かりをつけ、彼女の顔をのぞき込んだ。寝たふりをして眼をつぶっていても、瞼《まぶた》越しに眼を見られているような気がした。彼女が生きていることが確かめられると、男はたいていバケツを持って出ていく。そんなとき一瞬、男の向こうに階段が見えたが、陽《ひ》の光は見えなかった。男が黒ずんだ小便をバケツから捨て、もうひとつのバケツに新しい水を入れて出ていくと、セメントの上に黒い水たまりができた。

ドアには自動的に鍵がかかるようで、鍵を閉める音を聞いたことはなかった。初めの頃、まだ体力があった頃には、男がバケツを持ってはいってきたときに襲いかかろうとしたこともあった。ドアの近くに立ち、男が戸口からはいってくると同時に飛びかかった。水がそこらじゅうに飛び散った。男は彼女を殴り、金属製のバケツで彼女の背中を思いきり打ちすえた。そのあとしばらくは立っていられなくなるほどひどく。それから抱え上げられ、簡易ベッドに寝かされ、気持ちの悪い手で撫《な》でられた。それでも拒むことはできなかった。男は処分するまえに家畜を宥《なだ》めるように彼女をやさしく愛撫《あいぶ》した。

顔にかぶった目出し帽の穴から見える男の眼は、黒い生地とは対照的に淡いブルーだった。髪は見たことがなく、もしかしたら髪はないのではないかと思っていた。目出し帽の下の頭は不恰好《ぶかっこう》なスキンヘッドなのではないのかと。

年齢を判断するのはむずかしかった。彼女の父親よりは若いと思ったが、確信はなかった。男はその小さな部屋を支配していた。剝き出しのコンクリートを背に、男がドアの近くに立つと、のしかかってくるように大きく見えた。ただ、男が外の世界でもほんとうに大きいのかどうかはわからなかったが。分厚い作業用のブーツを履いているにもかかわらず、その動きは軽やかで、いつも走ってくるのか、常に酸っぱい汗のにおいがした。声はビロードのようになめらかで低く、腹から押し出すような声だった。

「どうして食べない？」

男は手をつけていない食べものを苛立《いらだ》たしげに集めると、まだ湯気を立てている野菜ややかな色の肉と入れ替えた。彼女はすぐに吐き気に襲われた。空腹なのに。彼女の胃はぽっかりと口を開けた穴だった。

「食べられない。食べてもすぐに吐いてしまう」

「何か欲しいものはあるか？　好きなものとか」

男が努めてやさしく話そうとしているのが彼女にもわかった。取り繕ったその声の下では怒りが震えていたが。

「新鮮な空気が吸いたい。少しの時間でいいから。お願い!」

「その話はもうするな」

男は水筒を開けると、蓋に中身を注いで彼女に手渡した。かさついた唇に湯気がやさしく感じられた。フルーツのような甘い香りがした。

「ローズヒップスープだ」と男は言った。「少し飲めば気分もよくなる」

彼女は口元まで水筒の蓋を持ち上げて飲むふりをしながら、視線を男のブーツに向けた。黄色い葉がついていた。

「外はもう秋なの?」

男は明らかに表情を強《こわ》ばらせ、そのままドアに向かった。

「戻ってくるまでに食べておけ」

*

「きみが妊娠した夢を見た」

カール-ヨハンはメイヤから離れると言った。メイヤはベッドに横たわっていた。ベッドは汗で湿っていた。メイヤはベッドカヴァーを押しやり、ベッドを出て言った。

「なんだか悪夢を見たみたいな言い方ね」

「きみはきれいだった。お腹《なか》が大きくても！」

メイヤはバスルームにはいり、彼が追ってこないようにドアを閉めた。そして、歯を磨き、髪を整えるとマスカラを塗った。時間がないのでそれ以上のことはできなかった。バスルームから出ると、カール－ヨハンはまだベッドに横たわったままにやにやしていた。彼女はベッドに近づくと、彼に体を寄せて唇を重ねた。彼の体から放射される温《ぬく》もりが感じられた。彼は両手を伸ばすと、彼女を引き寄せてベッドに倒した。

「ほんとうに行かなきゃ駄目なのかい？　もっとぼくと一緒にいられないの？」

彼はメイヤをきつく抱きしめると、両手で彼女の髪の毛をくしゃくしゃにした。

メイヤは体をよじって離れると怒って言った。「どうして髪を滅茶苦茶《めちゃくちゃ》にするの？」

「なんで気にするんだ？　誰のために着飾ってるんだよ？」

カール－ヨハンもビルイェル同様、彼女が高校に行くことが気に入らないのだった。彼も父親同様、通学は時間の無駄だと思っていた。メイヤは何度も説明しなければならなかった。高校を卒業してよりよい人生を送ることを自分に誓ったことを。少なくとも、シリヤよりよい人生を送ることを。メイヤを妊娠したときに学校を辞めたシリヤより。

「きみのお母さんはチャンスを逃したわけじゃない」とビルイェルは彼女に言った。「子供を産むというのは、欺瞞《ぎまん》に満ちた体制の言いなりになっている連中に洗脳されるよりはるかに大切なことだ」

あきらめるのは簡単だった。そもそも学校が好きなわけではなかったから。ひとつの場所に慣れるほど長く住んだことが彼女にはなかった。教室に居心地のよさを感じはじめると、必ず大きな鞄《かばん》に荷物が詰められ、廊下に置かれるのだ。シリヤは学期の途中だろうと気にしなかった。動くべきときが来たら動いた。だからメイヤは決意したのだ。シリヤとは異なる何者かになることを。自分自身になることを。

シルヴァーロードのバス停までは三キロあった。十一月になってもっと暗くなれば、歩くのも嫌になるぞ、とビルイェルは警告した。すでに充分暗かった。まわりの森は真っ黒な影の塊で、木々のあいだに何かが動くのを見ないようにするために、メイヤは砂利道だけを見て歩いた。門の錠前は暗証コードで開閉するようになっていたが、メイヤはその数字の組み合わせを暗記しなければならなかった。それを書きとめることは許されなかったのだ。あとになって、その数字はビルイェルの誕生日だとわかるのだが。静寂の中、門が金属的な音をたてて開いた。メイヤはうなじのあたりにビルイェルの視線を感じた。注意深く門を閉めると、悲しげなグレーの松や裸の樺の木の脇を走った。初霜はまだ降りていなかったが、地面は足元で湿っているようにも乾いているようにも聞こえる音をたてた。雪のにおいを嗅いだような気がした。

道路に出たときには咽喉《のど》がひりひりしていた。バスの運転手によく見えるよう、道の端から少し離れて立たなければならなかった。運転手は血色のいい小男で、フラスクからコーヒーを飲みながらいきなり話しかけてきた。ビルイェルのことを訊《き》かれているのはわかった。が、それ以外は何を訊かれているのか、メイヤにはまるで理解できなかった。

まわりの村から乗ってくる生徒たちでバスはすぐに満員になった。バスの中から家屋はほとんど見えず、木々のあいだに看板が見えるだけだった。生徒たちは道端に立って待っていた。みんなばら色の頬をして、冷たい外気に白い息を吐いていた。彼らが乗ってくると、メイヤは眼を閉じて、冷たいガラスに頭をもたせかけた。みんなの視線を感じた。瞼が彼らの好奇心で燃えるようだった。ただ、誰も話しかけてはこなかった。

タルバッカ高校はグリマストレスクにあり、校舎は学校というより倉庫のような一階建ての煉瓦《れんが》造りの建物だった。建てつけが悪く、窓から隙間風が吹き込むので、メイヤのクラスの生徒は大半がコートを着たまま授業を受けていた。スウィングドアの向こうにはグリーンのロッカーが並んでおり、メイヤはジャケットをそのロッカーのひとつの中のフックに掛けると、棚に沿って手を這《は》わせ、個包装の薬のシートを探した。そして、中から青い錠剤を取り出すと水なしで呑《の》み込んだ。ロッカーを閉めると、ピンクの髪をツンツンととがらせたクロウが立っていた。

「あんたの親はピルを飲んでるってこと知らないんじゃないの、ちがう？」

「今はカール - ヨハンのところに転がり込んでるの」

クロウは眼を大きく見開いた。「彼は知ってるの?」

メイヤは微笑《ほほえ》んだ。

「彼はわたしに妊娠してもらいたがってる」

*

ちょうどローズヒップのスープを飲み干すと、男がやってきた。冷たい空気と腐った葉っぱのにおいがした。秋のにおいが彼の服に染みつき、夏が終わったかどうか尋ねるまでもなかった。

「食べてくれて嬉しいよ」

男はミルクとシナモンパンを持ってきた。その香りがふたりのあいだに停戦状態をもたらした。

「しばらくここにいて」と彼女は言った。

男は体を強ばらせ、目出し帽の中で眼を注意深く動かした。そのあとその場に坐り込み、ドアに背中をもたれさせ、目出し帽の上から頬を掻いた。まるでその下にひげが隠されていて、それが痒《かゆ》いかのように。

彼女はパンが入れられた袋を男に返すとベッドに坐った。

「退屈なのよ。ひとりで食べるのは」

男はパンを手に取った。食べると黒いマスクが生き生きと動いた。彼女には一個のパンさえひとりでは食べきれなかった。体の中を這いまわる恐怖に咽喉を絞めつけられては無理だった。かわりに彼女は思いきって言ってみた。

「目出し帽を取ることはできないの？」

「いい加減やめろ。意味ないことを言うのは」

男はからかうように歯を見せて笑った。彼女の心の中で希望が萎《しぼ》んだ。男の気持ちを和らげられるものはないか。彼女は考えて言った。

「この食べもの、あなたがつくったの？」

「いや」

「店で買ってきたの？」

「詮索するなと言わなかったか？」

男はもうひとつパンを食べ、胸からパンくずを払った。黒っぽい〈ヘリーハンセン〉（注、ノルウェーのスポーツ・アパレルメーカー）のフリースを着ていた。腹のあたりの生地がだぶついていた。メイヤは男の声に苛立ちを感じ取り、肩を冷たい壁に押しつけた。男は彼女に質問されるのがなにより嫌なようだった。

立ち上がると、一方の手でもう一方の手をしっかりとつかみながら、ベッドに近づいてきた。ベッドに腰をおろすと、その重みでベッドが軋《きし》んだ。男の手が伸びてきて彼女は眼をきつく閉じた。男の指が彼女の鎖骨に沿ってすべるように移動し、Tシャツの上を胸までおりてきた。そこで男は拳で彼女のあばら骨を軽く叩いた。

「ちゃんと食べるんだ。おれの眼のまえで萎んで消えたりしないでくれ」

「お腹はすいてない。それより新鮮な空気が吸いたい」

彼女は眼を開けると、恐怖を呑み込み、勇気を出して男の視線を受け止めた。男の眼は血走っていた。クスリか、睡眠不足のせいか。開いた瞳孔からは何も読み取れなかった。まだ外の冷たい空気のにおいをさせていた。いずれにしろ、そのアイコンタクトを招待と解釈したのだろう。体を近づけ、彼女を自分のほうに引き寄せた。彼女は体をよじらせて逃れようとした。が、彼はさらに強く彼女を抱きしめ、片手をTシャツの中に入れた。彼女は彼の冷たい指に爪を立て、叩きもした。男の怒りが感じ取れた。男は彼女を放すと、彼女が風を感じるほど激しく彼女の頭のすぐそばの壁を殴って言った。

「少しは感謝の気持ちを見せてもいいんじゃないか？　おれがしてやってることに対して」

彼女は男が出ていくところを見なかった。ドアが音をたてて閉まると、また孤独が訪れた。

＊

メイヤが学校から出たときにはもう暗くなりはじめていた。クロウが樺の木の下でまえ屈《かが》みになって手巻き煙草《タバコ》をつくっていた。紙を舐《な》めたとき、舌ピアスが見えた。ピンクの髪が湿った空気に縮れていた。メイヤのほうに頭を傾《かし》げて、彼女は言った。

「ピザでも食べにいかない。おごるから」

「ごめん。バスがすぐ来るから」

「スワルトリーデンで暮らすなんて退屈じゃない？」

「ううん、愉《たの》しいし、落ち着く」

「ふうん。時間をつぶすのはカール－ヨハンが手伝ってくれるものね」クロウはそう言ってまわりを見まわすと、挑発的に紙巻き煙草を吸った。「彼は何が好きなの？　ベッドの中ではってことだけど」

「関係ないでしょ」

「やだ、白けるんだけど！」とクロウは言って笑った。「でも、頰《ほ》っぺたが赤くなったところを見ると、彼は期待に応えてくれてるみたいね」

メイヤは襟を立てた。

クロウは続けた。「彼ってセクシーだよね。ずっと思ってたんだけど。ちょっと、よそよそしくて変わってるけど、だけど、セクシーだよ」

車がふたりのそばに停《と》まった。錆だらけの塗装からメイヤには誰の車かすぐにわかった。とたんに胃がぎゅっと締めつけられたようになった。トルビョルンは窓を開けると、ハンドルの上に両腕をのせた。彼だけでシリヤの姿はなかった。ひげの下に満面の笑みを浮かべ、トルビョルンはクロウに挨拶した。彼女はそれに応じるように、煙草の煙を彼のほうに吹きかけた。

「メイヤ、少し話せるかな？」

彼女はクロウにしかめっ面をしてみせてから、車のまえをまわって助手席に乗り込んだ。

「何かあったの？」

「いや、いや、何も問題はないんだが」

彼は窓を閉め、ラジオのヴォリュームを下げた。ダッシュボードの上には嗅ぎ煙草の袋と菓子の包みが散乱していた。メイヤはリュックサックを膝に置き、時計をちらっと見た。十分もすればバスが出てしまう。トルビョルンに送ってもらうつもりはなかった。

「でも、どうしたの？」

「シリヤのことだ。一日じゅう寝てて、何も食べようとしない」

「絵は描いてないの？」

彼はため息をついた。メイヤはそれをイエスと解釈した。

「医者を予約して。でも、地元の医者は駄目。要るのは精神科医よ」

「彼女が嫌だと言ったら？」

「母さんがうんと言うまでワインを隠しちゃって」

彼はひげを引っぱりながら、どこかしら卑屈な眼で彼女を見た。

「正直な話、彼女はあんたがいなくて淋《さび》しいんだよ。で、おれはそのことじゃ罪悪感を覚えてる。あんたが出ていったのはおれのせいなんだから」

メイヤは学校の赤い煉瓦を見ながら言った。

「あなたのせいじゃないわ」

彼はワイパーの動きに合わせて、汚れた指でハンドルを叩いた。

「スワルトリーデンには慣れたか？」

「うん」

「ビルイェルや家族とはうまくやってるのか？」

「うん」

「どんな感じだ、彼らと一緒に暮らすのは？」

「何も問題ないわ」

「じゃあ、後悔してないんだな？」

メイヤはすがめるようにして眼を細め、樺の木のほうを見た。クロウのピンクの髪が灰色の中で不自然に浮いていた。

「うん」

「おれがこんなことを訊くのは、あんたが恥じることは何もないからだ。つまり、このあと気が変わったとしてもな。あんたはまだ若い。あんたらふたりとも」

「気は変わらない」

トルビョルンが息を吐くと、酸っぱいにおいが車の中に広がった。

「そのうち家で一緒に食事をしよう。それぐらいいいだろ？　カール－ヨハンと一緒に来てくれ。淋しいんだよ。おれたちはふたりとも」

「わかった」

彼はすがるような眼で彼女を見た。

「ほんとうにあんたの父親になりたいんだ。あんたが許してくれるなら」

メイヤはリュックサックを胸に抱きしめ、ドアハンドルに手を伸ばしながら言った。

「わたし、父親は要らないの」

＊

　彼女はベッドに横になり、自分自身の影と戯れていた。壁に映るひょろっとした影にも手伝ってもらい、計画を練っていた。まずトイレ用のバケツを準備する。ドアを開けても男は小便がいっぱい溜《た》まっていることに気を取られ、彼女が小さなテーブルを持ち上げていることに気づかない。それを力一杯、男の頭に振りおろす。気絶させるか、少なくとも体勢を崩させて、男の脇をすり抜けて階段をのぼる。そこに何があるのか、鍵のかかったドアがもうひとつあるのかどうか、それはわからないが、危険を冒す心づもりはできている。

　男は数日経《た》たないと戻ってこないこともあった。彼女は頭の中だけで時間と日数を覚えていなければならなかった。それでも、食べものからどれくらいの時間が経ったのか見当をつけることはできた。パンは次第に固くなって黴《かび》が生えてくる。いずれにしろ、男が来ない日が長く続くと、もう二度とドアは開かないのではないかと怖くなった。それは奇妙な感覚だった。恐怖と同時に切望があった。実のところ、放っておかれてひとり朽ち果てるという恐怖のほうが男自身に対する恐怖に勝《まさ》っていた。

　彼女は干からびた食べものを盛った皿を床に置くと、テーブルを持ち上げる練習をした。

天板は分厚くて重く、抱えると胸が痛かった。壁に映った腕の影が震えていた。まるで自分の中から震えながら力が流れ出ているかのように見えた。

「わたしたち、食べなきゃ駄目ね」と彼女は影に向かって言った。「もしこれをやるつもりなら」

カメラのフラッシュでいきなり眼を覚ました。男が彼女に覆いかぶさるようにして写真を撮っていた。レンズをつかむ男の手は寒さと重労働で荒れていた。彼女は毛布を引き上げ、両手で顔を覆った。彼はフラッシュを焚《た》きつづけた。毛布が引き剝がされ、Tシャツのまえの部分が引き裂かれ、腹とブラジャーがあらわになった。が、彼女が叫びだすまえに男はやめた。深く息を吸い込み、部屋の中を行ったり来たりしはじめた。

「ほとんど食べてないじゃないか！　自殺でもするつもりか？」

「具合が悪いの。お医者さんを呼んで」

彼は彼女に鋭い視線を投げかけ、無言の警告を発すると、狂ったように干からびた食べものをゴミ袋に入れはじめた。それからソーセージとジャガイモ、すりつぶしたニンジンを皿に置いた。さらにフラスクをふたつと板チョコ。チョコレートの銀紙が彼女に向かって輝いていた。壁に映る彼女の影は食べたそうにしていた。

「もう二度と戻ってこないかと思った」

男はにやついて言った。

「淋しかったか？」

彼女はチョコレートに手を伸ばして包装紙を剝がした。

「あなたからは冬のにおいがする。外は寒いの？」

「おまえがどんなにおいがするのか言うのはやめておくよ。バケツの水と石鹸《せっけん》があるのはわかってるよな？　体を洗えないのか？」

彼女はチョコレートを割ると、舌の上にのせて溶かした。涙が流れた。男は手を伸ばし、彼女の髪を撫でて言った。

「髪を洗うのを手伝ってやろうか？」

彼女は膝を引き寄せた。影が彼女のその動作の真似《まね》をした。鼻水が垂れ、チョコレートはしょっぱい味がした。

「どうして写真を撮ったの？」

「ここにいないときもおまえを見ていたいんだ」

「ひとりで暮らしてるの？　それとも家族と一緒なの？」

「どうして？　妬《や》いてるのか？」

「ただの好奇心よ」

「好奇心は身を滅ぼすぞ」

男はそう言って彼女の髪から頰へ手を動かした。彼女はできるだけじっと坐っていた。なんとかひるまないように努めた。男の親指が彼女の唇を撫でた。

「家族だろうとなんだろうと、おまえがおれには人生で一番大切な存在だからな」

＊

彼女はバス待合所でひとり待っていた。街灯のぼんやりとした光の輪がパーカのフードとその下にのぞくブロンドの髪を照らしていた。彼が思わず反応したのはその髪のせいだった。そして、彼女がそこにひとりで立っていたという事実のせいだった。

彼は無意識のうちに左側のレーンを横切っていた。そして、バス待合所のまえで車を停めて、助手席の窓を開けると、彼女に身振りで合図して振り向かせた。残念ながらリナではなかった。それはもちろん初めからわかっていたことではあったが。

少女はメイヤという名の転校生だった。レレのクラスでは、窓ぎわの席に坐り、授業中はノートの余白に螺旋《らせん》模様を描いて時間を過ごしている生徒だった。レレはそんな彼女を放っておいた。転校してきたばかりで、孤独そうだったから。少女のほうから彼のほうに数歩近寄ってきた。細めた彼女の眼がフードの下で光った。

「家に帰る途中なんだけれど、乗っていくかい？」

彼女はバスがやってくる方向を見た。バスがすぐに来ないことはわかっていた。

「わたしの住んでるスワルトリーデンまでは十キロ以上もありますけど」

「かまわない。家で誰かが私を待ってるわけでもないんでね」

彼女はためらった。が、申し出を受けるほうに気持ちが傾いているのは明らかだった。ドアを開けると、彼の隣りに乗り込んだ。彼女は雨のにおいがした。雨に濡《ぬ》れた髪からパーカに水がしたたり落ちた。レレはシルヴァーロードにはいると、北に向かった。

「あのバスは信用できない」

「いつも遅れてばかり」

丘の頂上で、レレはヘッドライトをハイビームに切り替え、灰色の森に眼をやった。すぐに真っ白になるだろう。そうなると、木々は老人のように雪の重さに腰を曲げ、その下に隠された地面も何もかもが忘れ去られる。また冬が来る。どう乗り越えたらいいのか。彼にはわからなかった。メイヤが横眼で自分を見ているのを感じて、レレは見返した。彼女は眼をそらした。

「きみはスワルトリーデンに住んでるんだね」

「ええ」

「ビルイェルとアニタと一緒に？」

「ふたりを知ってるんですか？」

「それほどは知らない。きみは親戚か何かなのか？」

　彼女は首を振って言った。

「息子のカール‐ヨハンのガールフレンドです」

「なんとなんと。それは驚いたな」

　誰もがビルイェル・ブラントとその一家を馬鹿にしている。それはレレも知っていた。彼らのことを大して知りもしないのに。あるいは、知らないからこそか。彼らは地域の集まりにほとんど姿を見せない。だから、彼らがスワルトリーデンでどうやって生計を立てているのか——狩りをしているのか、それとも自身の農場を営んでいるのか——誰も知らない。ただ、彼らが子供たちを学校にかよわせることを拒んだときには一悶着《ひともんちゃく》あった。昔は誰もがそうしていたように、息子たちの教育は家で自分たちでやりたい。それがブラント夫妻の主張だった。レレは最終的にその件がどうなったのかは——社会福祉課がそのことに同意したのかどうかは——知らなかったが、いずれにしろ、ビルイェルの子供たちをタルバッカ高校で見かけたことは一度もなかった。

「煙草を吸うんですか？」とメイヤが尋ねた。

「夏のあいだだけ」

　当然ながら、車の中には煙草のにおいが染みついていた。シートに染み込んでいた。レレは掃除をしようともしなかった。ダッシュボードにどれほど灰が降り積もろうと、少しも気にならなかった。

「きみは吸うの？」

「いいえ、やめました」

「いいことだ。煙草には害しかない」

「カール‐ヨハンは煙草は国の陰謀だって言ってます。弱者を切り捨てるための」

レレは彼女を見やった。

「そういう話はあまり聞いたことがないけど。人々が癌《がん》になっても国のためにはならないんじゃないかな。ちがうかね？」

メイヤはため息をついた。

「人口が減ることで国はもっと機会を得るって。ビルイェルはそう言ってます」

「ほう、彼がそんなことを」

レレは当惑をごまかすために空咳《からせき》をした。少女の無垢《むく》を嘲るような真似はしたくなかった。

リナの捜索はビルイェルの地所でももちろんおこなわれた。三年まえリナが行方不明になった最初の夏に。彼ら――ビルイェルと彼の妻、三人の息子たち――は全員協力的だった。納屋や貯蔵庫の鍵を渡し、彼らの土地を通る森の小径《こみち》を案内もしてくれた。

レレは眼の隅で少女を見た。ブロンドの髪に日焼けのせいでできたそばかす。肩をいからせるようにして体を強ばらせていた。それがかえっていかにももろそうに見えた。本格的な冬がやってくるまえに最初に張った氷のように。

「スワルトリーデンにはどれくらい住んでるんだい?」

「夏から」

「それまではどこに?」

「あちこちに」

「訛《なま》りからすると南のほうの出身かな?」

「ストックホルム生まれです。でも、そのあとあちこち引っ越したんです」

「スワルトリーデンなんかに住むことをきみのご両親はなんて言ってる?」

「親はシリヤしかいないけど、あんまり気にしてないみたいです」

彼女にしてみればあまり訊かれたくない質問だったのだろう。レレはそう思った。落ち着きなく指でジーンズを叩いたり、縫い目をつまんだりしていた。リナのことが思い出された。彼女と会話をすることがどれほど大変だったか。それはリナが歳《とし》を取るにつれてむずかしくなった。まるで歳月がふたりのあいだに割ってはいり、ふたりを引き離そうとしているかのようだった。彼が何を言っても彼女は顔をしかめ、軽蔑のまなざしを浮かべた。それにはさすがにレレも苛立たせられたものだが、今はそれすら懐かしかった。

目的地に近づくと、メイヤは手を上げて指差した。薄暗がりの中、トウヒの木々のあいだに木でつくった看板が見えた。

「通りで降ろしてもらえればいいです」

「玄関まで送るよ」

彼女は困ったように座席の上で体をもぞもぞさせた。レレは引き下がらなかった。

この少女はどうしてこんな辺鄙《へんぴ》な場所に喜んで住もうと思ったのか、ティーンエイジャーの恋がそこまでさせるものなのかどうか。スワルトリーデンにあるのは太古からの深い森と小さな侘《わ》びしい湖だけだ。

メイヤが門の暗証番号を入力しているあいだ、レレは車の中で待った。

「ビルイェル・ブラントの息子のひとりはよほど魅力的なんだろう」彼は彼女を待つあいだ声に出してつぶやいた。

門の奥に大きな母屋が暗い森に守られるように建っていた。明かりのついた窓が暗闇の中でまるで燃えているかのようだった。メイヤは座席の端に坐って髪に手をやって、それまでポニーテイルにしていた髪をほどいた。その仕種《しぐさ》がレレをなぜか落ち着かなくさせた。

ポーチのまえで車を停めた。ビルイェルがポーチの階段の一番上に立っており、挨拶がわりに片手を上げたかと思うと、跳ねるようにしてすばやく階段を降りてきた。そして、メイヤが車から降りると、飼い犬にするように彼女を軽く叩いた。きびきびと、しかし、愛情を込めて。

「これはこれは、レナート・グスタフソンじゃないか。久しぶりだね!」と彼は助手席側の窓から上半身を中に入れて言った。「コーヒーでも飲んでいかないか?」

*

壁に映る人影のひょろりとした手脚がゆらゆら動き、頭が激しく上下に動いてダンスした。濡れた髪から水しぶきが飛んだ。石鹼のにおいが彼女には合わず、鼻の奥が痛かった。それでも、体を洗ったこととチョコレートのおかげで少なくとも元気にはなった。小さなテーブルを持ち上げてひっくり返すという動作を八回続けておこなえるほどには。その練習を終えると、片手を壁につけて影とハイタッチした。ずいぶん久しぶりに自分が強くなったような気がした。

男が来たときには食べものはなくなっていた。大部分はバケツの中に吐き出されたのだが、男は気づいたにしても何も言わなかった。出ていってバケツの中身を空にすると、すぐに戻ってきた。部屋に秋の空気と男の吐く息が広がった。目出し帽の奥で男の眼が光った。

「やっと体を洗ったか」

彼女は影に背を向けて坐っていた。肩にあたる壁はざらざらしていた。体がきれいになった今、何をされるのだろう? 不意に心配になった。男が室内を移動するのを見つめ、その手がバックパックから新しい食べものを取り出すのを見守った。厚くスライスしたブラッドソーセージにコケモモのジャム。サイドテーブルが軋んだ。まるで、彼女同様、恐れをなしているかのように。

「カメラを持ってくればよかったな。すっかりきれいになった」

男が彼女と並んで腰をおろすと、ベッドが抗議の声をあげた。彼女には何も考えられず、ただ黙っていた。聞こえるのは自分の荒い息づかいだけだった。男の指が彼女の髪を撫で、そのまま首すじにおりた。

「きれいになるのにどうして今日を選んだ?」

自然と胸が大きく上下し、彼女は答えるのに苦労した。

「何か食べて体をきれいにしたら、ちょっとだけ外に出て新鮮な空気を吸わせてくれるんじゃないかと思ったからよ」

男は苛立ち、彼女の首にかけた手に力を込め、顔を持ち上げ、自分のほうを向かせた。

「キスをしろ。キスしたら、考えてやる」

そう言って、男は口を押しつけてきた。同時に湿った目出し帽も彼女の顔に押しつけられた。彼女は口を固く閉じて顔をそむけた。男が服を引き裂きはじめた。彼女はそれに抵抗する影を見つめた。細長い腕が男につかみかかって叩いた。男も叩き返した。額から出た温かい血が口に流れ込んだ。男は彼女をベッドに押し倒した。

男が望みを叶《かな》えるあいだ、彼女は壁のほうに浮いていき、影とひとつになって、痛くなるほどきつく歯を食いしばった。

終わると、男はジーンズを穿き、血が出ている彼女の額を自分のTシャツで拭いた。そのあと手を大きく広げてTシャツを彼女の額に強く押しあてた。彼女は男のにおいを嗅がずにすむよう、口で息をした。目出し帽は男の頭の上のほうまでずりあがっていて、彼女はそれを剝ぎ取りたい衝動と闘った。彼女に触れる様子から、男の怒りが後悔に変わったのが彼女にはわかった。そのチャンスを逃さず言った。「その帽子、どうして脱げないの?」

「言っただろ?」

「でも、あなたを見たいわ」

男は彼女を放した。血のついたTシャツを握ったまま。

「いつかこいつを脱いでおまえとふたりでここから出ていこうと思ってる。手に手を取って。だけど、おまえにはまだその準備ができてない。まだ!」

血管の脈打つ音が鼓膜に響いた。不意に待ちきれなくなり、男にすり寄って、彼女は言った。「準備はできてるわ」

男は彼女をベッドに残したまま立ち去った。影がドアに向かって伸び、ドアが開くのを彼女は見つめた。男が出ていくと、その影も意思を持つかのように出ていった。ドアが音をたてて閉まると、彼女と彼女の影だけが残された。渦巻く埃《ほこり》と血の味とともに。

＊

もちろん、ふたりはレレを覚えていた。コーヒーをいれると、妻のアニタは切りそろえた前髪の下からレレをじっと見つめた。どこか落ち着かない様子で、食卓を整えるあかぎれだらけの手は震えていた。椅子に坐ろうとしなかった。コンロの横で、背中を丸めて立っていた。こうなるのだ、とレレは内心思った。外出せず人と会わずにいると、人はどうしてもこうなるのだ。

ビルイェルはまえに会ったときより老けていた。額には皺《しわ》が刻まれ、眼は落ち窪《くぼ》んでいた。気づかわしげにレレを見ながら、彼は言った。

「娘さんのことで何か新しい情報は？」

レレは首を振り、ただひとつのランプに照らされている私道を見やった。風が強くなってきたようだった。木と影が揺れていた。そのせいだろうか、レレは眼の焦点が合いにくくなっているのに気づいた。

「何もない」

「警察は？　ちゃんと動いてるのか？」

「何もしちゃくれない」

ビルイェルはうなずいて言った。たるんだ顔の皮膚が揺れた。

「警察はそろいもそろって能なしばかりだ。進展が見たかったら、自分で動くしかない」

「私はあきらめていない。ノールランドじゅうを隈《くま》なく捜すつもりだ」

「それがいい」とビルイェルは言った。「そうすればきっと見つかるよ」

レレはテーブルを見つめてしばらくまばたきを繰り返した。視界がはっきりしてきた。木のテーブルの疵《きず》や、アニタが出してくれたケーキの表面についた砂糖の粒が見えた。いまだに不意に泣きたくなることがある。それでもさすがにそれに屈しない力もついてきたようだ。

「メイヤを送ってくれてありがとう。この子のことが心配でね」

「ほんとうに？」とメイヤが横から尋ねた。

「もちろん。そりゃ心配してるよ」

レレは顔を起こして、ビルイェルを、ついでアニタを見て言った。

「ということは、夏にアリエプローグで女の子が行方不明になったのはあんたたちも知ってるんだね？」

「ああ、知ってる。警察が大した仕事をしていないのはどこでも同じというわけだ」

「確かに」とレレは言った。「捜査はあまり進展してないみたいだ」

アニタがオーヴンを開けると、中から煙があふれ出た。鉄板の上からアニタが取り上げたパンは黒焦げになっていた。アニタは布巾でパンをはたいた。彼女の腋《わき》の下の汗染みが見えた。

「そう聞いても驚かないよ」とビルイェルが窓を開けながら言った。「だから賢い人間は自分でなんとかするんだよ。警察なんて要領の悪い阿呆《あほう》どもの集まりだ」

レレは唇をすぼめた。コーヒーはとてつもなく苦かった。

「そこまで言うべきかどうかはわからないが」と彼は言った。

ビルイェルが何か答えようとしたところで、玄関のドアが開いた。三人の若者が冷たい風とともにはいってきて、ブーツから泥を落とした。レレに気づくと、三人とも足を止めた。

「おまえたち！」とビルイェルが三人を手招きして言った。「馬鹿みたいに突っ立ってないで、中にはいって坐れ」

息子たちはみな色白で赤い頬をしていた。体は痩せて引き締まっていた。みな泥のつまった爪をしていた。ビルイェルがひとりずつ紹介した。長男のヨーランは赤みがかったブロンドで、顔じゅうににきびができていた。いかにも無口そうな青年だった。次男のパールはひげを生やしており、ひげを掻くと、頬が赤くなった。レレと力のこもった握手を交わした。冷たい手をしていた。三男のカール－ヨハンは長身痩軀《そうく》で、部屋にはいるなり、メイヤの隣りに直行して坐った。ビルイェルがそのたるんだ頬を誇らしげに輝かせて言った。

「おれはこの人生で少なくとも三つの成功を収めた。あとは孫を待つだけだ」

「なんかにおうけど」とパールが言った。「この家を燃やすつもり?」

「パンを焦がしちゃったのよ」とアニタが答えた。レレが彼女の声を聞いたのはそのときが初めてだった。

じっと立っている彼女は小さく見えた。実際、息子たちより頭ひとつ分小さかった。レレは若い男たちの持つエネルギーを感じた。さらに彼らの絆《きずな》も。そのふたつが彼を疲れさせた。疲労が軛《くびき》のように肩にのしかかり、レレはそれを撥《は》ねのけるかのようにいきなり立ち上がった。その拍子にソーサーの上でコーヒーカップが音をたてた。

「コーヒーをごちそうさま。眼が疲れないうちに帰らないと」

重たい沈黙のあと、アニタが言った。「そうね、それがいいわ。ずいぶん暗くなったわね」

メイヤがレレに送ってもらった礼を言った。レレはうなじに彼らの視線を感じながら家を出た。ビルイェルが車まで一緒に来て、古い友人のようにレレの肩に腕をまわして言った。

「猟友会から抜けたんだってね」

「追い出されたんだ」

レレは運転席に坐った。小雨が窓にあたり、車の横に立つビルイェルの眼鏡を曇らせた。

「狩りがしたくなったら、おれや息子たちがつきあうよ」

「それはどうも。だけど、ヘラジカ狩りはもう充分やった。今はもっと大きな獲物を狙ってる」

ビルイェルは口を固く結んだまま微笑んだ。

「わかるよ。娘さんの捜索なら喜んで手伝うから、声をかけてくれ。道具はそろってるし、うちの息子たちは簡単にはあきらめない」

「ありがとう。覚えておくよ」

ビルイェルは車を叩いた。

「じゃあ」

「ああ」

レレは車を出し、私道のカーヴを慎重に曲がりながら手を振った。ライトをハイビームにして、両側にトウヒの木が立ち並ぶ私道をあえてスピードを上げて走った。焼けつくようなコーヒーが咽喉にまだ残っていた。息をつめたまま門に着いた。エンジンを切らずに待った。それから母屋を振り返り、明かりのともった窓の中で人影が動くのを眺めた。時間が永遠に続きそうに思われたところで、音をたてて門が開いた。

＊

「あの先生はどうしてきみを乗せてきたの？」とカール－ヨハンは尋ねた。

「バスを待ってたら、声をかけてくれたの」

「で、きみはあっさり乗るって言ったんだ」

「どうすればよかった？」

「あの人、ちょっと胡散臭《うさんくさ》い気がしてさ。バスを使ったほうがいいよ」

メイヤは彼を見た。「嫉妬してるの？」

カール－ヨハンは声をあげて笑った。メイヤの首に温かい息がかかった。「あんなおじさんに？　絶対ないよ！」

メイヤは彼の腕と羽根布団から逃れてベッドから降りた。ねばねばした温かいものが脚のあいだを伝い落ち、メイヤはひとり寝が恋しくなった。ベッドをひとり占めしたかった。

「なんだか気の毒で。すごく淋しそうだった。誰からも見捨てられたみたいだったのよ」

カール－ヨハンは彼女のほうに手を伸ばした。「見捨てられたみたいに感じてるのはあの人だけじゃないよ」

メイヤはバスルームにはいって用を足した。トイレットペーパーで尿とねばりを拭き取ろうとした。が、途中であきらめ、シャワーの蛇口をひねった。トップスを脱ぎ、冷たいシャワーの下に立った。しばらくすると、シャワーカーテンの向こう側にカール－ヨハンの影が現われ、トイレの便座を上げて用を足す音が聞こえた。ドアの鍵をかけておけばよかった。メイヤはそう思った。カール－ヨハンには他者の空間を尊重するという発想がまったくない。

シャワーの水が湯になるのにけっこう時間がかかった。メイヤは降り注ぐぬるま湯の下で、身動きひとつせずに立っていた。今が朝ならいいのに。それなら学校に行けるのに。シャワーの水音の合間にカール-ヨハンが歯を磨く音が聞こえた。メイヤは彼を見ずにすむよう眼を閉じたが、そのときシャワーカーテンが開けられ、彼が隣りに立って体を押しつけてきた。おかげでメイヤはシャワーの下から半ば追い出される恰好になった。湯気のあいだから彼の眼が光っているのが見えた。

「あの男には近づかないほうがいいと思う」

「クラスの担任よ」

「だからと言って、学校の外で彼の車に乗らなきゃならないということにはならないだろ？」

「親切にしたくてここまで送ってくれたのよ。娘さんがバスを待ってるあいだに行方不明になったことを思えば、不思議じゃないでしょ」

「それでも気をつけたほうがいいって。それに、うちの両親は人が訪ねてくるのを嫌がるから」

「そんなこと初めて聞いたんだけど」

メイヤは乱暴にシャワーカーテンを開けると、彼の横を通り過ぎてフックからタオルを取った。そこらじゅうに湯がしたたるのも気にせず、手早くタオルを体に巻きつけた。カール-ヨハンが何か言った。が、シャワーの音でその声は掻き消された。メイヤは窓辺まで行くと、細く開けた窓の隙間に濡れた頭を押しつけ、深く息を吸った。

アニタが下を歩いていた。疲れた肩を落としていた。今も縮んで見えた。メイヤはそんな彼女の姿を眼を細めて見つめた。落としたら一大事とばかりにしっかりと何かを抱え、砂利の上を短い脚で走っていた。黒猫が一匹、彼女のあとを追って、彼女の脚にまとわりついていた。アニタはその猫を蹴った。猫は花壇まで飛んでいった。一瞬のち、彼女が二階を見上げ、ふたりの眼が合った。アニタは手を上げたが、薄暮の中、頬がたるんだその顔はパン生地のように見えた。メイヤは手を振り返したあとも窓ガラスに指先をあてたままそこを動かなかった。アニタはなぜ猫を蹴ったのだろう？　彼女がほんとうに腹を立てていた相手は誰だったのだろう？

＊

光が弱くなり、日が短くなってきた。それでも孤独な時間がいつまでも続くことに変わりはなかった。毎朝起きるたびに胃がむかついた。そのためコーヒーを飲むのも吐き出したりしないよう、ゆっくりとちびちびやらなければならなかった。自分を奮い立たせてソーシャルメディアを見ても、ただ吐き気が増すだけだった。リナのフェイスブックには、アネッテがエコー写真とともにこんな文章を投稿していた。〝早く帰ってきて、リナ。あなたを待つ妹か弟がもうすぐ生まれるのよ〟。写真には二百三十二の〝いいね！〟と百件を超えるコメントがつけられていた。コメントはどれも、喜びを表す〝！〟やパステルカラーのハートマークつきだった。

学校ではいつもぼんやりとして過ごした。授業をしていても、自分が話したことを話したそばから忘れた。生徒たちの顔がA4サイズの白紙のように無表情に見えた。職員室での会話は天気や週末の予定などあたりさわりのない話題に徹した。何も考えずにコーヒーを飲み、バナナを食べた。できるかぎり、アネッテからも大きくなっていく彼女の腹からも自分を遠ざけた。リナのことを尋ねてくる者はもう誰もいなかった。そのことが普段は気にならないのに、気になりだすと無性に腹が立った。ただひとり、気分はどうなのかと養護教諭が訊いてきたが、彼女は自分がほんとうに知りたがっていることをことばにできていなかった。それが苛立たしかった。もしかしたら彼女は頭を傾け、冷たい指でレレに触れることをただ愉しんでいるだけなのではないか。そんなふうにも思われ、彼女の姿を職員室に見かけると、コート掛けのところでUターンすることもあった。

蛍光灯がともる煉瓦造りの建物の外の世界は常に薄暗かった。朝は暗く、その暗さは昼になっても変わらなかった。たまに昼休みに外に出てただ歩くこともあった。水たまりや煙草の吸い殻や、捨てられたチューイングガムのかすをよけ、かさかさと音をたてる落ち葉を踏んで歩いた。雲は今にも空全体を覆いそうに見えたが、雪が降るほどの寒さにはまだなっていなかった。レレが子供の頃には十月でも雪が積もっていたものだが。そのことを一度リナに説明しようとしたことがあった。最近の冬はほんとうの冬ではないと。最近では、刺すような記録破りの寒さに誰もが何もする気がなくなるのは、ほんの数週間のことだ。昔はそんな日々があたりまえで、それに文句を唱えるなど誰も考えもしなかった。リナは冬が好きだった。特に、氷に穴をあけて釣りをするのと、スノーモービルに乗るのが。最後に一緒に釣りに出かけたときにはそれぞれフラスクにコーヒーを入れていった。リナはそのときにはもうホットチョコレートを卒業していた。それが遠い昔のことのように思われた。

そんなレレが今、ただひとり気にかけているのがメイヤだった。常に寒いのか、ジャケットを着たまま青白い顔で体を縮めるようにして坐っている彼女は、いかにも孤独に見えた。友達ができないらしい。そういった生徒には教師として手を差し伸べなければならない。気分はどうかと訊かなければならない。〝ほんとうのところ気分はどうなのか〟と。

またその機会が訪れた。メイヤは駐車場のそばの朽ちかけたベンチに両手をポケットに入れて坐っていた。靴を枯れ葉の中に埋めて。寒さで息が白くなっていた。黒いパーカを着ているだけで、帽子も手袋もつけていない。レレは何も考えることなく、彼女に近づいた。落ち葉を踏みしめる音に彼女は眼を上げ、まっすぐレレを見た。まるで怖がっているように。隠れているところをレレに見つかってしまったかのように。レレは微笑んで言った。

「ここにいたんだね」

馬鹿げた意味不明のことばだった。呆《あき》れた顔をされるのではないかとレレは思った。近くで見ると、特別リナに似ているわけではない。なのに、レレは心臓が暴れ、息苦しくなった。

「しばらく一緒に坐っててもいいかな?」

メイヤを肩をすくめると、横にずれて場所を空けた。黴臭い木のベンチは湿っていて、坐るとジーンズも湿った。

「タルバッカにはもう慣れた?」

「たぶん」

「友達はできた?」

彼女は顔をしかめた。あれこれ訊かれるのを嫌がっているのは明らかだった。もっといい話題はないかとレレは考えた。暗闇の中で手探りするようなその作業はもうすっかりなじみのものになっていた。

「お母さんがいると言ってたね。どこに住んでるんだ?」

「グリマストレスク。トルビョルンと一緒に住んでます」

「トルビョルン・フォルスと?」

メイヤはうなずいた。

「ほんとに?」

レレはふたりの隙間を埋めるように白い息を吐き、もう何も言うまいとした。ハッサンの言ったとおりだった。長らく孤独な生活を続けた末、あのトルビョルン・フォルスがやっと相手を見つけたのだ。奇跡としか言いようがない。

「だったら、どうしてスワルトリーデンで暮らすようになったんだね？　お母さんとトルビョルンと一緒に暮らしてないんだね？」

「シリヤとはあんまりうまくいってないんです。それよりカール＝ヨハンと暮らすほうがいいわ」

「トルビョルンは？　彼とはうまくいってる？」

メイヤはまた肩をすくめた。「ちょっと変わってるけど、わたしにはいつだって親切です。家を出たのは彼のせいじゃありません。出ることになるタイミングだったのね。それだけです」

レレはわかったというようにうなずいた――そうすれば、彼女はもっと何か話してくれるかもしれない。

怯《おび》えたように眼を大きく見開き、メイヤが言った。「娘さんが行方不明になったってほんとうなんですか？」

これで一気に攻守ところが変わった。

「ああ」

「先生は今でも娘さんを捜してる、でしょ？」

「いつまでも捜すさ」

レレはポケットから財布を取り出すと、端がぼろぼろになったリナの写真をメイヤに渡した。メイヤのピンクのマニキュアは剝げていて、指は寒さで白くなっていた。彼女は長いことリナの写真を見てから言った。

「いなくなった女の子に似てる。ポスターの女の子に」

レレはおもむろにうなずいた。メイヤに写真を返されたとき、冷たい指に触れた。彼はその手を自分の手にはさんで温めてやりたいという衝動と闘った。リナが幼かった頃にはよくそうしてやったものだった。彼は財布を膝の上に置いたまま言った。

「スワルトリーデンに住んでいたら、友達もできにくいね。近くには誰も住んでいないんだから」

メイヤは顔をそむけ、爪先で枯れ葉を蹴った。

「友達ができないのはまえからだから。今さら気にならないわ。カール‐ヨハンとその家族がいるからそれで充分。ビルイェルとアニタはわたしのことを心から歓迎してくれてます」

「それはもちろん悪いことではないけれど、何かあったら、私がいることも思い出してほしい。転校というのはそもそも大変なことだよ。ここみたいなみんながすでに顔見知りという狭い地域では特にね」

メイヤは横目でレレを見て、寒さでひび割れた唇を開いた。

「ありがとう。でも、慣れてるから」

そう言って、彼女は立ち上がり、湿ったジーンズを両手でさすった。その痩せた体が震えているのがレレには見て取れた。

「バスに乗らなくちゃ」

彼女は歩きだした。膝が震えていた。まるで一歩ごとに支えが必要なほどにさえ見えた。痛々しいほど痩せていた。レレは彼女にたっぷり食べさせるだけの分別がスワリトリーデンの一家にあることを祈った。バス待合所にたどり着くと、彼女は両腕を体に巻きつけ、手袋をしていない手で腕を叩いて温めた。湿ったベンチに坐っていると、レレの体も心から冷えてきた。それでも彼はバスが来てメイヤが乗り込んだのを見届けるまでそこを動かなかった。

*

眼を覚ますと、男が立って彼女を見下ろしていた。男の背後でコードに吊《つ》り下げられた電球が揺れていた。そのせいで部屋全体が揺れているように感じられた。男は荒い息づかいをしており、紙やすりをこすったみたいな音をたてていた。彼女は片肘をついて体を起こした。

ふたりのあいだの空間に光るものが見えた。男が片手に何かぶら下げており、それが手錠であることが徐々にわかった。もう一方の手には黒っぽいスカーフがあった。

「なんなの？」

「おまえにかける」

男は彼女の両手を背後にまわさせ、痛いほどきつく手錠をかけた。そのあとスカーフで目隠しをした。彼女は風を感じた。見えていないのを確かめるために男が眼のまえで平手打ちをするふりをしたのだ。とたん、彼女はパニックに襲われ、口の中が金臭くなった。背すじを震えが走った。それを隠せなかった。これまでとは別の卑劣な方法でまた危害を加えられるのだ。震えが止まらなくなった。そんな彼女の恐怖が男を苛立たせた。

「どうして震えている？」

「わからない」

「おれのことは怖がらなくていい。何度言ったらわかる？」

男の顔は間近にあり、その息が頬に感じられた。彼女は歯を食いしばって落ち着こうとした。男はさらに近づき、彼女を温めるように腕をさすった。それでも、彼女の震えは止まらず、男は彼女の腰をしっかり抱えて部屋の反対側へ引きずった。

「どこに行くの？」

驚いたことにドアが開く音が聞こえ、続いて、上のほうから冷たい風が吹いてくるのが感じられた。男が手をまえに突き出し、彼女は押し出された。久しぶりの階段は妙な感じがした。両手をうしろにまわしているのでよけいにのぼりにくかった。上までのぼりきったときには、山を登ったあとのように息が切れた。男がドアの鍵を開ける音がした次の瞬間、冷気が波のように押し寄せた。指が食い込むほど男にきつく腕をつかまれ、戸口を抜けるなり、何もかもが生命に満ちあふれているように感じられた。足の下で落ち葉が踏みつぶされる音が聞こえた。木の梢《こずえ》を断ち切りそうなほどの風の音も。森と腐葉土、もうすぐそこまで来ている冬のにおいがした。

短い距離を歩きながら、彼女は新鮮な空気を胸いっぱいに吸い込んだ。力づけられる気がした。目隠しの隙間からは凸凹《でこぼこ》した森の地面と夜の暗がりしか見えなかったが、頭の中で必死に考えをめぐらせた。これはチャンスだ。男の手を振り切って逃げなければ。叫んで闘わなければ。しかし、男の手は手錠に負けず劣らずしっかりと彼女をつかんでいた。チャンスはまだない。今はまだ。

そこで新たな恐怖に襲われた。わたしはこれから殺されるのだ。もう終わりなのだ。たぶん彼はわたしに飽きたのだろう。これ以上わたしを生かしておけないのだろう。たぶんすべてはまちがいで、彼がそのまちがいから逃れるにはわたしを排除するしかないのだ。

彼女は足を止めた。冷気は皮膚の下にまで沁み込むほどだったが、男は自ら熱気を発散していた。気候すら男には敵《かな》わない。

「どこに行くの？」と彼女は小声で尋ねた。

「新鮮な空気を吸いたいって文句を言ってたじゃないか。今のうちに思う存分吸っとくとい
い」

彼女は震えているのを気づかれないよう気をつけて深呼吸した。じっと立ったまま耳をすました。が、聞こえるのはため息をつくように松の木のあいだを吹き抜ける風の音だけだった。大声で叫べば誰かに聞こえるだろうか？　胸の奥から叫び声が出そうになった。それでも、それを表に出す勇気はなかった。すぐそばに男に立たれていては無理だ。彼女の体が強ばったのに気づいたのか、男はまた彼女を引っぱった。

「さあ、もう充分だ。風邪をひいちまう」

「もうちょっとだけ」

「病気になられちゃ困る」

狭い部屋に連れ戻され、心の中で失望が何か黒いものとなってふくらんだ。男が手錠をはずすと、手首のまわりには赤黒い痕が残った。彼女はベッドに沈み込み、男の手に毛布でくるまれるのに任せた。後悔がハンマーのように頭を打った。逃げるべきだった。叫び声をあげるべきだった。そのかわりにまた嫌なにおいのするこの穴倉に戻された。実際、においがひどかった。自由から戻った今、なおさらそれがよくわかった。朽ちたにおいだ。何かの墓のような。

「これでおれがおまえのために何もしてやってないなんて言うんじゃないぞ」と男は言った。

「おれはすべておまえのためにしてやってるんだから」

＊

衝動。リナがいなくなってからというもの、レレは衝動に支配されるようになった。何をするにもどこに行くにも体がさきになった。今では頭がそれに追いつけなくなっていた。頭が事前に体に警告を与えるということがなくなってしまっていた。

湿ったベンチでメイヤと話したあと、レレは気づくと村を抜けて延びるガメル街道を走っていた。湖の南端まで続くその道はトルビョルン・フォルスの地所で終わっていた。松の木々のあいだに荒れ果てた家が見え、初めてレレは自分がその家に向かっていることに気づいた。雑草のはびこる排水溝の脇に車を停め、しばらくそのまま運転席に坐っていた。トルビョルンとはただ顔見知りというだけにすぎない。が、言ってみれば、ともに一匹狼《おおかみ》だ。森をはさんでそれぞれの縄張りにすむ一匹狼。

そんなレレにとって、トルビョルンがつきあう相手を見つけたという事実はそう簡単には受け入れられなかった。トルビョルンは両親の死後ずっとひとりで暮らしていた。女性と現実の関係を結ぶかわりにポルノ雑誌を集めていた。彼のその性癖に関しては長年噂《うわさ》があった。自宅は荒廃する一方なのにネットで知り合った女性たちに送金しているだとか、湖で泳ぐ若い女の子たちを眺めるのが好きだとか。レレは彼が森林伐採を仕事にしていることも、若い頃から酒好きだったことも知っていた。が、彼に女性がいたという話はこれまで一度も聞いたことがなかった。

リナが消えたあの朝、トルビョルンも彼女と同じバスに乗るはずだった。ロひげを引っぱりながらバス待合所に立っているトルビョルンの姿がレレの心の眼に見えた。

〝おれが着いたときには彼女はいなかった。待合所にはおれひとりだった。運転手に訊いてみてくれ。おれたちは彼女を見ていない〟。

警察はそのことばを信じるに値するものと判断した。レレにすれば、信じるに値する人間などひとりもいなかったが。

トルビョルンの家はまったくの荒れ放題に見えた。家全体が一方に傾いていて、窓枠の高さにまで雑草が伸びていた。玄関のドアは半分開いており、痩せ細った犬がヴェランダにのぼる階段の一番上の段に寝そべっていた。レレがヴェランダにあがると、犬は何度かしっぽを振ることは振ったものの、動こうとはしなかった。レレはドアを数回強く叩いた。

「誰かいますか？」

数分経って、薄暗い室内にやっと人の姿が見えた。色褪《あ》せたガウンをまとい、それに見合ったスリッパを履いた女性だった。髪はライオンのたてがみのようで、化粧が崩れて頬に黒い跡がついていた。驚いたようにレレを見る眼の瞼がいかにも重そうだった。

「誰？」

「レナート・グスタフソンという者です」

そう名乗って、レレは手を差し出そうとしたが、そこで彼女が絵筆とパレットを持っているのに気づいた。絵の具が床にしたたり落ちていた。

「まえに会ったかしら？」

玄関ホールに一歩足を踏み入れると、ゴミと煙草の煙のにおいが鼻をついた。

「いや、会っていないと思います。あなたはメイヤのお母さんのシリヤですね？　私はタルバッカ高校で娘さんを教えてる教師です」

彼女は眼を大きく見開いて言った。

「メイヤに何かあったの？」

「いやいや、何もありません」

「メイヤはもうここには住んでないのよ。出ていったの」

「知っています。私が今日来たのはそのためでもあるんです」

シリヤはぽたぽたと絵の具がしたたる筆で家の奥を示した。「はいってちょうだい。靴は脱がなくてもいいわ」

レレは床に散らばった靴や服やゴミをよけ、口で息をしながら中にはいった。窓辺にイーゼルが立てられた居間に案内された。イーゼルの横に、赤ワインの染みがついたぼろぼろのソファと、空のグラスと灰皿、それに汚れた皿が乱雑に放置されたローテーブルがあった。雨が降っていて外は寒いのに、窓は開け放たれていた。それでも、外の松葉のにおいも室内の饐《す》えたにおいを覆い隠すことはできなかった。彼女はガウンのまえのボタンをとめておらず、その下はほぼ裸に近いのがレレにはわかった。胸とレースのショーツがちらりと見えた。居心地が悪くなり、レレは不潔な床に視線を落とした。

「一杯飲む？」と彼女はグラスをワインのボトルにくっつけて尋ねた。

「けっこうです。車なんで」

彼女はワインを二口飲んでからライターの火をつけた。煙草の煙のにおいが室内の空気を浄化してくれた。そんなことさえ言えそうだった。トルビョルンがいる気配はなかった。

「メイヤはボーイフレンドのところに行ったの」

「知ってます」

「戻ってこさせようとしたんだけど、あの子、呑み込まれちゃったみたいで、会えないのよ」

煙草を軽くくわえ、彼女はゆっくりとキャンヴァスに絵の具をのせていった。

レレは咳払いをした。

「トルビョルンはどこです？」

「仕事をしてるわ。森よ」

「なんの仕事です？」

「さあ。どっちみちもうすぐ帰ってくるわ」

レレはまえに出てキャンヴァスを見た。

「メイヤから聞きましたが、夏に越してきたんですね？」

「そう」

「ここは気に入りました？」

シリヤは絵を描く手を止めた。黒いアイメイクが彼女の眼を巨大に見せていた。「気に入ったとは言えないわね。でも、するべきことをしてる。そういった感じね」

「トルビョルンは？　よくしてくれていますか？」

「彼ほど親切な人にはこれまで会ったことがないわ」

「彼がメイヤを追い払ったわけじゃないんですね？」

シリヤは煙草を最後に一服すると、まだ火がついている吸い殻を窓敷居に置いたビールの空き缶の中に捨てた。まださほど歳を取っているわけでもないのに、これまでの乱れた生活のせいで眼と口のまわりにはすでに深い皺が刻まれていた。彼女は下唇を震わせながらレレを睨《にら》んで言った。

「誰もメイヤを追い払ってなんかいないわよ。カール＝ヨハンよ。メイヤはあの男に振りまわされてるのよ。ふたり一緒にうちに来てって言ったって来やしない。トルビョルンとふたりでわざわざあんな辺鄙なところまで行って、帰ってきてって頼んだのに、あの子は耳を貸そうともしなかった。だからわたしもトルビョルンも今はとても落ち込んでるのよ」

「メイヤはまだ保護者の許可なしに住まいを決めていい歳じゃない。福祉サーヴィスには相談したんですか？」

「わたし、福祉サーヴィスとは相性が悪いの。福祉機関なんてだいたいどこもわたしたちみたいな人間のためには、何もしてくれないところよ」

「私の知り合いに警察官がいます。若者と話すのが上手な警察官です」

「警察とは関わりたくない。どうせ最後にはメイヤをわたしから引き離すんだから。そんなことをされたら、生きていけない」

黒い涙が彼女の頬を伝い落ち、手に持った絵筆が激しく揺れた。彼女はワイングラスに手を伸ばすと、一気に飲み干した。

「わたしがあの子を必要としていることはあの子も知ってるのよ。あの子がいなきゃわたしは生きていけないことをね。だからいつかは帰ってくるわ」

レレは散らかった不潔な部屋を見まわしてから、眼のまえの裸同然の女性を見た。

「メイヤもあなたを必要としてるんじゃないですか？」

彼女は顔を歪《ゆが》め、その顔を両手で覆った。

「わたしは病気なの。お互いを必要としているのはそのためよ。わたしがメイヤを産んだのは今のあの子の歳の頃だった。それからずっとふたりで世界と闘ってきたのよ」

彼女は身をよじらせて泣きだした。レレはますます気まずい思いで壁ぎわに立ち尽くした。寒空の下でたったひとり、温かい服も着ないで坐っていたメイヤの姿が眼に浮かぶと同時に、レレの中で何かが燃え上がった。

レレは咳払いをして言った。

「あなたたち親子があちこちを転々としてきたのは知っています。でも、今のメイヤにとって何より大事なのは安定です。自分の家があることが感じられることです。ほんとうの自分の家があることがね」

「わたしも努力したのよ！　そう言ったでしょ！」

「私の友人の警官なら彼女のところに行って彼女と話すことができる。そのことを報告書に書かないですますことも――」

「警察は嫌だって言ったでしょ！　警察なんかとは関わりたくないのよ！」シリヤは体を揺らし、絵筆を武器のように構えて言った。「もう帰ってちょうだい。わたしはこんなふうに感情的になっちゃいけないのよ」

レレは両手を上げ、散らかった玄関ホールを抜けてヴェランダに出ると、伸び放題の草のあいだを歩いた。足が重かった。頭の中で怒りが脈打ち、指が強ばっていた。できることなら、自分の苦しみに対処するのに精一杯の親などどこかに追い払いたかった。わが子を守ろうとしない親など。

車のドアに手をかけると、彼女が玄関から顔を出して叫んだ。「わたしが会いたがっていたってメイヤに伝えて！」

＊

「呼吸がすべてということだ。自分と武器がひとつになったと感じられるようになるには、武器と一緒に呼吸することだ」背後から、ビルイェルのブーツがきわめてゆっくりと金色の樺の落ち葉の絨毯《じゅうたん》を踏みしめる音が聞こえた。メイヤ自身は膝をついており、ジーンズが段々湿ってきた。ライフルはメイヤの手の中でどうしてもじっとしてくれなかった。握る指の中で黒いプラスティックが震えていた。彼ら――ビルイェルと息子たち――の視線がうなじに感じられた。彼らは自分たちで撃つところを順番に見せてくれ、標的の心臓部と頭部に致命傷となる黒い穴をすでにいくつもあけていた。彼らはそのあと引き金を引きながら自分の体の奥から弾丸《たま》を送り出すように、ゆっくりと息を吐くやり方を教えてくれたのだが、メイヤは撃ったあとの反動に対してどうしても身構えてしまうのだった。だから筋肉と肺が言うことを聞いてくれず、彼女の撃つ弾丸《たま》はどれも高く飛び、木々の中に消えてしまっていた。それが撃てば撃つほどひどくなっていた。ライフルは冷淡でどこまでも異質なままで、それがメイヤには怖かった。

「おれたちは子供の頃から撃ってるからな」とヨーランが言った。「辛抱強く続ければできるようになるよ」

誰より腕が確かなのはパールだった。空中に投げられたクレーピジョン（注、クレー射撃の標的となる素焼きの円盤）を毎回粉々に撃ち壊した。木から木へと走り、すぐに射撃体勢にはいることもできた。ライフルを肩に担いでいるときのパールの鋭い顔はまさに捕食者のそれだった。今、彼は両手で耳をふさいでそばに立っており、メイヤの射撃が終わるとほっとしたような顔をした。

ビルイェルがねぎらうようにメイヤの肩を軽く叩いた。火薬のにおいのする秋の冷気が彼の頬を窪ませていた。見るからに今を愉しんでいた。

「今年のヘラジカ狩りには間に合いそうにないが、メイヤ、それでも来年には立派な牡《おす》を仕留められるようになるよ」

彼らはライフルに肩ひもをつけて担いでいた。迷彩服を着たカール－ヨハンはまるで別人のようだった。いつもの彼より厳粛で大人に見えた。

「早く暗くなっちゃうのが残念だね」と彼は言った。「そうじゃなきゃ、毎日練習できるのに。きみとぼくとふたりだけで」

彼は背の低いコケモモの木と落ち葉のあいだを身軽に移動し、うしろを歩くメイヤが遅れているのに気づかなかった。それでメイヤは最後にはビルイェルとふたりきりになった。木々の合間から降り注ぐ太陽がふたりの背後に長い影をつくっていた。ビルイェルは何度も立ち止まっては、腰を屈めてキノコやまだ残っているコケモモに触れた。そして、そのあと顔を上げ、何かに気づいたかのように空気のにおいを嗅いで、メイヤと眼が合うたび微笑んだ。

「今日は一緒に来てくれてよかったよ、メイヤ。銃器の使い方は誰もが知っているべきだ」

「みんなが武器をいっさい使わないほうがいいということは？」

「左寄りの新聞記者みたいな物言いだな。それは考えが甘い。世界は不安定だというのに国は民間防衛の予算を削減した。今こそかつてないほど自衛能力が重要なのに」

ビルイェルは微笑み、円状に生えた毒キノコを見下ろして続けた。「この国は市民が自分で武装するのを嫌う。武装した市民は専制体制を脅かすからね。彼らが想像もしないほど多くの武器をわれわれが用意しているのはそのためだ。自分の墓を自分で掘るのはごめんだからね」

「武器をたくさん持つのは合法なの？」

ビルイェルはまた微笑んだ。「われわれは専制的なスウェーデンの法律より、自分たちの命や自由を優先している。結局、大切なのはそれだよ」

森の先に母屋が見えてきた。夕暮れの空に白い煙が立ち昇り、彼らを迎えていた。メイヤは空腹のあまり久々に胃袋をつかまれたような気分になり、アニタのキッチンの温もりと食べもののにおいが待ちきれなくなった。そんなメイヤの肩にビルイェルが重い武器を担がせて言った。

「私が息子たちに教えられるなにより大事なことは生き残る術《すべ》だ。きみもわれわれのやり方を学ぶといい。そうすれば、決して誰かに踏みつけにされることはないよ」

*

また車のトランクの中に押し込められている。車は上下に揺れながら凸凹道を走っている。カーラジオからは話し声と歌が流れている。さるぐつわを嚙《か》むと、口の端に刺すような痛みが走る。背後にまわされた手の片方がしびれ、男につかまれた咽喉がまだ痛い。トランクが閉められたとき、彼女は確信した。男は勘ちがいしたのだ。彼女がまだ息をしていることに気づかなかったのだ。

眼が覚めると、胸が苦しかった。まるで眠りながら走っていたかのように。眼のまえにゆっくりとはっきりと長方形が見えてきた。じめじめした壁。裸電球の白い明かり。咽喉に指をやり、脈に触れた。暗がりのほうに体を向け、二本の指を壁にあてた。まるで壁の脈まで測ろうとするかのように。

「まだ生きてるみたいね」と彼女は自分につぶやいた。

ブラッドソーセージを数切れ、無理やり口に押し込んだ。糊《のり》みたいな味がした。フラスクの中の温めた牛乳で口をゆすいでから伸びをすると、強ばった関節が軋んだ。床の上で力なく腕立て伏せをやってみた。すぐに冷たいコンクリートの床に頬をつけて寝そべった。体力を維持するのは思ったよりむずかしい。体は動くのを拒み、心は常に悪いほうに向かっている。失敗したら何をされるかという恐怖が常にある。

ベッドの脚が眼にとまった。汚れた金属製の脚に何かが巻きついていた。細いロープか何かに見えた。手を伸ばしてみると、それはヘアバンドだった。みすぼらしいベッドの脚に誰かが紫色のヘアバンドを巻きつけていた。疲れた腕で体を起こすと、胸を張り、ベッドの下に肩を入れて持ち上げ、ヘアバンドを脚からはずした。電球の光にかざしてみると、髪の毛が何本かからまっているのが見えた。彼女自身より数段明るい、白に近いブロンドだった。ショックのあまり息が止まりそうになった。口に拳を押しあてて、口から飛び出しそうなものをすべて押さえ込んだ。

男が戻ってきたとき、彼女はヘアバンドをブレスレットのように手首に巻いていた。男は興奮しているらしく、泥のついた足跡を残して室内を歩きまわり、バケツの中身を空け、新しい食事を用意した。皮付きのまま茹《ゆ》でたジャガイモとブラッドソーセージ。男がくれるものは何もかも血でできているような気がした。彼女は食事には眼を向けず、彼の視線をとらえようとした。

男もそれに気づいたらしく、やがて手を止めた。冬のジャケットを着ているせいで、実際よりさらに大きく見えた。まるで体の中が沸騰しているかのように、襟の上にのぞく咽喉が赤かった。

「どうした？　なんでおれを見てる？」彼女は恐怖を呑み込み、さらに息とともに吐き出して言った。

「ほかに誰かここにいたの？　わたしのまえに」

それが男にとって思いがけない質問だったことは明らかだった。反射的に目出し帽をつかみ、わけもなくジャケットのジッパーを少しおろした。「どういう意味だ？」

「誰かがこの部屋で暮らしていたの？」

「どうしてそんなことを訊く？」

「誰かがいたような気がするから」

男はジャケットの下に手を突っ込んで胸を掻きながら、壁や部屋の隅を探るように見た。

「何を見つけた？」

「何も」彼女は袖を引っぱってヘアバンドを隠した。「そんな気がしただけ」

「おれは急いでるんだ。夕食を食べて寝ろ。知りもしないことを勝手に想像したりするんじゃない」

ドアノブに向かって伸ばした男の手が震えているのを見て、彼女は勇気を得た。

「彼女は今どこにいるの？　彼女に何をしたの？」

男は手を止めると、ゆっくりと振り向いて彼女の眼を見つめた。「あれこれ訊くのをやめないと、おれはもう二度とここに来なくなるぞ。おまえはここでひとり朽ち果てることになるぞ」

＊

晩秋の朝は最悪だ。凍りつきそうなほど冷たい外気がドアをすり抜け、さらに襟元から中にもはいってきて、常に凍えるほどになる。学校に着いて教室の窓から外を見ると、真っ暗だった。顎の無精ひげが解けた霜で濡れていた。しずくがしたたるほど濡れていた。教室の中は湿ったダウンジャケットと冷えた肌のにおいがして、生徒たちの顔は蛍光灯の下で病的に白く見えた。みな鼻水を垂らし、ひび割れた唇をしていた。黒いアイラインも冷たい風のせいでにじんでいた。

メイヤは窓ぎわの自分の席でスカーフを口まで巻いて、フードをかぶっていた。彼女がそこに坐っているのを見て、レレは安堵《あんど》した。あるいは、感じたのは安堵ではなく、喜びだろうか？　計算式を書くマーカーペンが手に軽やかに感じられた。今では彼女がスワルトリーデンに落ち着いた理由もわかっている。シリヤのことばが頭の中で響いた。〝わたしがあの子を必要としていることはあの子も知ってるのよ〟

昼休み、レレは朽ちかけたベンチに坐っている彼女を見つけた。湯気の立つコーヒーのはいった紙コップを差し出すと、彼女は素直に受け取った。

「ミルクは入れたほうがいいかどうかわからなかったんで」

「大丈夫。ブラックで飲めるから」

彼女は横にずれてレレに場所を空けた。太陽は木々の上まで昇っていたが、光は弱く、暖かくはなかった。

「シリヤに会いにいったんですね」

「ああ」

「どうして？」

「きみのことが心配だから」

彼女は息を吐き、サッカーのグラウンドを見やった。芝は萎《しお》れ、降参したように雪を待っていた。

「わたしがいなくなった娘さんを思い出させるから？」

「そうじゃない」とレレは答えた。が、答がいささか早すぎた。「いや、そうかもしれない」しばらくして彼は言い直した。

メイヤはコーヒーの紙コップを口にあてながら口の片端に笑みを浮かべた。レレも笑みを返した。ふたりのあいだに流れる沈黙はぎこちなかった。が、気づまりではなかった。中年の男と十七歳の少女がふたりで坐っているのを通りかかった人はどう思うか、レレは考えまいとした。いかにも噂になりそうな光景にちがいなかった。

「シリヤは酔っていました？」

「少しね」

メイヤはフードの下から横目でレレを見た。「先生はお酒、飲むの？」

「時々は。だけど、飲むと物事が悪い方向に行くことにはもう気づいている」

「スワルトリーデンではお酒は禁止されてるんです。ビルイェルもアニタもお酒とドラッグを忌み嫌ってる」

「きみは酒が嫌い？」

メイヤは肩をすくめた。「素面《しらふ》の人が家で待ってることがわかってるほうがずっといいわ。

シリヤといると、何が待ってるかわからない」

「だろうね」

コーヒーはすでに冷めていたが、レレは体裁を整えるように一口飲むと、ことばを頭の中で整理してから言った。

「カール - ヨハンとはどう？」

「いい感じだと思ってるけど」

「彼との仲が終わったらどうする？　どこに行く？」

彼女はコーヒーに向かって顔をしかめた。「終わらないわ」

「相手が誰であれ、一緒に暮らすというのはむずかしいものだ。まだ若くて自分というものを探さなければならないあいだはなおさら。互いに息苦しくなってしまいがちだ」

眼と眼がすばやく合い、自分が今言ったことを彼女が理解したのを悟ると、レレは立ち上がり、空になった紙コップを握りつぶした。そして、死んだ光の中で魚の鱗《うろこ》のように光っているシルヴァーロードを指差した。

「私は北に二キロほど行ったところに住んでいる。グリマストレスク二十三番地の赤い家だ。何か必要になったり、しばらくどこかに行きたくなったら、いつでも歓迎する。きみの家のかわりになるのはスワルトリーデンだけじゃない」

彼女はレレをじっと見つめた。が、何も言わなかった。

「考えてみてくれ」

そう言って立ち上がったときには、ずっと寒い中にいたのにジャケットの下で汗をかいていた。

メイヤはベンチに坐ったまま彼を見送った。明るい廊下や笑い声には近づかないようにしていた。雨はあられとなり、メイヤの頬を打ち、水たまりを光るガラスに変えた。メイヤは氷の粒を踏みつぶしはしたが、人の眼を気づかい、子供のように飛び跳ねるのはやめた。

どこからともなく、クロウの声が聞こえてきた。「どういうことよ?」

「何が?」

「あんたとレレ・グスタフソンのこと」

「何も。あの人、わたしと話がしたかったのよ。それだけ」

「寝てるの?」

メイヤは思わず笑った。「馬鹿じゃないの?」

クロウはにやにやした。「その辺をぶらぶらしない?」

彼女は黒いコートを着て、コケモモのように真っ赤なニット帽をかぶっていた。濃い化粧をした顔は、天気に左右されることなく、あられの降る中でも魅力的だった。ふたりは学校から離れ、霜に覆われた樺の木立に向かった。降り積もった落ち葉が薄明かりの中でゆらゆらときらめいていた。

クロウは煙草を吸い、凍える指で携帯電話の画面をタップした。黒く塗られた爪から小さな髑髏《どくろ》が笑いかけてきた。

「わたしたち、何から隠れてるの?」とメイヤは尋ねた。

「隠れてるわけじゃないよ。人を待ってるんだよ」

クロウは木々のあいだをのぞくようにして見た。ふたりのまえには曲がりくねった小径が続いており、その小径は松の木々のあいだに消えていた。しばらくすると、小型バイクががたがたと走ってくる音が聞こえてきた。

「誰を待ってるの?」

「ヤクを売ってくれる人」

クロウはメイヤを引っぱって木々のあいだを抜けると、そこで学校のほうをちらりと振り返った。やがて赤い小型バイクが現われた。革のジャケットを着て、髪を風になびかせた、チンピラ風の若い男が乗っていた。ヘルメットは無造作にハンドルに下げてあった。男はエンジンを切ったが、シートにまたがったままメイヤのほうに頭を傾けた。

「誰だよ?」

「メイヤ」とクロウは答えた。「クールな子よ」

「よけいなやつを連れてくるなって言っただろ?」

「メイヤはよけいなやつじゃないよ」

　クロウはメイヤを守るように腕をまわすと、親友だと言わんばかりに微笑んだ。

「これはミカエル。でも、みんなからはウルフって呼ばれてる。全然似合ってない渾名《あだな》だけど。見た目どおりの人畜無害な男よ」

　ウルフはヘルメットを叩いて微笑み、クロウからしわくちゃの紙幣を数枚受け取ると、すばやくジャケットの中にしまった。そして、学校のほうをちらりと見てから、小さなビニール袋を取り出し、クロウに渡した。彼女はそれを隠すように握り、赤い唇に笑みを浮かべた。ほんの数秒ですべてが終わった。

　ウルフはすぐには去ろうとせず、眠たげな眼でメイヤを見つめた。

「なんか見覚えがあるな。まえにも会った気がする」

　メイヤはフードを引っぱって顔を隠した。「そんなことないと思うけど」

「絶対に会ってる。ものすごく見覚えがある」

「あんたにはブロンドはみんな同じに見えるんだよ」とクロウが横から口をはさんだ。「もう行かなきゃ。あんたとちがって、あたしとメイヤにはこれからの人生の計画があるんだから！」

「ヤク漬けになって売春してても、それはキャリアのうちにはいらないぜ」

　クロウは彼に向かって中指を突き立てた。

歩きはじめたふたりの背後からウルフの笑い声が聞こえた。

しばらく歩いたところで、クロウが腕を組んできて、メイヤの肩に頭をのせた。赤いニット の帽子がメイヤの頬をくすぐった。

「ウルフはあちこちで悪く言われてる。でも、あたしは子供の頃から知ってるのよ。兄貴みたいなもんよ。だからあたしは彼には絶対背中を向けない。村の阿呆連中みたいには」

「どうして村の人たちは彼に背中を向けてるの？」

クロウは頭を起こしてメイヤを見た。「リナが行方不明になるまえにつきあってたからだよ。みんな誰かのせいにしたいんだよ」

メイヤはうなじをちくりと刺されたような気がした。レレのことを思った。車に乗っていたときの悲しげな顔を思い出した。くずおれそうな体を支えるかのように教卓についた腕も。

「あなたは彼が関係してるとは思ってないのね？」

クロウは唇を歪めて答えた。

「直接訊いたことないわ。知りたいのかどうか自分でもわかんない」

＊

秋になってようやくレレは不足していた睡眠の埋め合わせを始めた。疲労に襲われたときにはできるだけ体を休めるようにもした。車に乗っているときには道路脇に車を停めて座席を倒したり、学校では腕を枕に机に突っ伏したりして。歯も磨かないまま、寒さとすっきりしない頭を抱えて夜明けにソファで眼覚めることもあった。そんな日々がまた始まった。レレとしても、午後の早い時間から暗くなる今はそういう現状に身を任せざるをえなかった。実際、なんとか眼を開けているだけで大変な労力が要り、ハンドルを握りつづけた長い夜や白夜の記憶が今では現実のものとは思えなくなっていた。暗い窓ガラスに映る自分の姿を見れば、ひとりで食卓についていることはもちろんわかった。が、夢の中では常にリナもそこにいた。

パトカーが私道を走ってやってきたとき、レレは眠っていた。ドアの閉まる音も、砂利を踏む重い足音も聞こえなかった。ベルが鳴ったあとドアを強く叩く音がして、やっと眼が覚めた。

「寝てたのか？　まだ六時だぞ」

外は小雨が降っており、額にかかったハッサンの髪がカールしていた。

「何かあったのか？」

「いや、ただあんたの様子を見にきただけだ。コーヒーをもらえるかな？」

「もちろん。中にはいるまえに靴を脱いでくれ」

レレはよろけながらキッチンに向かった。疲れのせいで足元がおぼつかなかった。テーブルの上の魔法瓶を顎で示すと、ハッサンはカップを手に取った。いつコーヒーをいれたのか、レレは思い出せなかったが、まだ湯気が立っているところを見ると、さほどまえではないはずだ。テーブル越しにハッサンが自分を見つめているのがわかった。

「今日は仕事に行ったのか？」

「もちろん行ったよ」

「生徒たちに手を焼いてるのか？」

「疲れてるだけだ」

ハッサンはテーブルに両肘をついてコーヒーを飲んだ。「なんでコーヒーと一緒に食べるものを家に置いておかないんだ？」

「パンがある」

「パンのことじゃない。ビスケットとか焼き菓子とか」

「あんたはそういうのを食べるのか？　体型を気にしてるんじゃなかったのか？」

「痩せた」

レレはパンとバターの容器をテーブルに置いた。販売期限を三週間過ぎているのがハッサンにばれないよう、すぐにバターの蓋を取った。チーズはなかった。

「食べなきゃならないのはあんたのほうだ。どれだけ痩せた？」

「おれのことはどうでもいい。おれが知りたいのは警察のことだ。ハンナ・ラーソンの捜索はどうなってる？」

「おれの担当じゃない。「それぐらい知ってるだろ？」

それでも、情報ぐらいははいるはずだ。警察はリナの件と関連があると見てるのか？」

ハッサンはパンに手を伸ばした。パンはかちかちに乾いていた。彼はいかにも疑わしげに吟味した。

「その可能性を排除しているわけじゃないけれど、ふたつの事件はかなり場所が離れている。それが捜査を複雑にしてる」

「相当複雑なんだろうよ、何ひとつ捜査が進展していないところを見ると」

ハッサンには答える気もないようだった。コーヒーを飲み干すと、さらに注ぎ足した。

「あんたにも帰る家があるんじゃないのか？」とレレは言った。

「おれは今仕事中だ」

「この季節、この村で何が起きるっていうんだ？」

「あんたが想像する以上のことが起きてる」

レレはコーヒーを入れた魔法瓶に手を伸ばし、自分の分を注いだ。咽喉が渇き、口の中が気持ち悪かった。髪を撫でつけると、指に脂が残った。

「来てくれ。見せたいものがある」

レレはそう言って、ハッサンを書斎に案内した。途中、ボウルから林檎《りんご》をひとつ手に取り、明かりをひとつずつつけて、彼を嘲笑《あざわら》うような闇を追い払った。書斎の壁には情報がいくつも貼られており、その情報はどんどん増えていた。リナのことが書かれた新聞記事。役に立ちそうなネット上の情報を印刷したもの。アリエプローグのハンナ・ラーソンの失踪に関する新聞の切り抜きもあった。リナとハンナの写真が並んでおり、それを見るたびレレははっとしていた。ふたりはそっくりなのだ。姉妹と言っていいほど。

ハッサンは戸口に立っていた。マグを持っていたが、新しく注いだコーヒーにはまだ口をつけていなかった。レレは林檎を一口大きく齧《かじ》ると、写真を顎で示して言った。

「これでも関連がないと思うか?」

ハッサンは無言のまま後頭部を掻いた。レレは〈ノールボッテン・クーリレン〉紙の記者による記事を拳で叩いた。ふたつの事件を関連づけたもので、見出しには大きくこう書かれていた。〝少女失踪事件の注目すべき共通点〟。

ハッサンは頑《かたく》なに戸口から中にはいってこようとしなかった。「何が言いたいんだ?」

「リナとハンナの失踪には関連がある。そう言いたいんだ。おれにはわかる。記者にもわかったんだろう。警察にもわかっていいはずだ」

ハッサンは腕を組んだ。制服が軋むような音をたてた。今、疲れたように見えるのはハッサンのほうだった。

「いいか、警察だってそれぐらいわかってる」

＊

男は彼女を殴ったあとはいつもやさしくなった。頼みごとができるのはそんなときだった。床の上には緑の救急箱が開けて置いてあり、男は彼女の切り傷に消毒薬を塗ると言って聞かなかった。

「感染するかもしれない」彼女が後ずさりすると、男は言った。「おまえは不潔でいたいと言ってるからなおさらだ」

彼女は男に近づかれるだけでぞっとした。男の手にも、男が発する甘酸っぱいにおいにも吐き気を覚えた。男は腐った果物のにおいがした。このままずっと顔を見ることがなくても、においだけで彼だとわかるだろう。男が部屋を出ていったあともそのにおいは長く鼻腔《びこう》に残った。

「新鮮な空気が吸いたい。新鮮な空気を吸わないと、治る傷も治らない」

「外は寒い」

「かまわない。空気を吸うだけでいいの」

「今は駄目だ」

「お願い」

「今は駄目だと言っただろ！　いつまでも言いつづけると、どこにも連れていかないぞ！」

男はすぐに怒りを爆発させた。が、彼女はひるまなかった。まだ交渉の余地はある。

彼女は体を近づけて、わざとおとなしい声で言った。「遠くまで行かなくてもいいのよ。ドアから顔を出して息を吸うだけでいいの」

男は彼女の額に絆創膏を貼って親指で撫でた。それから、サイドテーブルに置いた料理のほうに頭を傾けた。黒っぽいパンを薄くスライスしたものと、ぎらぎらと光る鮭《さけ》の燻製《くんせい》だった。

「おれがつくったんだ。旨《うま》いうちに食べろ。そのあと散歩する時間があるかどうか考えてやる」

彼女はパンに手を伸ばした。ハーブのディルの苦味に胃がせり上がった。それでも大きく一口齧った。鮭は舌の上でとろけた。無理して嚙む必要がなく、ありがたかった。食べることすら、彼女の力を消耗させた。

男は救急箱のまえにしゃがみ込むと、出したものを几帳面《きちょうめん》に箱に戻した。彼女は下を向く彼の頭を見ながら思った。あの頭を思いきり蹴飛ばしたら不意を突けるだろうか。ベッドの端から床におろしている足は男のすぐそばだ。爪先が疼《うず》いた。一度なら蹴ることができる。あるいは二度いけるかも。最初は決して背中を向けようとしなかった男も最近では油断するようになっている。

男は眼を上げて、パンと鮭を呑み込もうとしている彼女を見た。

「おれから逃げることを考えてるんだろ？」

「そんなことないわ」口の中は食べものでいっぱいだった。

「だから外に出たいなんて言うんだよ」

「新鮮な空気を吸いたいだけよ」

男はベッドの彼女の隣りに坐り、彼女の肩に重い腕をまわして言った。

「全部食べたら考えてやる」

＊

レレは金曜日が嫌いだった。金曜日には、同僚たちが明るい眼をして、明るいわが家へ、変わり映えしない夕食と居心地のいい夜へと帰っていく。子供たちと配偶者とかりそめの充足感が待つわが家へと。帰ると誰かが待っているという感覚はレレももちろん覚えている。以前はリナとアネッテ、それにろうそくの明かりと夕食のテーブルが待っていた。それらに映画が加わることもあった。日々のつましい贅沢《ぜいたく》。今の彼には初めから縁のないものに思えた。

今の家の中は寒々として暗かった。が、レレは明かりをつけようともせず、ジャケットを着たままキッチンに向かった。冷蔵庫から何かにおった。あるいはシンクからか？　アネッテは食洗器を買いたがったが、レレは倹約家だった。それで胸に手をあてて宣言したのだ。今日から皿洗いは全部自分がやると。〝二本の腕があるというのにどうして機械が要る？〟。レレは今改めて思った、あの頃から愚かだったのだ、おれは。

コーヒーだけはいれたものの、その主たる目的はキッチンをコーヒーの香りで満たすことだった。体に食い込んでくるほど水切りかごに体重を預けて寄りかかった。酒に飢えていた。アルコールへの渇望が舌の上で燃えていた。うなじのあたりに冷たい汗が噴き出していた。最初の冬はひたすら飲みつづけた。雪が深く積もり、マイナス四十度という日が続いて、どのみち捜索はできなかった。表向きはどう繕おうと、それは警察も同様だった。あの冬は何もかもが寒さと雪に埋もれた。アネッテは睡眠導入剤で眠り、レレはベッドはおろか、二階にあがることすらめったになかった。どこで寝ていたのだろう？　思い出せなかった。

暗がりの中で坐っていると、ドアベルが鳴った。その音に一気に鼓動が速くなった。玄関に向かおうとすると、めまいがした。窓の外をちらりと見て、ぎょっとした。黒いフードの下からブロンドの髪をのぞかせた小柄な人影が立っていた。

リナ。愛《いと》しいリナ。おまえなのか？

ドアを開けると、彼女はフードを取った。レレは大きな失望に見舞われた。しばらくのあいだふたりは黙ったまま見つめ合った。彼女は顔一面、雨粒に覆われていた。その眼がレレを認めて光った。

「バスに乗り遅れたんです。お邪魔だった？」

「いやいや、とんでもない。はいってくれ」

レレは明かりをつけた。部屋の散らかりようと、いまだに出所《でどころ》のわからない悪臭が恥ずかしかった。メイヤはジャケットを脱がず、坐るよう勧められると、リナの椅子をテーブルから引き出した。レレはそこは駄目だと言いたかった。が、なぜか言えなかった。コーヒーを注ぎ、例のみすぼらしいパンをテーブルに置いた。ハッサンが菓子ぐらい用意しておけと言っていたことが思い出された。あのあと買っておけばよかった。

メイヤは室内を見まわし、汚れた皿や冷蔵庫のドアについたマグネット、リナの写真に眼を向けた。

「素敵な家ですね」

「いや――どうも」

「ノールランドの家はみんな広いんですね」

「こんな土地に自ら進んで住む人はあんまりいないからだろう」

メイヤが微笑むと、前歯のあいだにこれまで気づかなかった隙間があるのが見えた。そう言えば、彼女がこんなふうに微笑むのを見ること自体、これが初めてだった。

「わたしだったら喜んで住むけど。最初は好きじゃなかったけど、好きになりました」

「スワルトリーデンが？」

「ノールランドが」

「実は私もだ」

レレはパンにバターを塗った。メイヤも同じようにした。

「きみが寄ってくれるとわかっていたら、ほかにも何か用意したんだが。最近ではお客なんてほとんど来なくてね」

「女性の友達はいないんですか？」

「二年まえに離婚したんだ。元妻には今、新しい相手がいる」

「それは残念」

「まあ、そうかもしれない」

メイヤは額に皺を寄せ、レレはパンをコーヒーに浸した。手が震えることもなかった。思えば、動揺することなくアネッテのことが話せたのもこれが初めてではないだろうか。やりきれなさも憂鬱も感じなかった。むしろ逆だった。若者とこうして向かい合って坐っていると思うと、それだけで明るい気分になれた。自分の娘と同じぐらいの若い娘とこうして坐っていると。

「訊いてもいいかな?」しばらくして、レレは言った。

「なんですか?」

「スワルトリーデンでの生活のことだ。どんな感じなんだね? ブラント一家はテレビも持っていないと聞いたが」

「夜、ポッドキャストを聞くんです」

「ポッドキャスト?」

「ええ。たいていはアメリカ人が新世界秩序だのなんだのについて話すのを聞くんです」

「新世界秩序?」

メイヤは顔を赤らめ、レレの視線を避けた。「ビルイェルが信じてるんです、そういうことを。それにパールも」

「カール-ヨハンはちがうのか?」

「彼はスワルトリーデンで育ったからほかを知らないけれど、でも、もっと広い世界を見れば変われるわ」

「そうか、きみはそういうことを考えてるんだね? 彼にもっと世界を見せようって」

メイヤはため息をついて、テーブルに視線を落とした。「彼はわたしと結婚して子供をつくりたがってる」

「でも、まさか今すぐじゃないだろう? まだ若すぎるよ。ふたりとも」

彼女は顔を起こして、レレを見た。両頬にいたずらっぽいえくぼができていた。「ピルを飲んでるんです。彼は知らないけど」

外は暗かったが、ふたりは暖かい光の輪の中に坐っていた。しかし、いつまでもそうしてはいられないことは、風に煽《あお》られた枝の音が嫌でも教えてくれていた――〝その子はリナじゃない。レレ、娘が帰ってきたわけじゃないんだぞ〟と言って。

さきに立ち上がって、光の輪の外に出たのはメイヤだった。シンクでコーヒーカップをすすぐ音がして、続いてレレの背後に戻ってくる足音が聞こえた。足音が止まり、レレが振返って見ると、彼女は冷蔵庫に貼られたリナの写真のまえで立ち止まっていた。十人のリナがステンレスのドアからレレたちに向かって微笑みかけていた。夏の花の花輪をかぶった裸の赤ん坊のリナ。赤いスクーターに乗った、歯の抜けた八歳の女の子のリナ。そして最後の写真のリナ。夏学期の最後にタルバッカ高校で撮った写真だ。リナは白いワンピースを着て、頭のてっぺんで髪をまとめていた。メイヤは頭を傾げ、リナの顔の中に何かを探ろうとするかのようにじっと見つめてから、レレを振り返って言った。

「遅くなったから、電話して迎えにきてもらわないと」

「送るよ」

野生動物の侵入防止柵に覆いかぶさるようにトウヒの木が立ち並ぶあいだを抜け、レレは車を走らせた。前方に延び、ヘッドライトを受けて光るシルヴァーロードは閑散としていた。

レレは時間を長引かせようとするかのように、ゆっくり運転した。助手席のメイヤはじっと坐って黙り込んでいたが、車がスワルトリーデンに続く砂利道にはいると、フードをかぶって言った。

「ここで降ろしてください」

「いや、玄関まで送るよ。ひどい風だよ」

「そんなの、大丈夫。歩きたいんです」

静かに、しかし、きっぱりとメイヤは言った。うなるように吹き荒れる風が砂利を巻き上げていた。それでもレレは彼女の希望どおりスピードを落とした。車が停まると、メイヤは不意に向き直ってレレに抱きついた。無精ひげの伸びた顔に冷たい頬があたった。

「乗せてくれてどうもありがとう」

メイヤはそう言うと、ドアを開けて風の中に出ていった。レレは小さな人影が暗がりに呑み込まれるまで眼を離さず、最後まで見送ったあともしばらくそのまま坐っていた。車のまわりで風が泣いていた。レレの心の中で虚無感が尚《なお》一層ふくらんだ。彼は思った——メイヤがおれを見つけ出したのは偶然ではない。きっと理由がある。明かりが輪をつくるキッチンテーブルで何かがふたりを結びつけた。それだけはまちがいない。レレはそう思った。

＊

夜の闇が窓ガラスに張りつき、メイヤは息がつまりそうになって、汚れたガラスに映る自分から離れた。闇の中で明るいのはこの農場だけで、母屋の裏に迫る森はまるで黒いカーテンのようだった。鶏小屋に続く道を照らせるよう、アニタから懐中電灯を渡されていたが、冷たい闇は鶏小屋にもはいり込んでおり、メイヤが近づくと、鶏たちは羽をふくらませた。この時期、卵はあまり採れない。一日に二個見つかればいいほうだ。

夜の訪れが早いので、暗くなると、一家は一個所《かしょ》に集まった。メイヤもカール－ヨハンや兄たちと一緒に暖炉のまえに坐った。火を熾《おこ》すのはビルイェルの役割で、アニタは肘掛け椅子に坐って、眼を細め、いつも編みものをした。彼女の手はそれ自体が生きもののようで、編んでいる毛糸には際限がなかった。まるで無尽蔵に貯《たくわ》えられているかのようだった。メイヤは自分にも何か集中できるものがあればいいのにと思った。目前に迫る戦争と世界の終わりに関する兄弟の講義ではなく、何かほかに集中できるものがあればと。ビルイェルはいつもメイヤの注意を惹《ひ》きたがった。暖炉を背にして立ち、メイヤがちゃんと聞いているのを確かめるかのように彼女をじっと見つめるのだ。

〝連中はわれわれが現実から逃避するのを望んでいる。われわれが携帯電話とコンピューターの画面にのめり込むのを望んでいる。われわれが周囲を見まわして、世界で何が起きているか、そういうことを問いはじめることは望んでいない〟。

メイヤには自分の部屋がなかった。逃げ込めるようなちょっとしたスペースもなかった。彼ら全員がまるで蠅《はえ》がたかるみたいにメイヤのまわりにいた。ヨーランとパールも機会があれば彼女のそばに坐ろうとした。そして、まるで栄養でも摂《と》ろうとするかのように彼女に触れたり、重い腕を肩にまわしたりするのだ。メイヤはずっとほんとうの家族、ほんとうの兄弟姉妹を夢見てきた。それでも、こんなふうに常に囲まれていると、以前のようにひとりになりたくてたまらない自分がいることに気づいた。息がしたかった。認めたくはなかったが、彼女にも次第にわかってきたということだ。息がつまるのは闇のせいだけではないことが。

カール－ヨハンがノックもせずにドアを開け、隙間から頭を突き出して言った。「ここで何してるの？」

「しばらくひとりでいたいだけ」

彼は眉をひそめた。「これから例のテキサスの人の話を聞くけど。母さんが焼いたケーキもあるよ」

「明日テストだから勉強しないと」

カール－ヨハンは戸口から動かなかった。顔には苛立ちが浮かび、それが彼を醜く見せていた。

「終わったら階下《した》に行くから」

が、みんなのもとには行かなかった。寝る時間になってカール-ヨハンがベッドの隣りに這い込んでくると、メイヤは深く息をしながら、放っておいてくれることを祈った。ひとつ屋根の下で暮らすようになって数ヵ月、すでにメイヤは憂鬱になっていた。シリヤと同じで、落ち着くことが苦手なのかもしれない。どこかに根をおろすということができないのかもしれない。夏のあいだは自分が何を求めているのか、はっきりわかっていると思っていた。スワルトリーデンが自分の家になるのだと信じていた。しかし、闇と日常生活が押し寄せてきた今、そんな考えはいかにも馬鹿げたものに思えた。レレのことばを思い出した。自分というものを探さなければいけない時期に他人と一緒に暮らすのはむずかしい。レレはそんな意味のことを言っていた。

カール-ヨハンがまちがいなく眠りについたことがわかると、メイヤは片足ずつおろしてベッドから出た。服をしっかりつかんだままカール-ヨハンの部屋のドアを閉めた。ヨーランとパールの部屋のドアの向こうは静かで暗かった。農場で重労働をしているので彼らの夜は早い。メイヤはぎこちない手つきで大急ぎで着替えた。階段を降りるときには家全体が軋んでため息のような音をたてたが、その音を聞きつけた者がいたとしても、誰も確かめにはこなかった。ビルイェルとアニタの部屋の両開きのドアは閉まっていて、隙間から洩《も》れているのは闇だけだった。

この地で秋の夜に外に出るのは、この時期にグリマストレスク湖で泳ぐのと変わらない。一気に全身の筋肉が眼覚めた。月明かりが砂利道を照らしているおかげで、鶏小屋を見つけるのは簡単だった。携帯電話があればいいのに。すぐにそんな思いが浮かんだ。あれば誰かに電話をかけられるのに。シリヤかクロウに。あるいはレレに。ほんとうに話したい相手はおそらくレレだろう。が、携帯電話はここにはない。雌鶏《めんどり》を相手に満足しなければならない。

鶏たちは身を寄せ合って寝ており、真夜中にメイヤが仲間入りしても気にとめないようだった。メイヤは埃も気にならず、おがくずの上に坐った。そして、いじめられっ子の鶏に手を置いた。松脂《まつやに》はすでに取れ、羽を抜かれたところに新たに柔らかい羽が生えてきていた。メイヤは坐ったまま、混乱した思考を整理しようとした。少し泣いたかもしれないが、それは鶏を起こしてしまうほど激しいものではなかった。

眠りに落ちかけたとき、いきなり複数の声が聞こえてきて、飛び起きた。カール－ヨハンが捜しているのだろう。それでたぶんパールかヨーランを起こしたのだ。まずそう思った。彼らにはわたしにはひとりの時間が必要なのが理解できないのだ。誰ひとりわからないのだ。誰にしろ、彼らは静かな声で話していた。囁《ささや》いていると言ってもいいほど低い声だった。メイヤは鶏小屋の扉に近づき、よく聞こえるよう息を止めた。

初めに男が何か言ったが、なんと言ったのかはわからなかった。すぐに別の声がした。聞き覚えのない高い声だった。女の声だった。

*

その夜、レレは同じ光の輪の中、キッチンテーブルのまえに坐っていた。リナの席の正面に。しかし、彼の頭を占めているのはリナのことだけではなかった。自分が待っているのがメイヤであることなど認めたくなかった。それでも彼女を待っていた。平らにつぶれたクッションの上に身を強ばらせて坐り、耳をすましていた。散らかった古い家に感心したかのように眼を見開き、壁を見た彼女の様子がまだ眼に焼きついていた。彼女はリナの写真を見つけ、そこで眼を止めた。焦がれるように。夕食のテーブルの下で腹をすかせている犬のように。頬が丸々とした赤ん坊の顔から、すっきりしたティーンエイジャーの顔になるまでの写真に。写真はステンレスの表面にところせましと貼られていた。そして、そこには二度と取り戻せなくてもレレとしては今でも貪るように見つめたい十の瞬間があった。それ以外の世界はすべて無味乾燥としていた。レレは今ではもう写真を撮らなくなっていた。彼の経験したすべて、意味のあることすべてが冷蔵庫のドアに味気ないマグネットでとめられ、そこから彼を見つめていた。そして、無言で求めていた。何かして、パパ。そこに坐ってるだけじゃなくて、何かして。

最後に彼はハッサンに電話した。ハッサンが出ないので、留守番電話にメッセージを残した。〝おれの受け持っている新しい生徒のことが心配だ。メイヤ・ノルドランデル、十七歳。母親はトルビョルン・フォルスのところに引っ越してきたシリヤという女性だ。彼女たちのことをもっと知りたい。協力してもらえるとありがたい。おれが何を心配しているかはわかるだろ？〟。

携帯電話を手にしたまましばらく坐っていた。メイヤのことを考えると、妙な感覚が背すじを走った。彼女は本物の家庭も本物の父親も知らない。彼女の写真が冷蔵庫のドアに飾られたことはおそらくこれまで一度もないのだろう。

*

メイヤは鶏小屋の桟のあいだから外をのぞいた。ふたつの人影が森のへりを移動していた。初めは誰かがビルイェルの地所に不法侵入したのかと思った。が、囲いの中の犬は吠《ほ》えていなかった。さらに人影のうちひとつが誰だかわかった。顔は見えなくても。ヨーランだ。彼には動きに特徴があって、歩くとき妙な腕の振り方をする。まるで世界からわが身を守ろうとするかのような、あるいは世界に攻撃をしかけようとするかのような。

ヨーランの隣りの人影は小さく、弟のどちらかでもないのは明らかだった。小さいだけでなく細かった。アニタよりずっと痩せていた。少女だ。もしかしたらまだ子供かもしれない。その少女が月明かりの中で向きを変えたとき、背中まであるブロンドの髪が見えた。どこか痛むのか、肩をいからせ、頭を垂れ、妙な歩き方をしていた。

ふたりは話し合っていたが、話し合いは次第に熱を帯び、最後には言い争いになった。メイヤは身を屈めて、背の低い扉をくぐって出ると、背中を鶏小屋の壁に押しつけながらふたりに近づいた。そして、手押し車のうしろに身をひそめ、私道のランプの光の中、ヨーランが少女を木に押しつけてその口を手でふさぐのを見た。何かかぶって顔を隠しているようで、彼が話すのに合わせて黒い生地が動いた。

「おまえのためになんだってやってやったのに、その礼がこれか？」

彼につかまれ、少女は泣いていた。メイヤの口の中に嫌な味が広がった。ヨーランに向かって叫びたかった。が、舌が言うことを聞かなかった。ヨーランは顔を少女の顔に近づけると、こんなことを言った。

「おまえのまえの女の子もやっぱり馬鹿だった。おれから逃げようとするなんて。おれがあらゆるものから救ってやったのに。いいか、あらゆるものからだぞ！　おれがその子をどうしたか知りたいか？　まあ、知らないほうがいいだろうけどな」

少女はうめいた。ヨーランが少女の口から手を離すと、少女は息を吸ったあと咳《せ》き込んだ。「うちに帰りたい」声をつまらせながら彼女は言った。「お願い。わたし、うちに帰りたい」

それはヨーランをさらに怒らせただけだった。彼が少女の体を持ち上げ、ぬいぐるみ人形のように揺さぶるのが見えた。「ここがおまえの家だ。わからないのか?」

ヨーランは彼女の細い体を木の幹に押しつけ、首を押さえた。ぼんやりした明かりの中、見開いた少女の白眼が光った。少女は宙で足をばたつかせ、宙を蹴り、宙を踏んだ。少女の咽喉から妙な音が聞こえたところで、メイヤは自分が叫んでいるのに気づいた。

それに反応して囲いの中の犬が吠えはじめた。ヨーランは振り向いたものの、その手はまだ細い首をつかんでいた。少女の足が止まり、体から力が抜けた。メイヤはヨーランに向かって暗い地面を走り、強靱《きょうじん》な彼の首の腱《けん》とメイヤよりはるかに力強くて堅い肩を叩き、引っ掻いた。さすがにヨーランもひるんで手をゆるめた。少女はどすんと不穏な音をたてて地面に落ちた。咳き込み、唾を飛ばし、何か言いながら、少女は森のほうに這った。

ヨーランは目出し帽を剝ぎ取ると、メイヤが見たことのないような眼で彼女を睨んだ。頭から血が出ていて、黒っぽい傷が頬から咽喉まで走っていた。まるで空気が足りていないかのように肩を大きく上下させて息をしていた。

「邪魔するな、メイヤ。ふざけてるだけだ」

彼の背後で、少女が立ち上がり、暗がりの中、ただの影にしか見えない森に駆け込むのが見えた。湖の方向へ、低い枝のあいだを白い幽霊のように走っていった。

「何してるの？　あれは誰？」

ヨーランは答えなかった。メイヤの全身を上から下までとくと見た。彼の息がふたりのあいだを埋めた。メイヤには彼の頭の中で渦巻く思考が聞こえるような気がした。案の定、ヨーランはいきなり体あたりしてメイヤの両手をつかもうとした。が、つかめたのは袖だけだった。メイヤは彼の手を振りほどくと、逃げだした。全力で走った。撥ねた土くれが口にはいった。暗い母屋めざして、湿った地面を懸命に蹴った。

ヴェランダの階段をのぼりかけたところで、ヨーランが追いかけてきていないことに気づいた。納屋と森のへりを見まわした。なんの動きもなかった。ヨーランも少女も闇に呑み込まれていた。全速力で走ったのと恐怖のせいで、肺が焼けつきそうになりながらも、メイヤはビルイェルの部屋のドアを強く叩いた。

ドアを開けたのはアニタだった。ぼんやりとした光を受けて髪が銀色に輝き、足首まである寝間着が幽霊の着衣のように見えた。

「どうしたの？」

メイヤはドア枠につかまった。ライフルに手を伸ばすビルイェルの輪郭が見えた。

「ヨーランよ。来て」

それ以上言う必要はなかった。ビルイェルとアニタは慌てて上着を羽織り、家から飛び出した。ビルイェルはライフルを手にしていた。

ヨーランは湖の畔《ほとり》で見つかった。水面に張った氷の下の湖水に動きはなく、あたりは森閑としていた。ヨーランはねじれた樺の木にしがみついており、どこまでが枝でどこからが彼の腕なのか、見分けがつかなかった。顔は月のように青白かった。ただ、頭から赤い血を流していた。近づいてくる両親を見て、彼は大きく眼を見開いた。息をするために開けた口から涎《よだれ》が小さな泡となって垂れた。樺の木から離れると、アニタの背と首に両腕を巻きつけ、しっかりと抱きついた。血は咽喉まで垂れており、彼の囁く声がメイヤにも聞こえた。「ごめん、母さん。ごめん」

「ヨーラン、いったい何をしたの？」

「彼女を傷つけるつもりはなかった。そんなつもりはまったくなかったんだ。ただふざけてただけなんだ」

ビルイェルが懐中電灯で木々を照らした。光を受けた木はみな灰色に見え、醜かった。

「困ったやつだ。彼女はどこだ？」

ヨーランは凍った水面に身を乗り出して吐いた。アニタはその背中をさすりながらビルイェルを睨んだ。

「あなたのせいよ」鋭い声が木々のあいだで宙に浮いた。「あなたは助けを求めるということをこの子に許さなかった」

ビルイェルは答えなかった。聞こえるのは彼が少女を捜して茂みを踏む音だけだった。懐中電灯を武器のように突き出し、体のまえで振っていた。汗と吐物と血のにおいがした。ヨーランが立ち上がっていた。歯がちがちと鳴っていた。メイヤは三人から少し離れて立って、森のほうを指差した。メイヤの背すじを恐怖の悪寒が走った。

「彼女はあそこに倒れてる」とヨーランは言った。

ビルイェルが懐中電灯を向けると、最初に髪、ついで広げた脚が見えた。少女は苔《こけ》の上にうつぶせに倒れていた。金属の手錠が懐中電灯の白い光を受けて光った。息をしているようには見えなかった。ビルイェルは駆け寄って、彼女を仰向《あおむ》けにした。首に力がなかった。頭ががくりと垂れた。流れた血が口と頬で固まっていた。アニタが天に向かって叫びはじめた。

「またですか！　ああ、神さま、またなんですか⁉」

ビルイェルは地面に坐り、少女の開いた唇に耳を近づけた。懐中電灯とライフルはすでに地面に置かれていた。震える手で少女の口を開くと、彼は少女の肺に勢いよく自分の息を送り込んだ。さらに少女の上に屈み込むと、華奢《きゃしゃ》な肋骨《ろっこつ》を両手で押した。

「そんなつもりじゃなかった。そんなつもりじゃなかったんだ」とヨーランは何度も繰り返した。「襲ってきたのは彼女のほうだ」

ビルイェルは息を吹き込みながら少女の肋骨を強く押した。なんの反応もない肋骨が今にも折れそうに見えた。「困ったやつだ」息を切らしてビルイェルは言った。「おまえはいつかわが家に破滅をもたらす」

　少女が咳き込みはじめてもビルイェルは気づかないらしく、半狂乱で彼女の胸を押しつづけた。メイヤは思わず叫んでいた。ごつごつした地面をよろけながら走り、ビルイェルを少女から引き離した。ビルイェルは横に転がり、喘《あえ》ぎはじめた。メイヤがつかんだ彼のシャツは汗みずくになっていた。よほど懸命になっていたのだろう、ビルイェルはぜいぜいと音をたてて息をしていた。

「救急車を呼ばなくちゃ」とメイヤは言った。

　ビルイェルは顔を拭うと、メイヤを見上げた。まるでそこに立っているのに初めて気づいたかのように。その眼には涙があふれていた。立ち上がると、メイヤをつかんで胸に強く抱き寄せた。濡れたシャツの下で彼が震えているのがわかり、メイヤには彼の恐怖と自分の恐怖が交じり合うのがわかった。

「どこにも電話はかけない」と彼は言った。

　メイヤはビルイェルの手から逃れようとした。が、彼は片手でメイヤの手首をつかみ、もう一方の手でライフルを拾い上げた。メイヤには彼女の頭上高く夜空に向けて突き上げられたライフルと、その銃床を握る彼の白い指しか見えなかった。その直後、世界が爆発した。

*

誰かが外の砂利を踏む音でレレは眼を覚ました。涎が革のソファに垂れていた。頬がつぶれて平らになってしまっていた。上体を起こした。窓から外を見るまもなく、ドアを激しく叩く音がした。ブラインドの向こうにパトカーの明るいランプが見えた。レレは頭を抱えた。

「まったく、あんたって人は寝る以外にすることがないのか?」とハッサンは言ってピンクの箱をレレに手渡すと、そのままレレの横を通り、家の中にはいった。「そりゃ今日は土曜だけど、もう十一時近いんだぞ」

「何時だろうと知るかね。できることなら、残りの人生、ずっと寝て過ごしたいよ」

箱を開けると、アイシングのかかったアーモンド・クロワッサンがふたつ、レレを見上げていた。ハッサンは靴を脱ぐとキッチンにはいった。

「豚小屋住まいに飽きないのか? 世の中には清掃業者ってものがいるんだが、知ってたか?」

「今は冗談につきあってる気分じゃない」

「だったら、コーヒーをいれて文明人らしく振る舞ってくれ」

レレはクロワッサンをテーブルに置くと、言われたとおりにした。ハッサンは制服のジャケットのジッパーをおろし、リナの椅子ではない椅子に坐ってテーブルについた。

「何かニュースがあるのか？　それともおれに同情するために来ただけか？」コーヒーマシンが調理台の上で音をたてはじめると、レレは言った。ハッサンはすでにクロワッサンをほおばっていた。

「両方だ」

足元の地面が揺らぐような感覚を覚えながら、レレはカップとミルクを出した。

「聞こう」

「あんたが電話で言ってたメイヤ・ノルドランデルだが、少し調べてみた。どうやら生まれてこの方ずっと福祉機関と関わりがあったようだ。山ほど記録がある」

「ほう？」

「あんたには話しちゃいけないことだが」

レレはコーヒーマシンの横に立って言った。「おれは誰にも何も言わないよ」

ハッサンは口の端についたクロワッサンのパンくずを取って言った。

「彼女はこれまでひかえめに言って〝複雑な〟人生を送ってきた。彼女と母親――シリヤで合ってるよな？――はメイヤが生まれてからの十七年で三十回以上住所を変えてる。父親についてはは記載がなく、シリヤについては数々のトラブルが報告されてる。薬物、精神疾患。

それに売春の疑いで取り調べも受けてる。娘は何度か施設に預けられたが、いつもシリヤがなんとかして引き取ってる」

「なるほど。メイヤがスワルトリーデンに身を落ち着けたのも無理はないな。母親にあちこち引きずりまわされるのに心底うんざりしてたんだろう」

ハッサンは残っているクロワッサンをレレのほうに押しやって言った。

「安住の地を求めてるんだろう。自分とつながっていると感じられる相手やものを求めてるんだよ」

*

「動かないで。血が出てるから」

メイヤは眼を細め、上から自分をのぞき込んでいる少女を見上げた。少女の眼のまわりにも痣《あざ》ができ、口の上に切り傷があって、そこからはまだ血がにじみ出ていて、じくじくしており、その血が奇妙につやつやして見えた。少女はメイヤの額に濡れた布を押しあて、かすれた声で言った。

「体の力を抜いて。あなた、殴られたのよ」

「あなた、誰？」

「ハンナ」

彼女の鎖骨の上、ブロンドの髪の下には青黒い痣ができていた。それを見て、メイヤは心が沈んだ。暗い壁を見まわした。狭い部屋で、天井から裸電球がひとつぶら下がっているだけだった。ただひとつの裸電球がふたりのまわりに長い影を落としていた。空気は湿っぽくよどんでおり、尿の刺激臭が鼻をついた。メイヤはハンナに視線を戻し、ことばをなんとか絞り出して言った。

「ここはどこ？」

「地下ということしかわからない」

「ほかの人たちはどこ？」

「ここにいるのはわたしたちだけ」

メイヤは肘をついて体を起こそうとした。額の奥に閃光《せんこう》のように痛みが走り、壁が揺れた。眼を閉じ、込み上げる吐き気と闘いながらゆっくり体を起こして坐った。

「横になってたほうがいいんじゃないかな」とハンナが自分の口を拭いながら言った。「あなた、ひどく殴られたから」

「誰が殴ったの？」

ハンナも声が出しづらそうだった。

「わからない。外には何人かいたから」

彼女は血のついた布をメイヤの額からはずすと、バケツの水につけて絞り、また額にあてた。濡れた布がメイヤの肌にしみた。

「自分で押さえていられる？　まだだいぶ血が出てる」

メイヤは布を手で押さえた。自分の指が自分のものではないように感じられたが、できるだけしっかり押さえ、まばたきをしてハンナの顔を見上げ、そこでふと気づいた。その瞬間、心臓が跳ねた。

「あなた、見たことがある。ポスターで」

「なんのポスター？」

「あちこちに貼ってあるのよ。みんながあなたを捜してる」

ハンナは下唇を震わせながら言った。

「わたしはここにいたの。ここにずっと」

メイヤはドアを見て深く息を吸った。吐き気を覚えたが、どうにかこらえ、気持ちを落ち着けてから立ち上がった。眼のまえに黒い火花が散り、後頭部に鋭い痛みが走った。それでもどうにか壁に手をついて体を支えた。ハンナの声が遠くからの声のように聞こえた。

「横になってたほうがいいって。また気を失っちゃうわよ」

メイヤはざらざらした壁に体を支えてもらいながら、よろよろとドアに向かった。頭の中にふたつの光景が浮かんだ。氷に覆われて輝く夜の湖と、これまで見せたことのない表情を浮かべてライフルに手を伸ばすビルイェルの姿だ。ドアまでたどり着くと、空いている手をドアノブにかけた。ドアが開かないのがわかると、布を落とし、両手でドアノブを引っぱったりドアを叩いたりした。明るいグレーの金属のドアが血染めの手形だらけになった。大声でカール＝ヨハンの名を、ビルイェルとアニタの名を呼びつづけ、挙句、吐いた。脚から力が抜け、冷たい床に坐り込んだ。

ハンナが手を貸してベッドに連れ戻した。メイヤが吐いたところには濡れたぼろきれが置かれた。

ハンナの汚れた顔には涙が伝っていた。が、その声は落ち着いていた。

「叫んでも無駄よ。誰にも聞こえない」

喘ぎながら、メイヤは言った。「ヨーランと一緒にいたのはあなたでしょ？　上で見たわ」

「彼を知ってるのね？」

「わたしのボーイフレンドのお兄さん」

「ボーイフレンド？」

メイヤは黙ってうなずき、震える胸に手をあてた。動かすと頭がさらに痛んだ。狭い部屋は空気が足りず、メイヤは急に寒気を覚えた。歯ががちがちと鳴りだした。どこに閉じ込められているのか、徐々にわかってきた。最悪の恐れが現実のものになったときに身を隠すための狭くて暗いシェルター。そこだ。ビルイェルがつくったのはまちがいない。あるいは、息子たちのひとりが。金属製のドア。閉じ込められたことから来る息のつまるような感覚。彼らはこういうことをしているのだ。

メイヤはハンナの手首を探り、強く握った。「どうしてこんなことになったの？」

「友達とキャンプをしてたのよ。それで夜、トイレに行くのに外に出たの。そのときあいつがどこからともなく現われたのよ。いきなり咽喉に腕をまわされて強く絞めつけられて、眼のまえがぼやけたわ。暴れて逃げようとしたけど、できなかった。あいつは腕に力を入れつづけた。窒息させようとしたのね。殺されると思った。ほんとに……」

そこで声がとぎれた。痩せた体が震えていた。メイヤにもわかるほど激しく。

「それで気を失ったんだと思う」とハンナは小さな声で続けた。「気がついたら、車のトランクの中にいたのに、どうしてそんなところにいるのか、まるで思い出せなかったところを見ると」

「そいつはどんな顔をしてた？」

「覆面をしてた。いつも。だから顔は一度も見たことがない」

メイヤはヨーランを思い浮かべた。そのにきびだらけの顔を。つい触らずにはいられないらしく、いつも指で引っ掻いている。草の上でメイヤとカール‐ヨハンを見たときの表情。天気と同じくらいわかりやすい強い嫉妬心。原っぱで彼がウッドアネモネをむしり取りながら、メイヤとカール－ヨハンが持っているものが自分も欲しいと言ったときのことが思い出された。メイヤは深く息を吸った。アニタのことばが頭の中で響いた。〝うちの息子たちが迷惑をかけたら、すぐにわたしに知らせて〟。ライフルをつかむビルイェルの手。霜の降りた牧草地にひるがえるアニタの寝間着。そして、湖岸に身を横たえたハンナからそう遠くないところでうずくまるヨーラン。泣きながらハンナのいるところを指差す彼の顔。

メイヤはまだハンナの手首をつかんだまま、彼女の規則正しい脈を指に感じながら言った。

「わたしが家の横であなたたちを——あなたとヨーランを——見たときには彼があなたを外に出したの？」

「いいえ、わたしが彼を殴ったの」

ハンナは部屋の隅の小さなテーブルを顎で示した。

「頭を殴って逃げたのよ。でも、あんなことしなきゃよかった」

＊

レレはまたしても寝すごした。腋の下を簡単に洗い、歯を磨くだけの時間しかなかった。学校に向かう道中もカフェインのせいで両手が震えどおしだった。着くと、大急ぎで職員室に行き、コーヒーをもう一杯飲んだ。誰ともしゃべらないですむよう、モップをかけたばかりの床に眼を落とし、コーヒーをこぼしながら歩いた。こぼしたコーヒーを気にする余裕はなかった。どのみち彼にとやかく言ってくるような者などいない。人はすべてを失った人間に対して寛大だ。老人や幼い子供に対するのと同じ態度を取る。そっとしておいてくれる。

七分の遅刻ですんだ。レレが教室にはいっていくと、眠そうな顔で席に着いていた生徒たちが眼を上げた。がっかりした声を出す生徒もいた。

「テストのまえに何か質問がある人は？　ピタゴラスの定理はもう全員しっかり理解したかな？」

黒板にふたつの例題を書き、コーヒーを飲みおえたところで、メイヤの席が空席なのに気づいた。

「メイヤはどうした？」生徒たちはみなぽかんとした顔をし、数名が肩をすくめた。「誰か知らないか？」

「一週間ずっと休んでます」うしろのほうから声がした。

「病気なんじゃないですか？」別の声が言った。

レレはひげの伸びかけている顎を掻いた。耐えられないほど痒かった。それでも全員の眼が彼に集中していた。彼は努めて自分を抑えた。

メイヤは金曜日も休んでいた。昼食後、レレは養護教諭のグンヒルドに尋ねた。彼女はひどく静かな声で話した。レレは息をひそめて耳をすまさなければならなかった。いずれにしろ、メイヤから病欠の連絡ははいっていないとのことだった。

「大丈夫？」とグンヒルドは言った。

「彼女はいくつか授業を欠席した。それだけのことだ」

「あなたのことを心配してるのよ。すごく疲れているみたい」

彼女は養護教諭としてレレのことを気にかけているのだった。レレは胃液が咽喉元に込み上げてきたような不快感を覚えた。なんと馬鹿げた質問であることか。一年まえは、大丈夫なわけがないと怒鳴っていた。疲れた顔を通して、そんな自分にまわりを慣れさせようとしていた。が、今はそんな感情は呑み込んで相手の期待どおりの反応などしないことを学んでいた。

「とりあえず生きてる。それ以上は期待しないでくれ」

＊

メイヤはハンナにカール－ヨハンのことを話した。彼がメイヤの指から煙草を取り、いい子が煙草なんか吸っちゃいけないと言ったときのことを話した。アニタとビルイェルがめったにスワルトリーデンを離れないことも話した。彼らに必要なものはすべて門の中にある。必要以上のものがある。のんびりと草を食《は》む動物たち。家族全員が五年間、いや、おそらく一生暮らせる巨大シェルター。ハンナはコンクリートの壁に背中を預け、熱心に耳を傾けたあと言った。

「ほかの人は見たことがないわ。来るのはいつも彼だけだった」

「ヨーランはきっとひとりでやってたのよ。みんなには内緒に。そうでなかったら、わたしの眼はとんでもない節穴だったことになる」

「わたし、彼の頭を殴ったのよ。思いきり強く。それでも足りなかった。次の瞬間にはあいつ、わたしの咽喉を絞めてた。ほんとに殺されると思った」

メイヤの脳裏に甦《よみがえ》った。死んだように横たわるハンナにビルイェルがマウス・トゥ・マウスを施し、その胸を手で押しているところだ。思い出すと、頭がくらくらした。自分の咽喉に指をやり、ちゃんと脈打っているのを確かめながらメイヤは言った。

「助かるわよ。誰もわたしたちを殺したりしないわ」

ふたりはベッドに並んで寝た。初めは少しあいだを空けていたが、夜のあいだに距離はつまっていた。眼が覚めたときには、ふたりは互いに支え合うように腕と脚をからめていた。食べるものはなく、あるのはフラスクにはいったぬるい牛乳だけだった。ふたりはそれを分け合った。静けさの中、メイヤの腹が大きく鳴った。

「わたしのお腹はもう文句を言うのをやめてる」とハンナは言った。「ずいぶんまえにあきらめたみたい」

メイヤはじめじめした床を歩きまわった。速く動くと頭痛がしたが、めまいはしなくなっていた。カール－ヨハンはきっと淋しがっているはずだ。家族がメイヤを傷つけるのを彼が黙って見ているはずがない。たぶん家族がしたことを知らず、メイヤを捜して走りまわっているのだろう。そうにちがいない。学校も、欠席が続いたら気にしてくれるだろう。レレは絶対に気づくはずだ。それにシリヤも。このところ、トルビョルンの愚痴を言うために週に数回固定電話に連絡してくるのがシリヤの習慣になっていた。少し時間はかかるだろうが、いずれレレもシリヤも心配してくれるはずだ。

「わたしがここにいることは知られている。だからそんなに時間はかからないはずよ」

「彼らがさきにわたしたちを殺して証拠を隠したら？　なんの痕跡も残らないように」

ハンナの声は部屋の隅の影と同じくらい暗かった。

「そんなこと言わないで」

「わたしが最初じゃないのよ。まえにもここにいた人がいるのよ。証拠を見つけたの」

ハンナは袖を引き上げて、ブロンドの髪がからまった紫のヘアバンドを見せた。

「これ。わたしのまえに誰かいたのよ」

メイヤはそのヘアバンドから顔をそむけ、今言ったことを繰り返した。

「わたしがここにいることは知られている。ふたりとも知ってるのよ。シリヤも先生も」

ふたりが寝ていると、ドアが開いた。戸口に暗い人影が見えた。何かがこちらに押しやられた気配があった。メイヤが駆け寄ったときにはもうドアは閉まっていた。食べもののはいったかごが床に置かれ、そこから湯気が立っていた。狭い部屋ににおいが広がった。メイヤは閉まったドアの隙間に向かって叫び、拳でドアを叩いた。手の甲のかさぶたが取れてまた血が流れるまで。そのあと床に坐り込み、ベッドに横になったままのハンナを振り返った。痣だらけの顔の中で眼が星のように光っていた。ハンナは言った。

「言ったでしょ、無駄だって」

＊

雪が降っていることは眼を開けなくてもレレにはわかった。静けさでわかった。これで何もかもが雪に埋もれ、腐り、もとはなんだったのか、わからなくなる。森の小径を踏みしめても、靴が下に隠されているものを見つけるほど深く沈むことはない。教室のメイヤの椅子はもう二週間も空席のままになっており、レレとしてはこれ以上待てなかった。空《から》の椅子をふたつ抱えて生きるというのは辛すぎる。雪が降りはじめた今はなおさら。

リナはもう少しで雪の中で生まれるところだった。そのことが思い出された。その年のイースター、アネッテのお腹は今にも破裂しそうなほど大きくなっていたのだが、ふたりがハッサンの山小屋を訪ね、雪の上にトナカイの革のラグを敷いて、太陽に顔を向け、地面に坐っていたときのことだ。涙が出るほどまわりは明るかった。分厚く白い雪の毛布をまとったトウヒの枝はその重みに撓《しな》り、積もった雪の端からは雫《しずく》がしたたり落ちていた。冬のジャケットのジッパーを開けられる陽気で、アネッテは赤ん坊がお腹を蹴るのを感じられるよう、レレの手をお腹に導き、明るい陽射《ひざ》しの中、ふたりで笑い合った。笑い合い、不安にもなり、その日を待ち焦がれもした。その次の瞬間だった。アネッテの顔が苦痛に歪んだ。ウールのミトンをはめた手で彼女は反射的にお腹を押さえた。赤ん坊は蹴るだけでは飽き足らず、外に出たがっていた。解けかけている雪と空を舐める炎のもとに。自分を待ち焦がれる人々のもとに。アネッテが坐っていたラグに黒い染みができた。交通手段はスノーモービルだけで、レレが近くの病院までそのスノーモービルに彼女を乗せていったのだが、そのときの記憶は彼の頭からすっぽりと抜け落ちている。あとから振り返ってもどうしても思い出せないのだ。覚えているのは光と雪と涙だけだ。

夏の名残《なご》りの煙草が十本残っていた。すっかり乾燥して、香りもなくなっていた。ライターで火をつけて吸ってみると、煙草はしゅうという妙な音をたてた。リナの抗議の声は聞こえなかった。姿も見えなかった。しみだらけの鏡に映っているのは何かに取り憑《つ》かれたような自分の顔だけだった。皮膚のたるんだ顔だけだった。帰ってきたとき、リナにはおれがわかるだろうか？　あるいは、娘のほうもまた見分けがつかないほど変わってしまっているのだろうか？

煙草を吸いながら、車の窓から凍った雪を削《そ》ぎ落とした。白い息と煙草の煙がマントのように彼を覆った。生垣の向こうから隣人の呼びかける声が聞こえたような気がしたが、かまわず雪を削ぎ落としつづけた。終わると、煙草をくわえたまま運転席に坐った。降りつづける雪はトウヒの枝を撓らせはじめていたが、このまま積もることはなさそうだった。シルヴァーロードの白い路面には車の醜い跡ができていた。レレは煙草の吸い殻を窓から投げ捨てた。かつて冬は美しいものだった。それが今では醜悪なものにしか思えなくなっている。

スワルトリーデンを示す標識は新雪の帽子を高々とかぶっていた。門に続く砂利道は純白の雪に覆われ、タイヤ痕も足跡もなかった。雪が降りはじめてから、人が歩きもしなければ車が通りもしていないようだった。車のエンジンをかけたまま、門のインターフォンを鳴らした。足踏みしながら家のほうをうかがっていると、スピーカーからビルイェルの声がした。

「どなたかな？」

「レナートだ」

一瞬の間《ま》のあと、返事があった。

「はいってくれ」

門が地面に積もった雪を押しのけながら開いた。まだ時折雪がちらつき、木々の上方に雲が重く垂れ込めており、昼の光はほとんど地上に届いていなかった。世界はじきにまた闇に包まれる。時間の余裕はあまりなかった。

ビルイェルは前回同様、キッチンでレレを迎えた。コンロの上では大きな鍋がぐつぐつと煮えており、煮込んだ肉の香りが部屋を満たしていた。メイヤの姿も息子たちの姿もなかった。レレは学校の生徒のように、帽子を手にしてキッチンの戸口に立った。服からは水がしたたり、鼻水が出ていた。手の甲で鼻水を拭いた。コートは脱がなかった。そう決めていたのだ。

「長居をするつもりはないから。ただメイヤの様子を訊きにきたんだ」

「コーヒー一杯ぐらいは飲んでいってくれ」

ビルイェルは隣りの部屋に頭を突っ込んでアニタを呼んだ。言うことを聞かない犬を呼ぶような苛立った声になっていた。

「いや、おかまいなく」とレレは言った。

ビルイェルはそれでもレレのコートを受け取ろうと手を差し出した。レレは数学のテストを入れたビニール袋は渡さなかった。肉のにおいと温もりの中に足を踏み入れたときから、その袋をしっかりとつかんでいた。ビルイェルは微笑んだ。おとがいの割れ目が広がった。

「冬がとうとう来たね。こうなると、われわれにできるのは頭《こうべ》を垂れて歯ぎしりすることだけだ」

レレは口笛を吹いて彼のことばに答えて言った。「ああ、とうとう来た」

「近頃の先生は家庭訪問などしないものだと思ってたよ」

「ちょうど車を走らせていて、ふと思い立ったんだ。メイヤの様子を見にいこうと。ここしばらく学校に来ていないから、何かあったんじゃないかと思ってね」

「インフルエンザにかかったんだよ、可哀《かわい》そうに。ぐったりしている」

ビルイェルは頭を振った。それに合わせてたるんだ頬が揺れた。眼を除くと、ビルイェルは犬に似ていたが、眼だけはどんな犬の眼とも似ていなかった。

「医者には診てもらったのかね？」

「いいや。だけど、最悪の時期はもう脱した。すぐによくなるだろう。妻が世話している。医者とか名乗る連中よりよほどいい」

肉のにおいがやけに濃厚で、レレはコンロの上のヘラジカの肉を実際に賞味しているような気分になった。なのに、口の中はからからだった。ビニール袋を掲げて彼は言った。

「ちょっと会えるかな？　中間試験を持ってきたんだ。残念ながらメイヤは受けそこねたから、家でやるチャンスをあげようと思って。成績に響かないように」

ビルイェルが答えるまえに、アニタが現われた。白髪を肩までおろし、じっとレレを見つめた。様子がどこかおかしかった。

「やっと来てくれたか」とビルイェルは言った。「階上《うえ》に行って、メイヤが降りてこられるか見てきてくれるか？」

アニタはレレからビルイェルへと視線を移した。ふたりの他人を見るかのように。そのあとどこか痛むかのように胸に手をあてて言った。

「ええ、もちろん」そう言ってキッチンから出ていった。

ビルイェルはキッチンの椅子をテーブルから引き出してレレに勧めた。「こんなところまで来てくれて嬉しいね。ここまでする先生はそうそういないだろうよ」

「そうでもないよ」

レレはジャケットのジッパーをおろし、ビルイェルから渡されたコーヒーを一口飲んだ。熱くて苦いコーヒーに胃袋が抗議の声をあげた。部屋全体が彼のまわりで沸騰しているような気がした。上の階からどさりという音がした。レレは息を止め、耳をすました。ビルイェルは潤んだ眼でレレを凝視していた。その眼に笑みはなかった。レレの背中を汗が伝った。

「ほかの家族には感染しなかったのかね？　インフルエンザは」とレレは尋ねた。

「おれたちは頑丈にできてるからな。風邪にやられることはめったにない」

レレはうなずいた。夕暮れの迫る窓の外はすべてが静まり返っていた。時折犬の吠《ほ》える声が囲いのほうから聞こえてきたが、それ以外は生きものの気配すら感じられなかった。ビルイェルはテーブルに手を置いていた。シャツの袖をまくり上げているので、手首と前腕が見えた。年輪を感じさせる肌をしていた。ビルイェルが重労働を逃れようとする人間でないのは明らかだった。

「メイヤは学校を辞めるようなことを言っていた」とビルイェルが言った。

「ほんとうに？　私はまったく聞いていないが」

「学校は自分に合わないと言ってる。それより働きたいそうだ」

「あんたはそれに反対してくれたんだろうね。学校は大事だ」

ビルイェルはうなった。爪のあいだが黒かった。素手で土を掘っていたのだろうか。レレは椅子の端に腰かけた。息子たちのことを訊きたかったが、なぜか訊けなかった。しばらく黙ったまま坐っていた。ビルイェルはそんなレレをじっと見つめつづけた。コンロの上ではヘラジカのシチューがぐつぐつと煮立っていた。

ふたりがそんなふうに押し黙って坐っていると、アニタが階段を降りてきた。ひとりだった。

「可哀そうに。メイヤはもう寝てたわ。起こす気にはなれなかった」

レレは、メイヤのことを思えば彼女を目覚めさせることができるかのように天井を見上げてから、立ち上がった。ビニール袋がジーンズにあたってかさかさと音をたてた。階段を横目で見て、それからビルイェルを見た。ビルイェルは笑みを返して言った。

「テストは置いていってくれ。メイヤが起きたら渡しておくよ」

ビニール袋の持ち手が指にきつくからまっていた。レレは一瞬ためらったものの、結局、袋を渡した。

「テストに関して何か質問があったら、電話するように言ってもらえるかな」

レレは雪の降る外に出た。深呼吸をして、舌になぜか残っている肉の味と、世界がまた自分の上に崩落してくるという思いを振り払った。車のフロントガラスには新たに雪が積もっており、レレはその雪をジャケットの袖で払い落とした。明かりのついた窓を見上げ、ちらりとでもいいからメイヤの姿が見えないかとしばらく眼を凝らした。この家族のもとに彼女を残していきたくなかった。バス待合所でひとりで待っているリナの姿が頭をよぎった。レレが立ち去るのを待っているビルイェルの姿が窓の中に見えた。車を出すと、後輪が雪を蹴ってわずかに横すべりした。門はすでに大きく開かれていた。早く出ていけと言わんばかりに。

＊

レレはリナの部屋で眼が覚めた。隣りにリナがいないことを思い出すまでの一分間は至福の時間だった。ベッドの裾に頭を向けて寝ており、体の下のパッチワークのキルトが湿っていた。夢を見て汗をかいたのだろう。リナの部屋は北向きで、毎年冬になると窓には氷の結晶が美しくこびりつき、屋根から一メートルばかり氷柱《つらら》が垂れ下がる。上半身裸の若い男たちのポスターが壁からレレを見つめ、棚には本がぎっしりと詰まっていた。何度も読み返してすり切れた『指輪物語』三部作。その横には日光にあたると輝くヴァンパイアを描いた黒い背表紙の本が数冊。リナのお気に入りだ。

アネッテはリナの服やアクセサリーと一緒に日記も持って出ていった。そして、それを読んだのだろう。彼女もレレも知らないほうがよかったようなことをレレにそのあと教えてくれた。リナがもう処女ではなかったことも、ルーレオの大学のパーティでハシシを吸ったことも。レレはリナの秘密を知りたくなかった。リナが話してもいいと判断したことだけで満足だった。リナがレレに知ってほしいと思ったことだけで。

起き上がってベッドに坐り、ごつごつした手で、老犬を撫でるようにそっとパッチワークのキルトを撫でた。この部屋で眼覚めるのは主に飲んだ翌日だったが、レレは自分でそのことが嫌だった。自分のにおいがリナのにおいを追い出してしまうような気がするからだ。初めの頃、リナのにおいは服やブラシや壁に強く残っていた。が、レレがすでに多くの時間を過ごしている今では、レレのにおいがリナのにおいを消してしまっていた。許しがたいことに。

どうして酒など飲んだのだろう？　思い出そうとしても何も思い出せず、冬のせいにするしかなかった。窓を包み込み、レレを嘲笑う闇。地面の奥深くまで貫き、すべてのものから生命を搾り出してしまうたえまない寒さ。リナが外の寒さの中にいて、凍えていると思うと、いつも居ても立ってもいられなくなる。飲んだのはそのせいだ。毎度おなじみの現実逃避。

キッチンに行き、長いことシンクに寄りかかって吐き気と闘った。コーヒーの分量を量る元気が出るまで水を飲んだ。雪明かりが多少あたりを明るくしていたが、それでも外は暗かった。窓に映る自分のその向こうを見ようとした。闇が嫌いなのはそのせいだった。いつも自分の姿を見ないわけにいかないからだ。何を見ても今の自分が思われる。

〈エニーロ〉（注、住所や電話番号も調べられる地図検索サイト）でビルイェル・ブラントの電話番号を調べ、深く考えないまま電話をかけた。メイヤの声が聞きたい。その一心だった。が、電話は誰も出ないまま延々と鳴りつづけた。切ってからまたかけるということを何度も繰り返した。しまいにコーヒーもすっかり冷め、灰色の昼の光が部屋に射し込みだした。

着替える間《ま》も惜しんで家を出た。ジーンズとソックスは昨日と同じ。Tシャツは寝るときに着ていたもので、その上にジャケットを羽織った。髪は金属たわしのようで、自分がどんなにおいを発しているかもわかっていた。風呂にはいっていない体のにおいと、毛穴からにじみ出るウィスキーのにおいが交じっているにちがいない。車の窓を少しだけ開け、冷たい空気を入れた。葉が落ちた裸の姿でまっすぐ空に向かって伸びている樺の木に、霜がしがみついていた。木が寒さに窒息しないのは奇跡としか言いようがない。春にはまた葉をつけることも。

スワルトリーデンに続く道にはいったところで、冷や汗がうなじを伝い落ちるのが感じられた。もう一度携帯電話からかけてみたが、やはり誰も出なかった。猛スピードで車を飛ばし、門のまえでかろうじてブレーキを踏んだ。薄暗がりの中、門はぼんやりとそびえ立っていた。車は軽く横すべりしながら停まった。レレは雪をかぶった金属製の門を見上げ、乗り越えられないかと思った。が、こっちの姿はもうすでに見られていることだろう。

インターフォンを鳴らすと、ビルイェルの大きな声が応じた。

「今度はなんだ?」

「メイヤと直接話がしたい」

静けさの中、無線の雑音が聞こえ、門が開いた。中の私道はちゃんと雪掻きがされていて、隅に集められた雪が固まって光っていた。母屋の煙突からは煙が昇っており、あたり一面真っ白な中、赤い壁がいかにも誇らしげに建っていた。人によってはクリスマスカードみたいだと言うかもしれない。レレは二階の窓を見上げたが、どの窓にもカーテンが引かれていた。

ビルイェルは玄関のドアをはいったところで待っていた。

「急に熱心にやってくるようになったな」

「メイヤと話がしたい」

キッチンではアニタが湯気と血のにおいに包まれていた。ブラッドソーセージのたねを入れたボウルをまえにしており、挨拶がわりに手を上げた。その拍子に血の色をして粘り気のあるたねがぽたりと落ちた。

「見てのとおり、今はけっこう忙しくしてってね」とビルイェルが言った。

「長くはかからない。ただメイヤを待ちたい」

「誤解があるようだな。メイヤはここにはいない」

レレはキッチンの戸口で足を止めた。豚の血のにおいを嗅がずにすむよう、口だけで息をしようとしたが、あまりうまくいかなかった。普段ホルスターをつけているベルトに手をやったが、銃はハッサンに渡しており、今使える武器は耳の中で聞こえるリナの警告だけだった。〝ここから出て、パパ。ドアのほうを向いて出ていって〟。

「病気で寝てるんじゃなかったのか？」

「ああ、そのとおりだ。今朝出ていったんだ」

「どこに向かったかわかるか？」

ビルイェルは首を振った。

「明け方に門から出ていった。たぶん、途中で母親が車で拾うことになってたんだろう。おれたちには何も話そうとしなかった。カール-ヨハンと喧嘩《けんか》でもしたんだろう。若い連中によくあることだ」

ごく普通のことに聞こえたが、ビルイェルの落ち着いた表情にレレは直感的に違和感を覚えた。

「この天気の中を行かせたのか？　車に乗せてやるわけにはいかなかったのかね？」

「本人が歩きたがったんだ。メイヤはもう子供じゃない。言うことを聞かせようとしても無理な話だ」そう言って、ビルイェルはテーブルから椅子を引き出した。が、レレは坐らなかった。調理台に覆いかぶさるようにしてブラッドソーセージのたねをこねているアニタの首が真っ赤になっていた。薄い皮膚の下で血管が脈打っているのが見え、彼女の恐怖がレレにも伝染した。ジャケットの下で汗が体を伝った。玄関のドアのほうに向かうと、うしろからビルイェルがついてきた。笑みを浮かべ、隙間のあいた歯を見せながら。

「いいから、坐れよ、レナート。少しだけでも坐ってくれ」

「いや、これ以上あんたたちに迷惑はかけたくない。突然やってきてすまなかった。どうかしてたよ」

　レレは玄関のドアを開けて寒い外に出た。私道から犬の吠え声が聞こえ、納屋の向こうになにやら動きが見えた。誰かが身をひそめたような。レレは車に乗ると、雪にハンドルを取られながら走った。

　門が開くまで待たされた。ハンドルを握る指が痛かった。門がすぐには動かないので、金属に触れそうになるほど車を近づけた。そのときいきなりひらめいた。今はここを離れることがなにより大切だ。直感がそう告げていた。今すぐここの人間からできるかぎり遠くに離れるべきだ。

が、門は開かなかった。怒りがいきなり破裂した。車から降りると、母屋に向かって腕を振りまわし、門をすぐ開けるよう叫んだ。ビルイェルが出てきた。スノーモービルにまたがり、かなりのスピードでやってきた。スノーモービルの甲高い音に鳥が木から飛び立った。門に向かってやってくる彼のうしろで粉雪が舞った。ビルイェルはレレの眼のまえで急停止した。レレは気づくと体を強ばらせていた。

「霜のせいだ、たぶん」とビルイェルは言った。「手で開けられる」

スノーモービルから降りると、彼はバールらしきものを手に取った。

レレは脇にどいて道をあけた。

「押してもらえるか？」とビルイェルは言った。

レレは近づき、冷たい金属に両手をあてると、渾身《こんしん》の力で門を押した。ビルイェルはその横でゲートの合わせ目にバールを差し込もうとしていた。ふたりが力を込めるたびふたりの口から雲のような白い息が吐き出された。何も起きなかった。門はびくともしなかった。スワルトリーデンに閉じ込められたと思っただけで、レレはパニックに陥りかけた。うしろにさがってもう一度、全身の筋肉を使って力任せに押した。眼をぎゅっと閉じて押した。ビルイェルがバールをレレの頭に振りおろそうとしたのに気づかなかったのはそのせいだった。閃光のような痛みがレレの背骨を駆け抜けた、と思うまもなく、一瞬にして闇に包まれた。

＊

メイヤにはアニタの料理であることがわかった。自家製のパンにブラッドソーセージ。バターはクリームと塩の味がして舌の上でとろける。コケモモのジャムはゆるめで、コーヒーは挽《ひ》いた豆の粉がマグの底に残る。すべてアニタの手製だ。

銀色の髪と寝間着を霜の上で躍らせていたアニタ。ヨーランとメイヤが一緒に原っぱにいるのを見つけたときの彼女の暗い表情。彼を追い払う厳しい声。メイヤの腰にまわした細い腕。〝うちの息子たちが迷惑をかけたら、すぐにわたしに知らせて〟。

料理を見て、メイヤは裏切られたことを知った。全員に。ヨーランに、ビルイェルに、アニタに、パールに、そしておそらくカール＝ヨハンにも。彼はビルイェルに言われたことにはなんの疑問も持たずに従う。自分たちのことを語ったときのプライドに満ちた彼の様子が甦った。〝家族がいてこその自分だもの〟。

なじみの料理を並べながら、心は怒りで煮えたぎったが、それでも空腹には勝てなかった。

ハンナはまだベッドに横になっていた。薄明かりの中、彼女が眼を開けているのか閉じているのかわからなかった。痣と影が混ざり合っていた。彼女のか細い体は汚れたシーツに隠れ、ほんとうにそこにあるのかどうかもわからなかった。メイヤは不安になった。

「食べないの？」

ハンナは顔をしかめた。「ローズヒップスープはある？」

フラスクはふたつあり、一方にはコーヒー、もう一方には何やら甘いものがはいっていた。

メイヤは蓋を開けて湯気のにおいを嗅いだ。

「ホットチョコレートみたい。飲む？」

「飲んでみる」

ハンナはなんとか上体を起こし、メイヤがホットチョコレートを注ぐのを見つめた。泡の立つ新鮮な牛乳でつくられたホットチョコレートで、それならハンナにも飲めた。メイヤはひとまず怒りを忘れて食欲を満たした。サンドウィッチをふたつ貪るように食べ、チョコレートを二杯飲んだ。ハンナのほうはチョコレートを少しずつ飲むことしかできなかった。

「食欲がないの？」

「うん。新鮮な空気が足りないからだと思う。体に力がはいらないのよ」

急な眠気に襲われ、メイヤは体を縮めてハンナに寄り添った。骨張った肩に頭をもたせかけると、新たな平穏が訪れた。わたしたちはここから出る。なんとしてでも。アニタかビルイェルがここに降りてきたらすぐに説得しよう。

それをハンナに伝えようと思った。が、舌が言うことを聞かなかった。口がうまく動かず、唇がことばを形づくることができなくなった。ハンナに手を伸ばそうとしても、もう少しで手と手が触れ合いそうなのに指が動かなかった。関節が重く、気づくと四肢が麻痺《まひ》したようになっていた。

咽喉からしゃがれたうめき声が出た。ハンナがカップを落とすのが見えた。ホットチョコレートがシーツとジーンズにこぼれた。それでもふたりとも動けなかった。体を寄せ合い、強ばり、ほとんど動かなくなった手と指で互いを探り合った。メイヤは瞼が閉じそうになるのを必死でこらえた。ハンナはすでにあきらめていた。すでに首から力が抜けていた。頭ががっくりとまえに垂れていた。メイヤはそれを見て、起きて！ と叫びたかった。が、彼女自身体を動かす力も気力もなくしていた。

これが死ぬってことなの？ そう思ったとたん、世界がゆっくりと消えはじめた。

＊

レレは両手を縛られていた。ロープがきつくて手首から血が出ていた。波のように寄せたり引いたりする意識に合わせて、頭が痛くなったり痛くなくなったりした。意識が遠のくと、頭蓋が小さすぎて脳が頭蓋からあふれ出る夢を見た。今また意識が戻った。冷たいコンクリートに頬を押しつけられていた。痛みが第二の脈のように右のこめかみを叩いていた。

水のはいったボウルがそばに置かれていた。体を近づけ、犬のように舐めた。いくらか痛みが和らぎ、そこで初めてあたりの静けさに気づいた。聞こえるのは自分の音だけだった。肺がふくらむ音と心臓の鼓動。それだけだった。壁に寄りかかりながら立ち上がり、壁に耳を押しつけた。何も聞こえなかった。人の声も足音も風の音も。窓はなく、自然光はどこからもはいってきていなかった。部屋の隅の天井からぶら下がっている裸電球の白い光だけだった。ここは地下深くか、誰かが手をかけて完全防音を施したところか、そのどちらかだ。どちらにしても目的はひとつだ。叫び声を聞かれる心配なく人を監禁することだ。

リナのことを考えると、急に息苦しくなった。眼のまえの壁が揺れて見えるほど激しく呼吸を繰り返した。遠くに点のような光が見え、それ以外はすべて闇に包まれた。これこそレレが恐れていたことだった。娘が縛られ、完全な静けさの中に閉じ込められること。生き埋めにされること。これこそまさに今までの悪夢に出てきた窓のない壁だった。レレを捜索に駆り立てたものだった。それが今、レレにとって現実のものとなった。顔が濡れているのに気づき、塩辛い涙を舐めた。これ以上何ひとつ失わないために。

ビルイェルが部屋にはいってくると、また痛みがぶり返した。縛られた両手で顔を守り、体を丸めて転がった。足音は聞こえず、ドアの開くため息のような音が聞こえたかと思うと、ビルイェルが光を背にして立っていた。電球の光がその顔に深い皺を刻んでいた。レレは体を起こした。

「どうなっているんだ、ビルイェル?」

ビルイェルは簡素な木の椅子に腰かけた。なんと答えようか考えるように上唇を舐めた。

「人はわが子のためにできるかぎりのことをしなければならない。それを誰よりよく知ってるのはあんたじゃないかな。子供が苦しめば、親も苦しむ。親が子供を守るのは自然の摂理だ。子供のために闘い、必要なら最後の一滴まで血を流すことも厭《いと》わない。それはつまるところ、われわれには子供しかいないからだ」

レレは汚い床に血の混じった唾を吐き、できるかぎり心を落ち着かせて言った。

「メイヤはどこだ?」

薄明かりの中でビルイェルの瞼が震えた。

「メイヤのことは心配するな。答はちゃんとわかるから。私の話をちゃんと聞いてさえいれば」

「聞いてるよ!」

ビルイェルは薄い笑みを浮かべ、脚を組み、さきを続けた。「われわれがすることはすべて子供のためだ。それは同感だろ、レナート。私がこの土地を買ったのは、子供たちが成長するのに安全な場所をつくりたかったからだ。社会の手からなるべく離れたところがよかった。スワルトリーデンの門の外の腐敗したジャングルに子供たちが頼らずにすむよう、アニタとおれは何年も必死で働いた」

「ロープを解け！」

「すまんが、それはできない。今はまだ」

ビルイェルはまえに身を乗り出し、膝に手をついた。

「私がどうして世界を罵るのか、わかるか？」

レレはまた唾を吐き、身をよじってロープをはずそうとした。

「私が世界を罵るのは、生まれたときから犠牲になってきたからだ。私は望まれない子供だった。私の両親は私のことを知りたがりさえしなかった。で、国が愛情に満ちあふれた母親となって、私に養父母やら養護者やらそのほか合法的なサディストをあてがった。今、子供の頃受けた暴力を並べてあんたを退屈させるつもりはないが。言いたいのは、私は大人になるずっとまえから、国やその民に対する信頼をなくしていたということだ」

「あんたのお涙頂戴話にはなんの興味もないよ」

ビルイェルはユーモアのかけらもない笑みを浮かべた。

「それはどうかな。残念なことに、ひとつのお涙頂戴話は別のお涙頂戴話につながり、そうやって雑草のようにはびこって、花を殺す。悲しみは伝染しやすい病気だ、レナート。嫌でも人から人へと伝染する」

レレは顔をしかめた。「あんたのだぼらと私とどんな関係がある？」

「約束するよ、すぐにパズルのピースのようにぴたりと合いはじめるから」とビルイェルは言った。「これはわれわれの子供たちの話だ。息子のヨーランのことをあんたに話したい」そこでいったんことばを切ると、眼鏡をはずして息を吹きかけた。レンズが曇った。「ヨーランはほかの息子たちとちがっててね。病気なんだよ。精神的な病気だ。心に暗いものを秘めていることは早い段階からわかった。幼い頃から、棒や石で動物をいじめたり、犬の囲いに火をつけたりしたんだ。しっかりした手と充分な愛情でしか治せない情緒不安定な行動があったんだよ」

「精神科医に診せる必要があった。私にはそう思えるが」

「息子のことはわれわれ夫婦が一番よくわかってる。いろいろと見てきたからね。他人の手に委ねるなど考えもしなかったな。なんの力もない無用な人間と思わされることがどんなものか、われわれにはよくわかっていた。息子には絶対にそんな思いをさせるわけにはいかない。だから、われわれはここでヨーランの世話をし、動物を大事にすること、衝動を抑えることを教えたんだ。それでもちろんうまくいった。ヨーランはおだやかな子になった。そう、ティーンエイジャーになるまでは。ティーンエイジャーがどんなものかはあんたにもわかるだろ、レナート？　ホルモンやら何やらですっかりいかれちまって、常識なんてものは窓から外に飛んでいってしまう。

あの子の外見もあの子の味方にはなってくれなかった。いつも敵だった。自然のなりゆきで、大きくなるとヨーランも普通の若者と同じように女の子とつきあいたくなった。それで村を車で走りまわっては、女の子を見つけてデートに誘おうとした。だけど、誰ひとりあの子の誘いには乗ってこなかった。それで可哀そうに、ヨーランはすっかり自信をなくして、別の方法を考えたんだ」

レレは腕の毛が逆立つのを覚えた。「どういう意味だ？」

「自分で手に入れるようになった。そう言っていいだろう。もちろん、私もアニタもまったく知らなかった。弟たちから言われて、ヨーランの病気が再発したのに気づいたんだ。それはもう誰も想像できないほどひどい症状だった」

「病気が？」

「ヨーランの中にある暗い面が次々とトラブルを惹き起こすようになった。女の子にいたずらをするようになった。断わられつづけるのにうんざりして、暴力を振るうようになった。困り果てたよ。もちろん。なんとかやめさせようと手を尽くした。ヨーランを働かせたり、欲求不満をもっと前向きな方法で発散させようとしたりした。それが初めはうまくいった。基本的にあいつは一年かけて、湖畔に自分のシェルターをつくった。手助けは要らなかった。基本的なことはおれが全部教えてあったから。うちの土地にはそのときにはもうすでにふたつシェルターがあった。だけど、ヨーランは自分のシェルターを欲しがったんだ。もちろん、反対する理由はなかった。むしろヨーランが誇らしかったよ。自分から積極的に行動してくれたことを私は誇りに思った。それがあんな結果を招くとは。考えもしなかった」

レレは壁にぐったりともたれ、頭を固定して吐き気を抑えた。ビルイェルは太い指を眼鏡の下に差し込んで眼を拭った。

「ヨーランのしたことにわれわれが気づくのには数ヵ月かかった。あいつには人間と動物のちがいがわからない。ヘラジカ狩り《ハント》とガールハントのちがいがわからないのさ。あいつにとって、女の子は捕まえるべき獲物なんだよ。人間を暴力で捕まえるのはいけないことだということが理解できないんだ」

ビルイェルが表情豊かになる一方、レレは凍りついたようになって壁に寄りかかっていた。ぼんやりとした非現実感に何重にも包まれているような気がした。これ以上聞きたくなかった。が、舌が動かなかった。

「ヨーランが自分のシェルターに女の子を監禁していることを教えてくれたのは、弟たちだ」とビルイェルは続けた。「言うまでもないだろうが、ひどくショックを受けたよ。三年まえの真夏のことだ。もうわかってると思うが、ヨーランはあんたの娘を監禁した。あんたのリナを」

レレの耳に叫び声が飛び込んできた。その原始の叫び声は彼の腸《はらわた》を凍りつかせた。はっきりと聞こえた。それが自分の叫び声だったことにレレが気づくのにはかなりの時間を要した。

ビルイェルは椅子から立ち上がると、レレから離れ、ドアに向かいかけた。その手の中で何かが光り、そこで初めてレレはビルイェルが銃を持っていることに気づいた。ビルイェルはレレが静かになるまで待ってから続けた。

「言うのが憚《はばか》られるが、われわれは去年のクリスマスに彼女を失った。ヨーランは事故だと言っているが。ふざけていただけなのに、まちがいが起きてしまったと。あの子には彼女を殺す気はなかった。すまない、レレ。心から謝りたい」

壁がレレの心臓に合わせて鼓動しはじめ、部屋全体が回転しだした。ついで吐き気に襲われた。レレは部屋の隅まで這っていき、悪臭を放つ胆汁と底なしの絶望を吐き出した。体が震え、体の中で何かが破裂した。それがはっきりと感じられた。自分の体の中から命そのものが流れ出ようとしているのがわかった。

眼がおかしくなり、焦点が合わなくなった。それでも、ビルイェルがドアの脇に立ち、片手をドアノブにかけ、もう一方の手に銃を持っているのは見えた。ビルイェルも怖がっているのだろうか。レレはビルイェルが彼を撃つつもりでいることを願いながら、這ってわざとできるかぎり彼に近づいて言った。

「私の娘は去年のクリスマスに死んだ？　おまえは頭のおかしな息子に二年半も私の娘を監禁させていたのか？　息子のおもちゃにさせていたのか？」

「ほかにどうしようもなかったんだ、レレ。わかってくれ。すでに問題は起きてしまっていた。もしリナを逃がしたら、私たちは何もかも失ってしまう。人生を賭してやってきたことがすべて水の泡になってしまう。それにそもそも息子を国に渡すことなどできなかった。私が生きているうちはそんなことは絶対にできない」

レレの心はすでに張り裂けていた。これ以上はもう何も受け入れられなかった。縛られている手を胸のまえにやると、眼を閉じ、彼はリナを思い描いた。

「会いたい。娘を見たい」

「気の毒だが、眼に見えるものはほとんど残っていない。でも、隣りに埋めてあげるよ。それは約束するよ」

*

自分が生きているのか死んでいるのか、レレにはわからなかった。体も頭も言うことを聞いてくれず、時間が止まっていた。時間とは言えない別のものになっていた。あるのはうわべだけで、実体のないものに。すぐ横からビルイェルの声が聞こえた。が、レレに向かって話しているのではなかった。

次に気がついたときには、彼らに見下ろされていた。と思うまもなく、長身で痩せた複数の人影に腕と足首をつかまれ、軽々と持ち上げられた。持ち上げられたまま廊下を移動し、階段をのぼった。一段のぼるたびに、まるで斧《おの》を振りおろされたみたいに肋骨が痛んだ。戸外に出た。長いこと闇の中にいたせいで冬の夜さえまぶしかった。

体を乱暴に揺すられた。空には星が輝き、服の中にはいり込んできた冷気が頭をはっきりさせてくれた。冬用の帽子の下に彼らの青白い顔が見えた。三人の若者としか言いようのない男たちのうちふたりは歯を食いしばって、彼と眼が合わないようにしていた。皆殺しにしてやる。レレは心の中で罵った。三人の中で一番背の高いあばた面の男はうっすらと笑みを浮かべていた。レレは手を縛られたままそいつにつかみかかろうとした。そんなことをしても、その男の笑みがより大きくなっただけだった。

彼らはレレを森に運んでいった。松の梢がレレの頭上で落ち着きなく揺れていた。若い男たちはレレを原っぱの新雪の上に膝立ちにさせておろした。大きな穴が地面からレレを見上げていた。鉄分を多く含む黒い土が寒さを吸い込みながら、レレを呑み込もうと待ちかまえていた。穿いているジーンズは冷たく湿っていたが、もはや寒さは感じなかった。レレはあたりを見まわし、土の山とシャベル、それに自分を取り巻く白い顔を見た。ビルイェルと息子たちだ。口から白い息を吐き、凍った雪の上で苛立たしげに足踏みをしている。

ビルイェルがレレの背後に立った。その手にはまた銃が握られていた。安全装置をはずす音がした。低い声で、ビルイェルが言った。

「こんなことになってすまない、レレ。ほんとうにすまなく思っている」

抵抗するべきだ。命乞いをするべきだ。そう思う気持ちもなくはなかった。が、レレはひざまずいたままうつむき、リナとメイヤを思った。ふたりの名を囁く自分の声が自分の耳に届いた。

息子たちのひとりが苛立って言った――父さん、さっさと撃っちまえよ。

時間が止まり、生きて動いているのは松の木だけだった。レレはキッチンのテーブルについており、リナを見ていた。切りそろえた前髪の下の眼と、しかめつらをするとのぞく歯並びの悪い前歯を見ていた。

何をぐずぐずしてるんだよ。

レレ、ここがあんたの娘のいるところだ。あんたの娘はここにいる。

痛くはないだろう。何も感じないだろう。おれの血が雪を染めたら、そのあと体は朽ち、春にはそこにタンポポが咲くだろう。煙草をくわえ、森を見ながらシルヴァーロードを走ることももうない。あの子を見つけたんだから。捜索の日々はもう終わったんだから。

レレは眼を閉じて待った。うなじに銃口が押しつけられるのを感じた。銃声がした。鼓膜に鈍い音が響き、耳が聞こえなくなったような気がした。全身の筋肉から力が抜けた。

眼を開けると、ビルイェルが胸をつかみ、うつぶせになって倒れていた。そのうしろにライフルを構えたアニタが立っていた。眼をしばたたいていた。雪と見まがうその白髪が毛皮の襟巻きのように肩を包んでいた。恐怖のあまりあとずさりした息子たちに向けて、彼女はライフルを振って言った。

「武器を捨てなさい。もうたくさんよ」

*

アニタは警察が到着したときにもまだライフルを持っていた。レレと息子たちを沈黙のままキッチンのテーブルのまえに坐らせていた。ビルイェルを寒空の下に放置したまま。その生死を気にかける様子もなかった。両脚を広げて立ち、ライフルの銃口を向けてレレと息子三人を従わせていた。

一番上の息子が頬の傷を引っ掻きながら悪態をつき、何もかもぶち壊しだとアニタを責めた。アニタは手の甲で涙を拭きはしたものの、態度を和らげることはなかった。同時に、どこか心ここにあらずといったふうにも見えた。また、何かただひとつのことに心を占められているようでもあった。三人の息子のうちふたりは両手で顔を覆って子供のように泣いていた。

キッチンは暖かいのに、レレは寒くて震えていた。

「メイヤはどこだ？　生きているのか？」

アニタはただライフルをレレに向けただけでその問いに答えた。白い髪の下の顔は真っ赤だった。

「誰も死なせるつもりはなかった」と彼女は言った。「必ずうまくいく、最後にはこんなことは問題でなくなる。ビルイェルはそう請け合った。世界の終わりが来たとき、あの女の子は、地下の安全なところにいて生き延びたことを感謝するだろうって。わたしもそう思ってた」彼女は涙を拭った。「だけど、息子に問題が起きて、わたしたちにはもうどうにもならなくなった」

いくつもの懐中電灯の光が闇を照らした。重い足音と無線機から流れる雑音という新たな混乱が警察によってもたらされた。無線機からの甲高い声はよく聞こえなかった。アニタはライフルをおろすと、あかぎれのできた手を組んだ。

「彼は原っぱにいます。撃ったのはわたしです。女の子もそこです」アニタはヨーランを指差した。「この子を捕まえてください。この子は普通の人間とはちがいます」

すべてがあっというまに――同時にまるでスローモーションを見ているかのように――進行した。手錠をかけられると、アニタはすべて終わったという安堵からか、その場にくずおれた。ヨーランは抵抗した。警官に取り囲まれると、その眼に黒い炎を宿して叫び、狩猟用ナイフで威嚇した。

「ここはおまえらが来るところじゃない。おれたちの土地だ！」

しかし、彼からナイフを取り上げたのは弟たちだった。ふたりでヨーランに迫り、長年にわたって何度もやってきたであろう熟練したやり方で兄を取り押さえた。床に兄を押さえ込み、ひとりが肩甲骨のあいだを膝で押さえ、もうひとりが手からナイフをもぎ取った。ふたりとも青白い顔をして、泣きながら。

レレはじっと坐ったまま、アニタに続いて息子たちが連行されていくのを眺めた。何人もの警官が雪と冷気を家の中まで運んできたため、レレは歯の根が合わず、話すだけで一苦労だった。何があったのかと女性警官に訊かれてもことばが出てこなかった。誰かが肩に毛布をかけ、熱いスープのはいったマグを渡してくれた。湯気が頬を温めてくれているのはわかったが、スープが飲みものであることすらすぐには理解できなかった。窓の外では懐中電灯が投げかける光の中に黒い人影が集まっていた。さらに何台ものパトカーがやってきた。門も今では大きく開かれていた。気づくと、誰かがすぐ横に立っていて、彼の頭にガーゼをあててくれていた。血のにおいには自分でも気づいていたが、どこも痛くはなかった。

「あいつらは私の娘を殺した」

言えたのはそれだけだった。笑みを浮かべていた女性警官にはなんのことかすぐには理解できないようだった。が、その後、突然慌てだした。

「ちょっと失礼します」そう言うと、寒空の下に出ていった。

レレはヴェランダまでついていったものの、そのあとぬかるみに足を取られてよろめき、また腰をおろさなければならなかった。外には警官が何人もいた。そんな彼らの興奮した声が聞こえた。

「女の子たちを見つけたぞ！」

＊

その警官はやさしい眼をしていた。実際にはメイヤをとくと観察しているのだとしても、それが表には出ていなかった。その警官のおかげで、病院のベッドのことも点滴のことも忘れられた。メイヤはこれほど真剣に話を聞いてもらうことに慣れていなかった。物事の一部始終を説明することにも慣れていなかった。だから初めはためらい、つっかえつっかえになったが、じきに次々とことばが出てくるようになった。警官の名前はハッサンといい、すでに真夜中を過ぎていることも気にしていないようだった。時計にはいっさい眼をやらなかった。

「最初から話してくれ」と彼は言った。

メイヤはノールランドまでの列車の旅について話した。寝台を取るお金がなかったのでずっと坐っていたことも、十時間あまりのあいだ母親とただ見つめ合うしかすることがなかったことも話した。引っ越しはこれまでも何度もしていたけれど、こんなに遠くまで移動したのは初めてだったことも。トルビョルンは臭くて、ポルノ雑誌を集めたりもしていたが、親切だったこと、それでもシリヤは変わらなかったことも話した。いくら遠くに引っ越してもシリヤは常にシリヤだった。三角の部屋で孤独だったので森にはいったことも話した。森の湖の畔でカール－ヨハンに出会ったこと、その翌日、煙草をやめたこと、ひと目惚《めぼ》れだったことも話した。

カール－ヨハンの独特のにおいのことを思った。それは何もかもうまくいくと彼女に思わせてくれるにおいだった。彼とは戦争や破滅に関する話はしなかった。恋が危険なのはそのためだろう。盲目になるからではなく、警告に注意を向けなくなるからだ。この結論を話したら、レレはなんと言うだろう？　同意してくれるだろうか？

メイヤをスワルトリーデンに導いたのは愛なのかとハッサンに尋ねられると、メイヤはちがうと答えた。シリヤから離れて、自分の人生を手に入れたかったからだ。理由はそれだった。ずっとほんものの家を夢見てきた。食品貯蔵庫には食料があり、酔っぱらったり煙草を吸ったり裸で歩きまわったりしない両親――恥じる必要のない両親――がいる家だ。ビルイェルとアニタはやはり変わっていて、終末のときのことばかり話していたが、そういう話には耳を傾けないことにしていたことも話した。

さらに頬を赤らめ、シェルターのこと、武器のこと、それに自分たちが集めたものを見せるときのビルイェルの眼がどんなふうに輝いたかということも話した。そして、顔に傷のあるヨーランのこと。あの傷は全部自分でつけたものなのだと思うと、胃が痛くなった。ヨーランとふたりきりになるなとカール-ヨハンに言われたときには、嫉妬のせいだと思ったが、実際には、カール-ヨハンは彼女がヨーランに何かされるのではないかと恐れていたのだ。「あの人たちが変わっているのはわかっていました。妙なことを信じてたし。でも、ほかに比べるものがわたしにはなかった。普通の家族を持ったことがないから。わたしを受け入れてくれたことがただ嬉しかった」

ハッサンはよくわかったというふうにうなずいた。ブラインド越しに夜明けの灰色の光がはいってきた頃には、メイヤは疲れて口がまわらなくなっていた。ハッサンがコーヒーとサンドウィッチをふたり分買ってきてくれ、ふたりはあっというまにそれを平らげた。ビルイェルは死んだとハッサンは言った。あとの者たちは身柄を拘束された。ハンナは医者から許可がおりるとすぐに、アリエプローグの自宅に帰っていった。

メイヤはビルイェルの死んだ姿を想像しようとした。白いシーツをかぶされ、青白い顔をして眼を開いている姿を。が、想像できなかった。悲しみも覚えなかった。アニタは鍋の中身を搔き混ぜたりパン生地をこねたりできない刑務所暮らしに、どうやって耐えていくのだろう？　スワルトリーデンを出たことのないカール-ヨハンはどうなるのだろう？　「レレの娘さんは見つかったんですか？」

ハッサンは急に眼を潤ませた。が、泣きはしなかった。

「遺体が見つかった。身元確認はまだできていないが、状況から考えてリナであることはまちがいなさそうだ」

メイヤはどっと疲れを覚え、枕に頭を休めた。急に現実感がなくなった。レレのことを思った。生きることそのものに抵抗しているかのような彼のことを。肩を落とし、ぼさぼさの髪をしていた彼のことを。今この警官が言ったことが事実だとわかったら、彼はどうなるのだろう？　耐えられるだろうか？　そう思うと鼻の奥がつんとなった。それでも、涙は流さなかった。ハッサン同様。

「マスコミはあの手この手できみから話を聞き出そうとするだろう」コーヒーを飲みおえるとハッサンが言った。「だけど、何も話さないことだ。きみはとにかく休むことに集中しなさい。ひどいショックを受けたんだから。それに医者の話だと、きみは馬でも眠らせられるほどの鎮静剤を飲まされたらしいし」

「恥ずかしい」とメイヤは言った。「あんな人たちと一緒に暮らしてたなんて」

「いや、何も恥ずかしがることはないよ。きみは何も悪いことをしていないんだから」

そう言うと、ハッサンはシャツからパンくずを払い落として立ち上がった。メイヤは怖くなった。ひとりになるのが怖かった。人になんと言われるか、これからどうなるのか怖かった。警官もそういうことを気にかけてくれたのだろう、頭を傾けて心配そうな顔をして言った。

「お母さんを呼ぼうか？」

メイヤは痛くなるほどきつく唇を嚙んでから言った。

「いいえ。でも、レレに電話をかけてもらえますか？」

＊

遺体はとっくに原っぱから掘り出され、もうそこにはない。それでも、レレは夏になってもよくそこに足を運んでいる。スワルトリーデンは今や古い森の真ん中で見捨てられた砦《とりで》のようになっている。折れた枝や松葉がまわりの地面を覆い、朽ちかけた壁のそこかしこに醜い潰瘍のような落書きが書かれている。家畜はみな競りにかけられ、近隣の村の農家に買い取られ、干し草の酸っぱいにおいだけが空っぽの納屋の上に漂っている。レレは今でもひっきりなしに煙草を吸っている。灰があちこちに落ちるのも意に介さず。

今はメイヤと一緒に住んでおり、彼女を車に乗せてシルヴァーロードを走ることがよくある。窓を全開にして。森のにおいで互いのあいだの空間を埋めて。運転しながら、彼は自分が捜索した場所を指し示す。道路脇の待避場所で車を停めて一休みすることもある。雨が車の屋根を叩くと、メイヤが必ずラジオを切る。うるさいのが嫌なのだ。

毎週日曜日にはシリヤが電話をかけてくる。今は湖の畔にある施設にいる。そこでは好きなだけ絵を描くことができる。勝手な自己治療はもうやめて、今は適切な処置を受けている。男にもあんたにも頼らずに自立して生きていく――シリヤがそう言ったとき、メイヤがほっとして肩の力を抜いたのをレレは見た。もう責任を負わなくていいと心底思えたのだろう。

リナは絞殺されていた。ヨーランは否認したが、母親と弟たちが証言した。リナを絞め殺し、そのままシェルターに放置し、腐敗するに任せたのだ。それがわかると、ビルイェルは即刻埋葬することを決めた。が、それ以外、なんらかの処置が必要だと言った者は誰もいなかった。

レレとメイヤはスワルトリーデンのこともブラント一家のこともあまり話さない。ヨーランとアニタは裁判を待っている。カール-ヨハンからは何通か手紙が来たが、メイヤは返事を書かなかった。彼は今、遠く離れたスコーネ地方で、ある家族とともに暮らしている。彼ともうひとりの弟は不起訴となった。彼らの育った環境が罪の軽減事由とされ、このことについてはいっときタブロイド紙の紙面を賑《にぎ》わせた。レレはメイヤが身構えるのでカール-ヨハンのことを話題にするのを避けている。メイヤは、〝手を血に染めた〟家族のもとに自ら飛び込んで一緒に生活していた自分をなかなか赦《ゆる》せないでいる。何ひとつ気づかなかったことで自己嫌悪にも陥っている。自分がもっとしっかりしていれば、もっと早くハンナを救うことができたのに。

それでも、時々かかってくるハンナからの電話がメイヤの顔の憂鬱を拭い去ってくれる。おぞましいシェルターでともに過ごしたのはわずか二週間だったが、大きな意味のある二週間だった。ハンナは強かった。シェルターに入れられてからのこと、彼女が耐えてきたことについて、正直にレレに話してくれた。レレは聞けるだけのことを聞いた。リナのために。リナの苦しみから逃げたくなかった。だからどうしても知りたかった。レレは今、ハンナからもらったリナのヘアバンドをブレスレットがわりに手首にはめている。死ぬまではずさないつもりだ。

火のともったろうそくと花で囲まれたリナの墓は遠くからでもわかる。黒いフェルトペンで悲しみのメッセージがぎっしりと書かれたカードに貼り紙もある。レレとメイヤが近づくと、ふたつの人影がこちらに背を向けて立っている。メイヤがレレに寄り添い、砂利道を歩くふたりの足並みがそろう。アネッテは赤ん坊を抱いている。しわくちゃの顔が彼女の肩にある。レレは足元の地面が大きく揺れた気がして、思わず道の途中で足を止める。そのそばにメイヤが影のように寄り添う。アネッテはレレに気づくと、赤ん坊の剝き出しの頭を手で覆う。次いでトマスが彼女に腕をまわす。彼らはレレからメイヤへ視線を移す。ふたりの関係、ふたりが一緒にいる理由を図りかねている。さらに近づくと、アネッテの頰に涙でマスカラが流れた跡があるのがわかる。しばらくのあいだ誰もことばを発さない。赤ん坊の声だけが聞こえる。やがて、アネッテが空いているほうの手を伸ばしてレレを引き寄せる。ふたりは赤ん坊をあいだにはさんで、ぎこちなく抱き合う。羽毛のような髪の毛と赤ん坊のにおいが鼻をくすぐり、レレの眼に涙が浮かぶ。

「ありがとう」アネッテはそう囁く。「わたしたちの娘を連れて帰ってきてくれて」

アネッテとトマスが帰っていったあとも、レレとメイヤは長いこと墓のまえに立っている。レレは冷たい地面にひざまずく。首から指先までの筋肉が強ばっている。メイヤは花に水をやり、雑草を抜き、風で吹き消されたろうそくに火をつける。そして、すべてがあるべき姿になったところで、一歩うしろにさがる。だから、レレが怒りに駆られ、身を震わせて唾を吐いたことには気づかない。彼が腕と脚を振りまわしはじめたのを見てようやく気づく。レレは墓を囲む美しいものたちを叩き、蹴り、引き裂く。ろうそくの火を消し、花びらを風の中に舞い上がらせる。手が真っ黒になるまで土を掘る。やがて息が切れ、力も尽きる。メイヤはじっと立っている。そして、すべてが終わり、レレが静かになると、手を差し伸べて立ち上がらせる。

アルヴィッツヤウルでガソリンスタンドに車を入れ、ふたりは店主のキッペンとコーヒーを飲む。キッペンはようやくリナのポスターを壁からはずしたものの、埃と日光がつくったポスターの跡はそのままにしている。そんな壁のまえを通ると、レレには今でもポスターのリナの笑顔が見えるような気がする。キッペンは過去の悲しみにいつまでもひたるタイプではない。それよりヘラジカ狩りやアイスホッケーの試合といったあたりさわりのない話題で沈黙を埋めるのを好む。メイヤはアイスクリームを食べながら、だしぬけに言う。

「わたしもヘラジカを撃ちたいわ」

キッペンが笑い、分厚い手でレレの肩を叩く。「娘に狩りを教えなきゃならんようだな、レレ」

悪意のない言いまちがいだったが、長い沈黙が生まれる。

この子はおれの娘じゃない。おれの娘は死んだ。

そんなことばが舌の先まで出かかる。が、そこでレレはメイヤの不安げな顔と溶けて手首に垂れているアイスクリームに気づく。

「狩りについて知ってることは全部教えるよ。もっとも、私の知識は大して多くはないけど」

家に帰る途中、レレはメイヤに車の運転をさせる。メイヤは免許を持っておらず、シルヴァーロードにはもう夕闇がおりているにもかかわらず。シルヴァーロードのことならレレは自分の手のひらみたいに知り尽くしている。眼を閉じても先にあるカーヴが見える。地面を流れる雪解け水のように延びるその道は、良くも悪くも人と人とをつなぎ、最後には海に達して姿を消す。隣りで息をしている存在がいなければ、レレは今も昔からの絶望に打ちひしがれていただろう。が、ようやく彼も今、悟る。終わりなき旅を続ける必要などもうなくなったことを。

捜索はもう終わったのだ。

解説

杉江松恋

愛する者が目の前から永遠に消え去ってしまったら。

もしくは、自分は誰からも愛されていないのだと日々思い知らされるとしたら。

『娘を呑《の》んだ道』は、そうした耐え難い心の痛みを描いた小説だ。

失踪事件から始まるミステリーは多いが、これもそうした作品である。高校教師のレナート（レレ）・グスタフソンは、もう三年もの間、最愛の娘リナを捜し続けている。レレが車で停留所に送り届けてから乗るはずだったバスが到着するまでのわずか十五分間でリナは行方不明になった。車が停留所に早く着きすぎさえしなければ、という自責の念がレレを苛《さいな》む。妻のアネッテは家を出た。娘を置き去りにした夫を許すことができなかったのだ。三年間、レレは他のすべてを投げ打ってリナの行方を捜してきた。彼にはずっと、娘の声が聞こえている。

レレの絶望的な捜索行と並行して、メイヤという少女のことが語られる。彼女は母親のシリヤと共に、レレが住むグリマストレスクにやってきた。その村外れにトルビョルンという男が住んでいる。シリヤは精神が不安定で、男性に依存して生きている女性で、トルビョルンとはネットを介して知り合った。メイヤはそんな母の生き方を嫌悪している。

この二人の視点から進行していく物語だ。家族を奪われたというレレの哀《かな》しみは理不尽な世界への怒りを生み、それは暴力衝動へと変化していく。一方のメイヤには、初めて体験する北の地方での暮らしに対する不安があり、誰かの愛情を強く求めている。全体の三分の二を占める第一部では、レレとメイヤが焦燥を募らせていくさまが描かれる。二人の心情が胸に迫り、息苦しくなるほどだ。第二部ではそこに新しい要素が加わり、泥濘《でいねい》に沈んでいた車輪が固い地面をとらえたかの如《ごと》く、静まっていた事態が少しずつ動き始める。

本書の舞台となるのは、スウェーデン北部の森林地帯である。作者のスティーナ・ジャクソンは一九八三年に、本書にもその名が出てくるシェレフテオで生まれた。ボスニア湾に面し、鉱業や林業で発展した都市である。スウェーデンの国土は、北部のノールランド、中部のスヴェアランド、南部のイェータランドに分けることができる。シェレフテオやグリマストレスクのあるヴェステルボッテン地方が属するのはノールランドだ。実は、日本に紹介されているスウェーデン・ミステリー作家は圧倒的に首都ストックホルム出身者が多い。右記のスヴェアランドに属する都市である。イェータランド出身としてはヨーテンボリ生まれのヨハン・テオリンなどいるが、ノールランド出身作家はほとんど知られていなかった。ジャクソン自身は二〇〇六年からアメリカ・コロラド州のデンヴァーに移住しているのだが、ノールランド出身作家の翻訳自体が実は非常に珍しい。思い出せるのはジャクソンと同じシェレフテオ生まれの、故スティーグ・ラーソンぐらい。

現代スウェーデン・ミステリーの原点は一九六〇年代の〈マルティン・ベック・シリーズ〉（マイ・シューヴァル&ペール・ヴァールー）にある。同シリーズがストックホルムを舞台として選んだように、基本的にはスウェーデン・ミステリーとは都市型の小説だった。一九九〇年代以降にヘニング・マンケルやカミラ・レックバリが地方都市を舞台に選んだことで多様性が生じたが、作家の出身地である中・南部を描いたものが圧倒的に多い。これはあまり根拠のない推測だが、本作が話題になったのも、忌《い》まわしい物語の背景に北部の森林地帯が配されるという斬新さが最初のきっかけだったのではないだろうか。

「光が森と湖を覆っていた」という一文から始まる冒頭の描写は実に美しい。生命力にあふれた森は、逆に人間の存在など呑み込んでしまうほどに強大であり、原初の恐怖にも満ちあふれている。原題の *Silvervägen* は、グリマストレスクと他の内陸部を結ぶ唯一の幹線道路であるシルヴァーロードを指す。毎夜レレは、この道を隅から隅まで行き来してリナのいた痕跡を探しているのである。ページを繰っていくと、闇の中を彼の車のヘッドライトが行き来するさまが浮かんでくる。黒々とした広大な森の中にぽつんと僅かな灯《あか》り。その心細さが本書を貫く情感だ。また、もう一人の主人公であるメイヤは、湖で思いがけない出会いを体験する。世界の果てに連れてこられ、一人ぼっちにされたように感じていたら、そこには微《かす》かな希望が残っていたのだ。森と湖がこのように効果的に用いられ、登場人物たちの心情を豊かに代弁する。自然小説の要素が見事にミステリーの興趣と合致しているのが、本書の第一の魅力なのである。

森や湖の描写が印象的な作品といえば二〇一八年に公開された映画の原作、ヨン・アイヴィデ・リンドクヴィストの短篇集『ボーダー　二つの世界』（二〇〇六年。ハヤカワ文庫NV）表題作を連想する。自然描写が魅力的な作品としてはヨハン・テオリンの『黄昏に眠る秋』（二〇〇七年。ハヤカワ・ミステリ文庫）に始まる〈エーランド島四部作〉や、オーサ・ラーソン『オーロラの向こう側』（二〇〇三年。ハヤカワ・ミステリ文庫）などの題名も思い浮かぶ。それら諸作と比しても決して見劣りのしない厚みを感じるのが、本書の自然描写なのである。暗色で描かれた森と湖の情景が、読者の心に刻み込まれる。

背景の自然描写との対比で強い印象を残すのが、登場人物それぞれの肖像である。男から男に渡り歩き、その力を借りることでしか生きられないシリヤは、娘がそう思いたがっているような堕落した人間ではない。自立できない弱さをよくわかっているからこそ、男に媚《こ》びる女という仮面を外せないでいるのだ。そのシリヤ母娘《ははこ》を自宅に呼び寄せたトルビョルンは庭の薪《まき》小屋に成人雑誌やビデオの類を溜《た》め込んで、周囲からポルノビョルンという不名誉なあだ名を奉られている人物である。そうした趣味を個人で楽しんでいるうちは誰に迷惑を掛けるわけでもないが、グリマストレスクのような小さな共同体でそれが知れ渡ってしまえば、彼に近づく者は減るだろう。そうとしか生きられなかったことで、不本意ながらも今の場所にとどまっている人たち。そうしたひとびとが、誰とも心を通わせられずに立ち尽くしている。わずかに漏らす声も、みんな森に呑まれてしまうのだ。

シルヴァーロードを往還する日々を送るレレは、さまざまな人とめぐり逢《あ》う。この構造は、旅の出会いが主人公を成長させていくロード・ノヴェルに少し似ている。レレはどこにも行けずにシルヴァーロードを彷徨《さまよ》っているだけだが、やはりさまざまな人と言葉を交わすことになるからだ。その中の一人であるパットは、国連の平和維持軍としてアフガニスタンに派遣されていた男だ。スウェーデン軍は戦闘しないという建前だったにもかかわらず現地で七人を殺すことになり、死に取り憑《つ》かれた。彼は言う、「この森にはおれのような人間がほかにもいる。自分を見失ってしまい、世の中との折り合いがつけられなくなった連中だ」、もしかしたら、リナもそうなのかもしれない、と。あるいはこう言いたかったのではないか。レレもまた、すでに自分を見失って世の中から外れてしまっているのだと。シルヴァーロードで出会う人の中に、レレが自分と同じものを見出《みいだ》していく小説としても本作は読むことができる。暗い感情が人をどのように変貌させるか。森での出会いは、レレにとっては鏡を覗《のぞ》くのと同じ行為なのである。

二〇一八年に発表された本作は同年のさまざまな賞で候補に選ばれ、スウェーデン推理作家アカデミー賞を獲得した。また翌年にはスウェーデンのブック・オブ・ザ・イヤーにも選出されている。これはBonnierförlagenという出版社が運営するブッククラブが定めるもので、前年に刊行された十二の候補作から選ばれる。だが最大の栄誉は、同年に「ガラスの鍵」賞を射止めたことだろう。これはスカンジナヴィア推理作家協会が北欧五ヶ国で刊行された作品に対して授与するもので、第一回のヘニング・マンケル『殺人者の顔』（創元推理文庫）から、綺羅《きら》、星の如き作品がリストには並んでいる。受賞時のジャクソンは三十六歳で、一九九三年のペーター・ホゥ『スミラの雪の感覚』（新潮社）、二〇〇一年のカーリン・アルヴテーゲン『喪失』（小学館文庫）と並ぶ最年少記録である。

家族の、特に子供の失踪を主題に据えたスリラーは数多く存在するが、本作もその系譜に連なるものである。ミステリーとしての本書第一の美点は、既に述べたように自然描写を隠喩として用いながら登場人物の心情を微細に描いて途切れぬサスペンスを醸成したことだが、「誰が」やったのか、「なぜ」なのかという二つの謎に魅力があることも大きい。レレが出会う相手はすべて同等に疑わしいのであり、犯人捜しの関心は終盤まで途切れることがない。それに加えてメイヤという視点が入り、物語が立体的な構造になっている点も注目すべきだろう。

誰かに愛されたいがここからどこにも行けないというメイヤの心情は、おそらくは意に反して連れ去られてしまったリナと対をなすものだ。陰画としてのメイヤを描くことで作者は、同世代のリナがどのような少女であったかを陽画として浮かび上がらせているのである。レレが探し求めても決して得られないものの答え、その一部を持っているのは間違いなくメイヤであり、彼らは互いに補完すべき関係にある。物語の初めでは別々の場所にいる両者がどのような形で邂逅《かいこう》を果たすかということが、本作後半の読みどころである。

ジャクソンは二〇二〇年に第二長篇 *Ödesmark* を発表し、再びブック・オブ・ザ・イヤー賞の候補作になっている。物語の舞台はやはりノールランドのラップランド地方で、他の住民が去った厳寒の地に住み続ける家族が中心となる小説だ。家族はなぜその地から動かないのかという謎が物語の中核となるようで、本作同様の心理描写を期待したい。

孤独を描く作家は数多くいるが、一枚の情景の中にそれを落とし込むことができる者はそういない。森と湖、人の心。それを描いた色使いの濃厚さに心を奪われた。

（すぎえ・まつこい／書評家）

本書のプロフィール

本書は、二〇一八年にスウェーデンで刊行された『Silvervägen』の英語版『The Silver Road』を本邦初訳したものです。

小学館文庫

娘《むすめ》を呑《の》んだ道《みち》

著者　スティーナ・ジャクソン
訳者　田口俊樹《たぐちとしき》

二〇二〇年九月十三日　初版第一刷発行

発行人　飯田昌宏
発行所　株式会社　小学館
〒一〇一－八〇〇一
東京都千代田区一ツ橋二－三－一
電話　編集〇三－三二三〇－五一三四
販売〇三－五二八一－三五五五
印刷所——凸版印刷株式会社

ISBN978-4-09-406705-7